RYUOH NO OSHIGOTO!

용왕이 하는 일!

ryuoh no oshigoto!

용왕이 하는 일!

5

시라토리 시로

일러스트 ● 시라비
감수 ● 사이유키

등장인물 소개

쿠즈류 야이치

용왕. 최강의 도전자를 맞이해 첫 방어전에 임하면서 방 벽지를 바꿨다.

히나츠루 아이

야이치의 1호 제자.
첫 방어전을 치르는 사부를 물심양면으로 돕고자 새로운 요리를 연구한 결과,
나름 성과를 얻었다.

소라 긴코

야이치의 사저(師姐). 요즘 들어 야이치에게 너무 무른 것 같다고 생각하면서도 그만둘 수 없는 중학교 3학년.

야샤진 아이

야이치의 2호 제자. 연습 장기를 두었던
오사카 신세카이의 장기 도장에 간만에
갔더니 꼬치튀김 가게로 바뀌어서 경악했다.

키요타키 케이카

야이치의 스승의 친딸. 야이치와 긴코의
거리감이 바뀐 걸 깨닫고
가슴을 졸이고 있다.

츠키요미자카 료

<여류옥장> 타이틀과 <공세의 대천사>
라는 별명을 가진 여류기사지만,
남녀관계에서는 의외로 수동적이다.

쿠구이 마치

<산성앵화> 타이틀을 보유한 칸사이
소속 여류기사. 다른 일면도 가지고 있다.

♟ 전제

1   2인 제로섬 유한 확정 완전 정보 게임이란, 우연에 좌우되지 않으며, 두 플레이어가 최선의 수를 선택한다면 반드시 선수 필승 혹은 후수 필승 혹은 무승부로 결판나는 게임을 가리킨다. 바둑, 오목, 체스, 오셀로, 그리고 장기 등이 이에 속한다.

2   장기는, 완전한 게임이 아니다.

⌂ 신동(神童)

『신동』이란 말이 있다.

신에게 사랑받은 아이.

인간의 한계를 벗어난 재능을 가지고 태어난 아이.

철이 들기 전부터 어른보다 강하고, 똑똑하며, 뛰어난 존재.

이대로 성장하면 그 어떤 인간도 범접하지 못할 거라고 기대되던 존재.

하지만 신동은 대부분——성장하면서 평범한 『인간』이 된다.

그 원인은 다양하다.

성장 스피드가 남들보다 빨랐을 뿐이다. 재능에 빠져서 노력을 게을리했다. 대기만성형 천재에게 추월당했다. 가정을 가지면서 평범한 『어른』이 됐다——.

또한, 그 어떤 천재일지라도 육체를 지닌 인간이라면 나이가 들면서 그 능력이 떨어지며…… 언젠가 재능을 지닌 새로운 존재에게 그 자리를 빼앗긴다.

30년 전.

장기 세계에도 한 명의 신동이 나타났다.

그 소년은 일곱 살에 장기를 익혔고, 열한 살에 초등학생 명인(名人)이 됐다.

열두 살에 장려회에 들어갔으며, 열다섯 살에 사상 세 번째 중학생 기사가 됐다.

열아홉 살에 첫 타이틀을 획득했으며, 스물다섯 살에는 일곱 개나 되는 타이틀 전부를 차지했다.

그리고 현재……

40대 중반이 된 신동은 타이틀 획득 통산 100기라고 하는, 이제껏 아무도 도달하지 못했던 대기록을 달성하려 하고 있었다.

노쇠를 모른다.

느슨해지지도 않는다.

누구보다 먼저, 누구도 본 적 없는 경지에 선 신동은, 누구보다도 많은 경험을 축적하고, 그 경험치를 힘으로 바꿔, 항상 최강으로서 존재해 왔다.

대부분의 신동은 성장하면 평범한 인간이 된다.

그렇다면.

인간으로 돌아가지 못한 신의 아이는…… 무엇이 될 것인가?

신동은————『신』이 된다.

제 1 보

RYU

©shirabii

오가 사사리

소 속	칸사이 본부 비서과
단 위	여류 초단(은퇴시 증정)
연 령	23세
출 신 지	교토부 우지시
별 명	숨겨진 실세

▲ 낭만비행

"……사부님…………."

귓가에서 낮은 목소리가 들려왔다.

깃털로 귀를 간질이는 듯한, 수정으로 된 방울이 굴러가는 듯한, 간지러우면서도 기분 좋은 목소리였다……. 이대로 이 목소리를 계속 듣고 싶다는 생각이 들었다…….

"사부님…… 아직 안 주무시나요?"

누군가가 내 모포를 잡아당기자, 나는 눈을 떴다.

고개를 돌려 보니…… 조그마한 제자가 약간 가라앉은 눈길로 나를 쳐다보고 있었다.

"……응? 왜 그래?"

"죄송해요. 저 때문에 깼나요?"

"아, 꾸벅꾸벅 졸기만 했어."

나는 널찍한 시트 안에서 기지개를 켠 후, 창밖을 쳐다보았다.

칠흑빛 어둠. 창문에는 자신의 얼굴이 반사되고 있었다. 아직 목적지에 도착하지 않은 것 같았다.

유리잔을 든 제자가 나에게 또 말을 걸었다.

"사부님. 물 드세요."

"오, 땡큐."

"유어 웰컴~."

나는 서툰 영어로 대답한 제자의 머리를 쓰다듬어 줬다. 그러자 제자는 "므큐~♡" 하고 귀여운 소리를 냈다.

비행기 안에서도 이토록 나를 챙겨 주는 제자가 정말 귀엽습니다.

"……휴. 비행기 안은 좀 건조하네."

나는 시원한 물로 목을 축였다. 그리고 그대로 잔에 든 물을 전부 마셔버렸다.

우리는 용왕전 제1국을 치르는 대국장으로 이동하고자 국제선 비행기의 비즈니스 클래스에 탔다.

비행기나 고속철도로 이동할 때는 대국자와 입회인만 비즈니스 클래스나 특실에 탑승하며, 다른 관계자는 일반석에 탑승한다.

하지만 아홉 시간 이상 이동해야 하는데, 혼자 있으면 심심할 것이다. 솔직히 말해 한가하다.

그래서 이번에는 주최자 측의 배려로 내 옆자리에 내제자가 타게 됐다. 자택에서 지내는 것과 마찬가지로 푹 쉴 수 있도록 말이다.

결코 내가 로리콤이라서 여자 초등학생을 우대하는 건 아니다.

좀 떨어진 곳에는 도전자인 명인이 있을 것이다. 대국자들이 얼굴을 마주해서 불편한 분위기가 생기지 않도록 자리를 떨어뜨려 놓으니까 말이다.

나는 빈 잔을 아이에게 넘겨주며 물었다.

"그런데 무슨 일 있어?"

"저기…… 아무리 생각해도 이해가 안 되는 게 있어서요……."

"그게 뭐야? 산수 문제라면 내가 아니라 관전기자인 쿠구이 씨에게 물어봐. 그 사람, 현역 여대생이거든."

중졸에 의무 교육 기간에 장기만 뒀던 나에게는 초등학교 4학년 숙제조차도 버겁다.

요즘 장기 기사들은 대부분 고등학교를 졸업하고 대학에 가는 사람도 많으니 내가 드문 케이스일지도 모른다.

참고로 내가 여름 방학 숙제로 했던 자유 연구는 『한 수 버리기 각교환 결상 은 연구』였으며, 학교 선생님은 전혀 이해하지 못했지만 장기계에서는 엄청난 찬사를 받았다.

뭐, 그런 건 제쳐놓기로 하고…….

"이것 말인데요……."

아이가 그렇게 말하면서 내민 것은 한 권의 책이었다.

"이건…… 이번 용왕전 특집이네. 『장기세계』가 별책으로 낸 거잖아."

일반적인 타이틀전에서는 이런 특집 서적을 내지 않지만, 이번에는 주목도가 상상을 초월하기 때문에 긴급 출판됐다고 한다. 용왕전에 관한 책인데 표지에는 용왕(나)의 사진은 없고 기모노 차림으로 장기판과 마주하고 있는 명인의 사진이 표지를 장식하고 있었다. 게다가———.

『드디어 영세 7관에 장군!』

『전인미답! 타이틀 통산 100기를 달성할 것인가?!』

그런 문자가 큼지막하게 실려 있었다.

"이건 완전 명인의 팬북이잖아……. 뭐, 장기 관련 서적은 명인의 사진이 표지에 실리느냐 실리지 않느냐에 따라 판매량이 확 달라지긴 해."

그래서 『장기세계』의 표지는 거의 매번 명인이다.

아이는 약간 변명하는 듯한 투로 이렇게 말했다.

"저, 저기…… 사부님의 상대가 어떤 사람인가 연구할까 해서요……."

"그랬구나. 그거 든든한걸."

이 아이 나름대로 용왕전의 도전자——즉, 내 적이 될 명인의 약점을 찾고 있었던 것이리라.

나는 아이의 매끈한 이마를 쓰다듬으면서 미소를 지었다. 내 기특한 제자는 정말 사랑스럽다니깐.

"그래서? 명인의 어떤 점이 신경 쓰이는데?"

"이 부분 말인데요……."

아이가 가리킨 곳은 명인이 지금까지 장기와 관련해 언급했던 수수께끼 같은 발언——즉, 『명인어록』이 실린 페이지였다.

아이는 그 발언 중 하나를 조그마한 손가락으로 가리켰다.

『타보(打步) 외통이 없으면 선수 필승.』

"타보 외통……이라면 반칙이죠? 상대의 옥을 잡는 마지막 수를 수중에 있는 보로 두면 안 되는……."

"그래. 그게 『타보 외통』이야."

장기계에서는 흔히 『타보』라고 줄여서 불리며, 이 수를 둔 사람은 반칙패로 처리된다. 그리고 초심자는 이 반칙을 이해하지 못하기 마련이다.

"타보 외통이 반칙이라는 룰이 없으면, 왜 선수 필승인가요?"

"으음…… 타보 외통이 없으면 선수 필승……."

이건 수많은 명인어록 안에서도 특히나 미스터리이며, 또한 수많은 이들이 골머리를 썩이게 한 발언이기도 했다.

나와 사저도 이 발언의 의미에 대해 몇 번이나 논의해 봤지만
——.

"글쎄? 딱히 의미가 없을 것 같은데 말이야."

"예엣?!"

아이는 깜짝 놀라더니, 내 몸 위에 올라타려는 것처럼 몸을 쑥 내밀었다.

"하, 하지만! 명인은 모든 타이틀을 제패했고, 용왕 이외의 영세위를 전부 가지고 있는 엄청 대단한 사람이죠? 그럼 사람이, 왜……?"

"으음~…… 그냥 별생각 없이 한 말 아니려나?"

"예엣~?!"

아이는 무심코 소리를 지르더니, 허둥지둥 손으로 입을 막았다.

비행기 안은 조명이 어둡게 조절되어 있어서, 잠자고 있는 사람도 많다.

게다가 근처에는 당사자인 명인도 있다.

또한 이번에는 장기와 관련 없는 언론사도 동행하고 있다. 이런 상황에서 소란을 일으켰다간 이상한 뉴스가 나가게 될지도 모른다.

우리는 이마가 맞닿을 만큼 서로를 향해 고개를 내민 후, 작은 목소리로 이야기를 나눴다.

"그럼…… 이건 명인이 대충 한 말일까요?"

"대충이라고나 할까, 감성이라고나 할까, 필링이라고나 할까, 아무튼 감각에 근거한 발언이 아닐까? 뭐, 일단 이유를 끼워맞출 수는 있지만 말이야."

"그 이유가 뭔데요?"

"원래 타보 외통을 금지한 룰은 『보병이 왕을 잡다니, 용납할 수 없다!』라고 생각한 권력자가 만든 거라는 설이 있으니까, 장기 룰치고는 꽤 이질적이기는 해."

"장기를 더 재미있게 만들기 위해 만든 룰이 아닌 거네요?"

"그래. 그러니 위화감이 느껴지는 룰인 거야."

"천일수(千日手)는 어떤가요?"

"그건 어차피 벌어지는 일이거든."

『천일수』란 선수와 후수가 같은 수를 되풀이해서 두는 것을 말한다.

의미는 꽤 다르지만, 복싱에서의 클린치 같은 것과 비슷하다고 생각하면 된다.

이것이 발생하면 게임이 끝나지 않기 때문에, 강제적으로 종료시키는 것이다.

"천일수를 어떻게 처리할 것인가는 룰로 정해져 있어. 지금은 동일 국면이 네 번 반복되면 선후수를 바꿔서 다시 두는 걸로 되어 있지. 그리고 『천일수는 장기의 암』이라고 여기는 사람은 선수가 동일 국면에서 벗어나지 않아서 천일수가 된 것이니 선수가 진 걸로 처리해야 한다고 주장해."

"동일 국면에서 벗어나면 불리한 건가요?"

"먼저 움직이는 쪽이 불리하다고 서로가 생각하기 때문에 천일수가 되는 거거든."

배틀 만화에서 흔히 나오는 장면이다.

만화에서는 주인공이 불리해질 수도 있다는 점을 감수하며 먼저 움직여서 승리를 거두기도 하지만, 냉철한 계산이 지배하는 장기 세계에서는 그런 일이 거의 일어나지 않는다.

"하지만 설령 『천일수는 선수가 벗어나지 않아서 벌어지는 것이니 선수의 패배』라는 룰이 생긴다면, 후수는 처음부터 천일수를 노리는 전법을 의도적으로 사용하게 될 거야."

한 수 버리기 각교환도 천일수가 자주 발생하니, 인기 전법이 될지도…… 아, 그러면 선수가 피할 테니 오히려 사장되려나?

"뭐, 일부러 노리더라도 천일수는 흔히 발생하지 않지만."

"『연속 장군의 천일수』는 네 번 반복 되면 장군을 건 쪽이 지는 거죠?"

"그것도 잘 이해가 안 되는 룰이야."

천일수는 선후수를 바꿔서 다시 둔다.

하지만 그 천일수에 장군이 포함될 경우, 장군을 건 쪽이 진다.

왜 그런 룰이 생긴 건지는 알 수 없다.

"그리고, 반칙이라고 하면……."

"『이보(二步)』도 있지."

가장 흔한 반칙이다.

그린 만큼, 이게 반칙으로 지정된 의미도 알기 쉽다.

"이보를 반칙으로 삼은 이유는 '수중에 딴 말을 사용한다'는 룰과 균형을 맞추기 위해서일 거야."

"이보 중에는 좋은 수도 많으니까요."

"응. 이보가 되면 보의 가치가 너무 상승해서 게임의 균형이 무너질 거야."

"그럼 타보도 보의 가치를 낮추기 위한 룰일까요?"

"그런 의견도 있긴 하지만——."

기압 때문인지, 아니면 졸음 때문인지 멍한 머릿속에 심호흡을 해서 산소를 공급했다.

"평범하게 생각해 보면 장기는 선수가 유리해."

"먼저 공격을 할 수 있으니까요."

"맞아. 실제로 승률도 더 좋아. 그리고 선공을 한 사람은 먼저 보를 손에 넣잖아? 그리고 먼저 공격하면 장군을 할 가능성도 커져. 그러니 타보 외통 금지 룰은 '선수를 속박하는 룰'로 볼 수 있어."

"그, 그렇군요!"

"타보라는 룰 덕분에 선후의 균형이 잡혀. 명인은 그런 의미에서 한 말일지도 몰라."

『장기는 본질적으로 선수 필승.』

『타보 외통이라는 룰이 있기 때문에 선후수의 균형이 겨우 유지되고 있다.』

『그러니 타보 외통 금지라는 룰이 없어지면 선수 필승.』

이런 논리일지도 모른다.

미스터리한 명인어록에 결론을 끼워 맞춘 것에 가깝지만…….

"앗! 그럼 연속 장군의 천일수가 금지인 것도——."

"먼저 장군을 건 선수에게 족쇄를 채우기 위한 것……으로 생각할 수 있겠지. 앞뒤는 맞아."

왜 존재하는지 영문을 알 수 없었던 룰들도 이렇게 생각해 보면 전부 타당한 이유가 있는 것처럼 여겨졌다.

장기는 정말 잘 만들어져 있구나…….

내가 장기의 심오함에 감동하고 있을 때…….

"……으음~."

아이는 이상한 소리를 내면서 내 무릎에 고양이처럼 척 드러누웠다. 귀엽네.

"왜 그래? 궁금한 게 더 있어?"

"금지된 것들이 균형을 맞추는 건 이해했지만…… 결국, 장기는 선수 필승인 건가요? 아니면 후수 필승인 건가요?"

"그건……."

명인은 말했다.

『타보 외통이 없다면 선수 필승.』

이라고 말이다.

그렇다면——.

타보 외통이 있는 지금 상태에서…… 장기의 결론은 무엇일까?

"선후수가 최선의 수를 계속 뒀을 경우, 그 장기가 최종적으로 어떻게 될지…… 예측할 수는 없어."

"컴퓨터로도요?"

"그래. 컴퓨터 소프트는 최선의 수보다 힘으로 밀어붙이는 장기를 두거든. 현재는 인간이 장기의 결론에 더 근접해 있다고 생각해."

인간이 컴퓨터 소프트보다 불리한 점은 피로와 긴장 때문에 실수를 하기 때문이다.

그리고 장기의 승패는 대부분 실수 때문에 발생한다.

"최정상 프로…… 그야말로 명인 같은 사람이 타이틀전에서 두는 장기는 평균보다 선수의 승률이 높아. 종반에서도 실수하지 않고 최선의 수를 두기 때문이지."

"그럼 선수 필승이에요~?"

"하지만『동물 장기』는 후수 필승으로 결론이 나 있다잖아. 요즘은 망루로도 후수의 승률이 높아지고 있으니, 어쩌면 제대로 조사하면 장기도 후수가 유리할지도 몰라."

"그럼 또 룰이 달라지는 건가요?"

"가능성은 있어. 천일수와 *지장기에 대한 세세한 규정은 요즘도 바뀌고 있거든."

---

* 지장기(持將棋) : 쌍방의 옥이 입옥해서 승패가 갈릴 전망이 없을 때, 특별 룰로서 장기말을 점수로 환산해 승패를 결정하는 것. 혹은 점수를 환산해서 무승부가 되는 것.

바둑도, 체스도, 그리고 장기도…….

먼 옛날부터 이어져 내려온 게임도, 게임 해석을 통해 무너져가는 밸런스를 유지하기 위해 룰이 계속 변경되고 있다.

하지만──.

"개인적으로는 말이야."

"예."

"『타보 외통 금지』라는 룰은 장기 묘수풀이를 재미있게 만들기 위한 룰이라고 생각해."

"예엣? 장기 묘수풀이……말인가요?"

"『최후의 심판 문제』 같은 거 말이야."

"최후……의, 심판……?"

아이는 그 말을 처음 듣는지 고개를 갸웃거렸다.

장기 묘수풀이를 좋아하는 만큼 내가 방금 한 말에 엄청 신경 쓰인 듯한 아이는 눈을 크게 뜨며 나를 쳐다보고 있었다.

설명해 주고 싶지만…… 고도 때문인지, 아니면 멀미약 때문인지는 몰라도 머릿속이 멍했다.

목적지에는…… 세 시간 후에 도착하는구나.

도착하고 나면 꽤 바빠질 테니, 한숨 더 자두자.

"뭐, 더 생각해 봤자 소용없어. 타보라는 룰은 존재하고, 현재 선후수 어느 쪽에서도 필승 수순은 발견되지 않았잖아. 장기의 결론은 인간과 컴퓨터도 아직 내놓을 수 없다……라는 결론으로 충분하지 않을까?"

나는 그렇게 말하며 아직 의아한 표정을 짓고 있는 제자의 머리를 상냥히 쓰다듬어준 후, 하품을 하면서 다시 눈을 감았다.

드디어 막이 오른, 격렬한 싸움에 대비하기 위해————.

⌂ 오아시스

"알로하~♪"

약 아홉 시간 동안의 비행 끝에 도착한 하와이의 햇살을 맞으면서, 나는 들뜬 마음을 맛보고 있었다.

그렇다———— 하와이!

언제나 여름인 섬—— 하와이!

이번 용왕전 개막전은 5년 만에 해외에서 열리는 것이다! 그것도 하와이에서 말이다!!

"아이, 어때? 이 선글라스, 나한테 어울려? 응? 응?!"

"쿨~! 사부님, 엄청 쿨해요!! 완벽함 그 자체네요!!"

"하하하. 현지인으로 착각하지 말라고."

"휴~ 휴~♪"

미국 사람처럼 과장스럽게 휘파람을 불려다 실패한 제자가 너무 귀엽습니다.

그렇게 들떠 있는 우리에게 찬물을 끼얹는 걸로 모자라, 아예 급속 냉동을 시키는 목소리가 들려왔다.

"……한심하기는. 하와이 좀 왔다고 왜 그렇게 들뜬 거야?"

"아, 사저……."

나보다 어리지만 먼저 사부님의 제자가 됐기에 손윗사람에 해당하는 《나니와의 백설공주》 소라 긴코 여류 2관은 얼음처럼 차가운 시선으로 나와 아이를 노려봤지만——.

"……하와이에서도 세일러 교복을 입는 거군요……."

"중학생이자 장려회 회원이니까 당연하잖아? 그냥 놀러 온 게 아니란 말이야."

검은새의 후덥지근해 보이는 세일러 교복을 입은 사저가 검은 색 양산으로 눈부신 하와이의 햇살을 완전히 거부하고 있었다.

그 신비적인 모습은 해외 사람들의 주목을 모으고 있었으며, 멀찍이서 "와우~.""판타스틱." 같은 목소리가 들려왔다. 엄청 눈에 띄고 있는걸.

"미안해, 야이치 군. 가족 전원이 따라온 거나 다름없게 되어 버렸네."

사저만이 아니다. 실은 이번 하와이 대국에는 케이카 씨와 키요타키 사부님도 동행했다.

게다가 사부님은 선글라스에 폴로 셔츠+버뮤다팬츠 차림이며, 충격적인 비닐 샌들까지 신고 있었다. 하와이에서는 관광객처럼 보이지만, 오사카였으면 직장 없이 빈둥거리는 백수 아저씨 같아 보일 것이다.

참고로 사저는 이번 대국의 해설에서 사회를 맡았기에, 이번 기전을 주최한 신문사의 돈으로 하와이에 왔다.

그리고 사부님, 케이카 씨, 아이는 자비로 왔다(아이의 비용은 내가 냈다).

원래 나는 혼자서 하와이에 올 예정이었고, 아이를 사부님의 집에 맡길 생각이었다. 아이도 처음에는 동의했지만 사저가 하와이에 간다는 걸 알더니 '반드시 따라갈 거예요!' 하면서 고집을 부리기 시작했다.

난처해진 내가 사부님과 상의해 보니, '기왕 이렇게 된 김에 다 같이 갈까~.' 같은 느낌이 됐다. 결국 타이틀전인지 동문 여행인지 알 수 없는 상태가 됐다…… 뭐, 나로선 잘된 일이지만 말이다.

특히 케이카 씨는 해외에 익숙하지 않은 나를 위해 일본에서부터 여러모로 준비해 줬다.

본인도 중요한 대국을 앞두고 있는데도…….

"정말 미안해, 야이치 군. 하지만 이번만큼은 꼭 함께 하와이에 가 보고 싶었어……."

"케이카 씨……."

그 정도로 나를 걱정하는 걸까……?

설마…… 나를 좋아하는 거야……?!

그렇게 생각했지만…….

"대학에 간 친구가 말이야. 애인과 함께 졸업여행 삼아 해외에 갔다 와서 나한테 여행 선물을 주면서 이렇게 말했어……. '케이카는 장기가 애인이잖아~.' '장기는 일본에서만 두지? 그럼 해외에 갈 일이 없겠네~.' '우와~, 불쌍해라…….' 라고 말이야……."

"…………."

"나…… 내도! 하와이 같은 데 갈 수 있대이! 이 문디야아아아아아아아아!!"

케이카 씨가 망가졌다.

"아이 양! 긴코! 기왕 하와이에 왔으니까 즐겁게 놀자! 군자금 도 잔뜩 가지고 왔어!"

"어? 케, 케이카…… 그건 내 신용카드 아이가……?"

"어차피 스마트폰 게임에서 2차원 여자애가 귀여운 옷 입은 그림 뽑을 때나 쓰잖아? 그럼 딸과 제자와 제자의 제자에게 과 금해."

"그, 그럴 수는 없대이이이이! 내는, 내는 닛타 양의 한정 SSR를 뽑을기다이아아아!!"

사부님도 망가졌다.

"키요타키 일문은 항상 시끌벅적하군요. 부럽습니다."

"회, 회장님……."

머리를 붙잡은 내 옆에 소리도 없이 선 사람은 일본 장기연맹 회 장이자 영세명인 자격 보유자인 츠키미츠 세이이치 9단이다.

이번 용왕전에서 내 도전자가 된 현 명인과 장기 역사에 길이 남을 명승부를 몇 번이나 펼쳤던, 맹인 천재 기사——.

"……도, 선글라스를 쓰고 있군요."

"하와이니까요."

"이 오가가 골랐습니다."

회장 비서인 오가 사사리 여류 초단(은퇴)이 가슴을 펴며 자랑 스러워하는 듯한 어조로 그렇게 말했다. 참고로 이 사람은 회장 이 앞을 보지 못한다는 걸 악용해 옷도 회장과 맞춰 입었다. 물론 선글라스도 맞춰 썼다. 그러니 모르는 사람이 보면 단순한 상사와 부하 관계라고 생각하지 않을 것이다.

하지만 나이가 부모와 자식만큼 차이가 나니, 아내 몰래 하와이에 놀러 온 사장과 내연녀 같아 보이지만…… 아마 내가 그렇게 말하면 오가 씨는 오히려 기뻐할 것이다.

"하지만 회장님은, 저기…… 앞이 보이지 않으시죠?"

"빛은 어렴풋이 느낄 수 있습니다. 하와이의 햇살은 강렬하군요."

회장님은 미소를 지으면서 그렇게 대답했다. 그렇구나…….

"자, 회장님. 위험하니까 오가의 팔을 잡아 주세요. 아까부터 현지 사람들이 수상한 눈길로 저희를 주시하고 있습니다. 이곳은 외국이니 위험해요."

"호오, 그런가요?"

"예. 치안이 꽤 나쁜 것 같습니다."

물론 주위는 평화롭기 그지없었다.

회장은 평소 이동할 때 오가 씨의 어깨에 팔을 올린다. 하지만 하와이의 햇살 때문에 폭주한 오가 씨는 회장의 팔을 끌어안듯 꼭 붙어 서 있었다. 본인의 얼굴은 선글라스를 썼는데도 확연히 드러날 만큼 헤벌쭉거리고 있었다. 완전 소악당이네…….

그런 우리 일행과 조금 떨어진 곳에서는 엄청난 숫자의 보도진에게 둘러싸인 명인이 평소와 마찬가지로 차분한 태도를 취한 채 쾌활한 미소를 짓고 있었다.

공항부터는 호화 리무진으로 이동하게 됐다. 우와~!

널찍한 차 안에는 키요타키 일문의 다섯 명이 마주 보고 타고도 여유가 있었다. 한편, 내 옆에 앉은 아이가 창밖과 내 얼굴을 번갈아 보며 즐거운 어조로 이렇게 말했다.

"사부님, 사부님! 바다도, 하늘도 새파래요!"

"응~. 하와이는 정말 엄청나네~."

"다 같이 하와이에 오니 정말 최고네요! 아이 양도 같이 왔으면 전원 집합이었을 거예요!"

"뭐, 그 녀석은 안 왔지만 말이야."

나는 내 두 번째 제자인 야샤진 아이에게도 같이 하와이에 가자고 말해 봤지만, '뭐? 내가 왜 가야 하는데?' 같은 대꾸를 듣고 그대로 뜻을 접을 수밖에 없었다.

그건 그렇고——.

"이번 해외 대국에는 칸사이 쪽 관계자가 많이 온 것 같네요. 회장님, 오가 씨, 사부님, 사저, 케이카 씨, 그리고 아이까지……. 입회인은 칸토 쪽 분이지만, 부(副) 입회인과 기록 담당도 칸사이 사람이잖아요. 게다가 관전기자인 쿠구이 씨도 칸사이 사람이니까, 대국장에 들어가는 관계자는 대부분 칸사이 사람이네요? 뭐, 우리 일문 사람들은 자비로 온 거지만……."

원래 타이틀전은 일본 국내에서 치러진다.

그러니 칸토 지방에서 치르면 관계자들 중에 칸토 소속 장기 기사들이 많고, 칸사이 지방에서 치르면 관계자들 또한 대부분 칸사이 소속 장기 기사들이다.

하지만 이번에는 해외 대국이다. 즉, 인선과 스케줄은 주최 신문사와 연맹에서 정하는 것이다.

"타이틀 보유자인 내 관계자가 많은 것은 딱히 이상하지 않지만요. 하지만 비행기까지 간사이 국제공항의 노선인 건 명인에게 좀 미안하다고나 할까……."

""물러.""
사부님과 사저가 한목소리로 그렇게 말했다.

"분위기 조성도 타이틀전의 일환이대이. 특히 제한시간이 긴 2일제 대국은 얼마나 차분하게 싸울 수 있느냐에 따라 승부가 갈린다고 해도 과언이 아니다 아이가."

명인전이라는 무대에서 두 번 싸운 적이 있는 사부님의 발언에는 무게감이 있었다.

"타이틀전은 대국만으로 승부가 갈리지 않는기다. 이동과 전야제도 싸움의 일환이대이. 전야제에서 상대의 팬이 잔뜩 오거나, 대국실에서 카메라가 상대방만 향하는 상황을 한번 상상해 보그라. 평소 같으면 그냥 무시하고 넘어갈 수 있겠지만, 극도로 예민해진 상태에서는 평정심을 유지하기 힘들다. 그러니 지인들을 주위에 둬서 마음을 지키는 거대이. 이런 게 바로 병법 아이가."

사부님…… 단순히 놀고 싶어서 따라왔나 했더니, 그렇게 깊은 생각이 있으실 줄이야…….

다수의 타이틀을 보유한 사저도 그 말에 동의했다.

"그래. 우리가 뭐 때문에 억지로 시간을 내서 동행한 건지 이제 알겠지? 그러니까 너무 들뜨지 말고 대국에 집중해."

"…………예."

그렇다. 싸움은 이미 시작됐다.

여행 기분에 사로잡혀 있던 나는 가죽 시트에 앉은 채 등을 꼿꼿이 편 후, 최강의 도전자와 싸울 결의를 다시 다졌다……!

하지만 그 결의는 10분 후에 깨끗하게 사라지고 말았다.

"우와아아아아아아아아아아아아아아아아아아아아아아아아아아—————!!"

리무진을 타고 도착한 대국장은 하와이의 최고급 호텔이다.

게다가 호텔 바로 뒤편은 프라이빗 비치다. 프런트를 지나자 새들이 지저귀고 있는 안뜰이 있었다. 그리고 풀장이 있는 안뜰 너머에는 새하얀 모래사장과 새파란 바다가 펼쳐져 있었다.

이 광경을 보고 평정심을 유지하라고? 절대 무리야.

"끼얏호—————!!"

비닐 샌들을 신은 사부님이 괴성을 지르면서 모래사장을 향해 가장 먼저 돌격했다. 그리고 나와 아이도 사부님의 뒤를 따랐다. 케이카 씨는 불평을 늘어놓는 사저를 데리고 오더니, 바다를 배경 삼아 다 같이 기념 촬영을 했다.

"자아, 키요타키 일문 여러분. 스마일~."

관전기자인 쿠구이 씨가 『샤카』라고 하는 하와이의 독특한 수신호를 취한 우리의 단체 사진을 찍어줬다. 쿠구이 씨는 카메라맨을 따로 데려올 여유는 없기에, 기사도 쓰고, 사진도 쓰고,

블로그도 갱신하느라 바빠 보였다.

"두 대국자가 나란히 선 사진도 여기서 찍죠. 아, 하와이에서 대국을 하는 거니까, 정장이 아니라 알로하 차림으로 부탁드릴게요."

나와 명인은 모래사장에서 알로하 차림으로 다이아몬드헤드 언덕을 배경 삼아 나란히 선 후, 환한 미소를 지으며 샤카를 취했다.

타이틀전에서의 두 대국자 사이의 분위기는 천차만별이다.

마음이 맞지 않거나 악연이 있는 이들이면 험악한 무드가 형성되기도 하며, 사이가 좋은 이들이 대결을 하게 되더라도 타이틀전에서는 서로가 투지를 불태우는 경우도 있다.

나와 명인은…… 뭐, 평범했다.

지금까지 딱히 접점이 없었기에 대화를 나누거나 악수를 나누지 않았지만, 그렇다고 적의를 훤히 드러내지도 않았다. 명인 또한 항상 웃고 있었다.

혹시 나이 차이가 너무 나서 투지를 불태우기 힘든 걸까?

옆에 서 있는 전설의 장기 기사에게서 딱히 패기가 느껴지지 않자, 나는 실망감에 가까운 느낌을 받았다.

한동안 바다에서 논 후, 호텔 측에서 방으로 안내를 받았다.

"그럼 용왕 그룹은 이 루트로 이동해 주십시오."

대국자들은 기자회견 자리 등에서 나란히 취재를 받기도 하지만, 그 이외의 경우에는 최대한 떨어져서 행동할 수 있도록 배려를 받는다.

호텔 안에서 이동을 할 때도 나와 명인의 그룹은 서로 시간을 두고 다른 루트로 이동했다.

숙박하는 방도 꽤 떨어져 있기 때문에 대국 이외의 시간에 호텔 안에서 마주치는 사태는 벌어지지 않는다. 사소한 점이지만 감사할 따름이다.

"저희 호텔 부지 안에는 교회도 있으며, 그곳에서 결혼식도 치러집니다. 일본에서 오신 분들께서도 좋아하시죠."

안뜰에 있는 조그마한 석조 교회 건물 앞을 지날 때, 그런 설명을 들었다.

이곳에서 가족이나 가까운 지인들만 모여서 조촐하게 결혼식을 올린 후, 일본에서 피로연을 올리는 게 유명인들 사이에서는 인기라고 한다.

사저는 '흐음~ 그게 뭐 어때서?' 하고 말하는 듯한 표정을 짓고 있지만, 다른 여성들은 텐션이 급상승한 것 같았다.

케이카 씨도 멍한 표정을 지으며 무심코 이렇게 말했다.

"하아…… 멋져♡ 이런 장소에서 결혼식을 올린다면 정말 행복할 거야……♡"

"아, 그럼 예약을——."

"확 담가버린다." "모지리."

……농담했을 뿐이라고. 뭐, 8할 정도는 진심이었지만.

뒤에 있던 오가 씨도 "회장님…… 이참에 확 결혼식을 올리고 싶어요~♡" 같은 말을 달콤한 목소리로 상사에게 속삭였지만,

"그럼 슬슬 오가 씨에게도 좋은 상대를 찾아줘야겠군요."

"……."

꼴좋다. 《숨겨진 실세》. 크크큭.

안뜰을 지나서 엘리베이터를 탄 후, 대국자와 다른 관계자는 다른 층에서 내렸다.

"이곳이 대국자께서 묵으실 방입니다."

교포로 보이는 호텔 여성 스태프는 유창한 일본어로 내가 묵을 방에 대해 설명해 줬다.

나 혼자서 묵을 방이지만 트윈 룸이었다. 싱글 룸은 방 자체가 좁기 때문에 트윈 룸에 묵게 됐다고 한다.

"이곳은 저희 호텔에서 바다가 가장 아름답게 보이는 방입니다. 꼭 테라스에서 바다를 감상해 주세요."

희고 커다란 창문을 열자 새파란 빛이 시야를 가득 채우더니, 바람이 불어 들어왔다.

정면에는 푸른 바다가 펼쳐져 있었다.

그리고 테라스에 나가서 왼쪽을 쳐다보니, 다이아몬드헤드 언덕이 보였다. 그야말로 하와이의 절경을 한눈에 볼 수 있는 방이다. 이게 오션뷰라는 거구나……!

이 광경을 본 것만으로도 하와이에 오기 잘했다는 생각이 든 나는 무심코 탄성을 터뜨렸다.

"오오……!"

"멋져~!!"

옆에서 귀에 익지만…… 지금 들려선 안 되는 목소리가 들려오자, 나는 깜짝 놀라며 그쪽을 쳐다보았다.

그러자 테라스 난간 너머로 몸을 내밀며 바다를 쳐다보고 있는 제자의 모습이 눈에 들어왔다.

"어라?! 아이, 따라온 거야?"

"에헤헤~♡"

아이는 혀를 살짝 내밀더니, 나한테서 도망치듯 방 안으로 들어갔다. 그리고 그대로 푹신푹신한 침대에 다이빙했다.

음. 귀엽네.

하와이에 와서 정말 즐거운지, 평소보다 더 대담하게 행동하고 있었다.

그러고 보니 코베에 데려갔을 때도 즐거워했었지.

"사부님, 사부님! 침대도 엄청 푹신푹신해요! 욕실도 엄청 널찍널찍해요!"

"그래~. 엄청 좋은 방이네~."

"부러워요~! 사부님, 정말 부러워요~!"

"하하하. 타이틀 보유자가 되면 이렇게 좋은 방에 혼자 묵을 수도 있어!"

"……아이도, 이 방에 묵고 싶어요~."(힐끔)

침대 안에 들어가서 베개를 꼭 끌어안은 아이가 얼굴 위쪽 절반만 밖으로 내밀면서 그렇게 말했다. 으음~, 귀여워!

이렇게 귀여운 제자의 어리광을 거부하는 건 무리다.

"내가 없을 때는 이 방을 자유롭게 써도 돼. 나와 명인은 이제부터 취재에도 응해야 하고, 하와이의 높은 사람들에게 인사도 하러 가야 하니까 따로 움직일 거야. 너희는 쇼핑도 하러 갈 거지? 짐이 많으면 이 방에 둬도 된다고 케이카 씨에게 전해 줘."

"……와아~."

아이는 기뻐하는 것 같으면서도 기뻐하지 않는 듯한, 그런 미묘한 반응을 보였다. 어라? 내가 선택지를 잘못 골랐나?

우리의 대화를 묵묵히 듣고 있던 여성 스태프가 머뭇거리면서 질문을 던졌다.

"이분은…… 여동생이신가요?"

"예? 아, 뭐, 비슷——."

"여동생이 아니거든요? 아이는 내제자예요!"

그 스태프는 일본인 중에도 의미를 잘 모르는 이가 부지기수인 단어를 듣고 고개를 갸웃거렸다.

"내……제자?"

"타인이지만 한 방에서 같이 살며, 피보다 진한 인연으로 이어진 두 사람을 가리키는 말이에요!"

"…………."

호텔 스태프(여성)의 얼굴에서 미소가 사라졌다.

우와, 완전히 오해한 것 같아……. 게다가 미국은 아동 포르노 같은 것에 일본과는 비교도 안 될 만큼 엄격하다는 이야기를 들은 적이 있다고오오오오!

"저기, 오해하지 마세요! 이 애는 나한테 장기를 배우는 학생…… 스튜던트! 아이 엠 티처! 쉬 이즈 스튜던트! 아이! 설명을 할 거면 정확하게 해!!"

"아워 룸 해즈 온리 원 베드 인 재팬!"

"어? 아워…… 저기, 아이? 방금 뭐라고…… 아앗! 호텔 직원분이 완전히 범죄자를 본 듯한 표정을 짓고 있거든?! 너, 대체뭐라고 한 거야?!"

"사부님이 정확하게 설명하라고 하셨잖아요. 그래서 저희가일본에서 사는 방에는 침대가 하나밖에 없다고 말해 줬어요."

"왜 일부러 그딴 소리를 하는 건데?!"

일본의 드래곤킹이 롤리타와 같이 살고 있다는 이야기가 하와이에 퍼지면 난리가 날 거라고!

까딱하면 체포되어서 부전패가 될지도…… 아니, 어쩌면 일본에 돌아가지 못할 수도 있어!

"그, 그래, 팁! 팁을 줘야지……!"

이제 돈을 줘서 호감도를 올릴 수밖에 없다!

내가 지갑을 꺼내자, 아이가 차분한 목소리로 이렇게 말했다.

"사부님, 팁은 안 줘도 돼요. 이분은 호텔 직원이거든요. 팁은시트 교환을 해 주러 온 사람이나, 식당 웨이터 같은 사람에게만 주면 돼요."

"맞아요! 아직 어린데 잘 아시는군요."

호텔 직원분은 아이가 의외로 박식하다는 사실을 알고 감탄했다.

나는 이참에 화제를 바꿔야겠다고 생각하며 말을 이었다.

"사실 이 아이는 일본에 있는 온천여관 주인 내외의 딸이거든요……."

"그렇군요! 어디인가요?"

"이시카와현…… 음, 호쿠리쿠 지방에 있는 『히나츠루』——."

"예엣?! 바, 바로 그 히나츠루 말인가요?!"

"히나츠루를 아세요?"

"오브코스! 이 업계에서 히나츠루를 모르는 사람은 거의 없다고 해도 과언이 아니에요!"

호텔 직원분은 당연하다는 듯이 고개를 끄덕이며 그렇게 말했다. 그렇게 유명한 거야?

"그럼 이 아가씨가…… 그 여주인의 전설을 이어받을……."

호텔 직원분은 『여주인』이라는 부분을 영어틱한 발음으로 입에 담으면서 온몸을 부르르 떨었다.

그 아주머니는 하와이까지 명성을 떨치고 있는 건가……. 절대 못 당하겠네. 완전 무적이잖아.

"히나츠루 아이라고 해요. 앞으로 잘 부탁드려요."

아이는 침대 위에 단정한 자세로 앉더니, 가련함 속에서 당당함이 느껴지는 태도로 인사를 건넸다. 그런 아이와 그 어머니가 왠지 겹쳐 보인 듯한 느낌이 든 나는 몰래 몸을 부르르 떨었다.

감격한 듯한 호텔 직원분은 "나중에 지배인하고도 인사해 주세요……!" 하고 말하며 아이와 악수를 나눴다.

▲ 도화원(桃花源)

전야제는 온화한 분위기 속에서 치러졌다.

"대국자가 알로하셔츠 차림으로 전야제에 나온 건 사상 처음 아이가?"

"예. 덕분에 재미있는 사진을 찍었어요."

중계 블로그를 담당한 기자인 쿠구이 씨가 사부님과 그런 이야기를 나눴다. 사부님도 하와이의 대형 쇼핑센터에서 산 알로하셔츠를 입고 있었다. 아까 비행기에서 내릴 때와 옷차림이 별반 차이가 없네⋯⋯.

하와이에서는 알로하가 정장으로 여겨지는지, 대국자는 물론이고 대부분의 참가자가 알로하셔츠를 입고 있었다.

아니, 하와이의 와이키키 근처에서 정장을 입고 있으면 오히려 더 눈에 띌 것이다. 일본의 온천마을에서 유카타가 아니라 정장을 입고 있는 사람을 상상해 보면 이해가 될 것이다. 나와 기록 담당 장려회 회원은 와이키키 요트 클럽에서 열린 장기 이벤트를 마치고 검은색 정장 차림으로 쇼핑몰 안을 돌아다니다, 하와이 젊은이들에게 '아 유 마피아?! 아 유 마피아?!' 같은 소리를 들었다.

그래서 전야제 행사장 안은 온통 알로하였다.

호텔 안뜰에서 열린 이 행사에서는 화톳불 주위에서 파도 소리와 우쿨렐레 연주를 들으며 매력적인 요리를 즐길 수 있었다.

참석자들 중에는 하와이 주지사와 일본 영사 같은 엄청난 VIP도 포함되어 있으니 원래라면 긴장되어야겠지만, 알로하 덕분에 긴장이 풀렸다. 알로하는 정말 대단해.

『하와이에 도착하고 벌써 이틀이 지났으며, 내일은 드디어 용왕전이 개막됩니다. 이 이틀 동안 하와이에서는 다양한 장기 이 벤트가 열렸습니다. 일본에서도 용왕전은 큰 주목을 받고 있습 니다만, 하와이 현지 여러분도 큰 기대와 관심을 가져 주시고 계십니다. 그 점에서 장기연맹 회장으로서 큰 기쁨을 느끼는 것 과 동시에, 장기 보급에 더욱 힘써야 하겠다는 생각을 다시 가 지게 됩니다.』

행사장에서는 자청해서 사회를 맡은 츠키미츠 회장의 인사가 이어지고 있었다.

참고로 회장은 기모노 차림이었다. 현지 사람들에게 서비스 하는 느낌으로 일부러 저런 복장을 한 것이라고 한다. 그런 면 을 보면 역시 회장도 칸사이 사람이라는 생각이 들었다.

『이번 용왕전은 두 대국자에게 있어, 그리고 장기계에 있어 매우 큰 의미를 지니는 타이틀전입니다. 시차에 적응하기 위해 일본 국내에서의 타이틀전보다도 이동과 대국 사이에 시간을 뒀습니다만, 덕분에 용왕과 명인도 충분히 기운을──.』

바로 그때, 행사장 구석이 술렁거렸다.

아이, 샤저, 케이카 씨가 『무무』라는 하와이의 민속의상을 입 고 행사장에 나타났기 때문이다.

품이 넉넉한 원피스 같은 그 옷은 하와이 여성의 정장이라고 한다.

많은 이들의 시선을 받고 볼을 붉힌 케이카 씨가 미소를 지으 며 이렇게 말했다.

"아하하…… 왜, 왠지 주목받는 것 같네. 긴코, 안 그래?"

"······."

"이 옷····· 왠지 수영복 같아서 아이는 좀 부끄러워요~()_()"

"괜찮아! 두 사람 다 잘 어울리잖아! 기왕 다 같이 하와이에 왔으니까, 마음껏 즐기고 돌아가자!"

케이카 씨가 주목을 받는 건 당연했다.

일본인처럼 보이지 않을 만큼 뛰어난 몸매가 무무 덕분에 더욱 돋보이고 있거든! 구체적으로 설명하자면······ 터, 터질 것 같은 가슴이 말이야!

한편, 사저는····· 뭐, 알몸에 수건을 두른 것 같았다. 하지만 귀엽네. 귀엽긴 귀엽다고. 그래도 몸 곳곳이 너무 평평한걸.

세 사람이 등장하자, 전야제 행사장이 마치 꽃이라도 핀 것처럼 화사해졌다.

"저기, 블로그에 올릴 세 사람의 사진을 찍을 테니까 나란히 서 주세요! 아, 이쪽을 쳐다봐 주시고요!"

관전기자인 쿠구이 씨도 사진을 마구 찍어대고 있었다.

여류 타이틀 보유자 중에서도 압도적인 인기를 자랑하는 사저의 사진을 올리기만 해도 중계 블로그의 접속 숫자가 급증한다고 한다. '솔직히 말해 대국 사진보다 훨씬 호응이 좋다.'는 말을 듣고 나는 조금 충격을 받았다.

게다가 마이나비 여자 오픈의 일제예선에서 혜성처럼 등장한 아이는 장기 팬 사이에서 뜨거운 화제가 되고 있다. '솔직히 말해 대국 사진보다(이하 생략)'라는 말을 듣고 나는 몹시 충격을 받았다.

하지만 사저의 사진을 찍느라 꽤 악전고투하고 있는 것 같았다.

"여류 2관. 좀 웃어 보세요."

"……."(진심으로 싫증이 난 듯한 표정)

"소라 선생님, 부탁이에요. 붙임성 있게 구는 것도 타이틀 보유자의 책무잖아요."

"……여류 타이틀 보유자의 사진이 필요하다면 저보다 더 적임인 사람이 있지 않나요? 항상 싱글벙글 웃고 있는 사람 말이에요."

"그런 사람이 있나요? 누구를 말하는 건지 모르겠군요."

"……."

그런 식으로 한동안 미녀들을 감상한 뒤, 두 대국자의 인사 차례가 됐다.

그리고 용왕인 내가 먼저 해야 하는데…… 실은 이게 대국보다 더 골치 아프다.

표면상으로는 『자유롭게 말해도 된다』고 한다.

하지만…… 사실 장기와 마찬가지로 『정석』이 있으며, 그에 따라야만 한다.

"……우선 주최자에게 감사 인사. 이 지역 장기 관계자에게 인사. 호텔이 멋지다는 발언을 한 후, VIP가 와 있다면 물론 그들도 언급해야 하고, 과거에 타이틀전이 치러졌다면 그 점에 대해서도 거론……."

인사를 하기 위해 단상에 서기 직전, 나는 몇 번이나 정석 수순을 반복해서 확인했다.

또한 『금기』도 있어서, 다른 타이틀전을 언급하거나 스폰서의 라이벌 기업을 칭찬하는 것은 피해야만 한다.

지난 번 용왕전은 도전자 입장이었기 때문에, 용왕 다음에 비슷한 발언을 비슷한 분량으로 하면 됐다.

하지만 이번에는 내가 먼저 말을 해야 하니 그런 방법을 쓸 수 없다.

그래서 하와이에 온 후로 이틀 동안은 장기보다도 이 인사 연구에 더 힘을 쏟았다.

──이 전야제 인사를 완벽하게 해서 긴장하지 않았다는 걸 어필함과 동시에, 명인에게 압박을 가하자……!

마이크 스탠드 앞에 선 나는 수도 없이 고심한 끝에 완성한, 이 하와이 대국에 어울리는 완벽한 첫 마디를 입에 담았다!

『으음…… 여러분, 알로하.』

다들 폭소를 터뜨렸다. 어째서지…….

웃음을 유도한 건 아니지만, 어찌 된 영문인지 말을 이으면 이을수록 사람들은 웃음을 터뜨렸다……. 뭐, 아무런 반응도 보이지 않는 것보다는 낫지만 말이야!

그렇게 공격적인 나와는 대조적으로, 명인은 평소와 다름없었다.

요약하자면 '영세 7관과 타이틀 통산 100기 같은 기록은 전혀 의식하지 않는다.' '용왕을 상대로 최고의 무대에서 장기판 위의 진리를 추구하고 싶다.' 라고 말했다. 딱히 재미있는 내용은 아니지만 카메라 플래시 숫자는 내 백 배는 될 것 같았다. 애초에 보도진은 용왕전이 아니라 명인을 취재하러 온 거니 딱히 화가 나지는 않았다. ……진짜라고.

그후, 두 대국자에게의 꽃다발 증정이 이뤄진다.

『……원래는 꽃다발 증정이 이뤄져야 합니다만, 이번 대국장은 하와이이므로 레이를 대국자에게 걸어드리겠습니다.』

레이——꽃으로 만든 목걸이다. 꽤 센스가 있는걸.

명인에게는 일본 영사의 딸이, 그리고 나에게는 아이가 레이를 걸어줬다.

『참고로 용왕의 목에 걸린 레이는 제자 분께서 직접 만든 것입니다. 스승의 승리를 기원하며 조그마한 손으로 만든, 멋진 선물이군요.』

나는 회장의 설명을 듣고 깜짝 놀라며 아이에게 물었다.

"정말이야?"

"예………… 저기, 잘 만들지는 못했어요. 죄송해요…….."

"아니야! 정말 기뻐. 이걸 걸고 대국을 하고 싶을 정도야."

"사부님……♡♡♡"

내가 칭찬을 해 주자, 아이는 기뻐하며 웃었다.

관광과 쇼핑만 즐기고 있는 줄 알았더니…… 나를 위해 이런 걸 만들었구나. 아이의 그 마음이야말로 최고의 선물이다.

이 자리에서 확 안아주고 싶을 만큼 사랑스러웠다. 뭐, 자중했지만 말이다.

참고로 행사장 어딘가에서 하와이인데도 불구하고 가시 돋친 냉기가 흘러나오고 있었지만, 이곳은 하와이니까 분명 내 착각일 것이다. 눈이나 얼음 같은 게 있을 리가 없다.

자아, 보통은 이쯤에서 대국자만 자리를 비우겠지만——.

『그리고 오늘은 용왕전 개막 이외에 기념할 일이 하나 더 있습니다.』

회장은 잔뜩 뜸을 들여서 사람들이 기대하게 한 후…….

『오늘이 바로 방금 용왕에게 레이를 걸어 준 히나츠루 아이 양의 열 번째 생일입니다!』

"예엣?! 어어어——?!"

아까는 내가 깜짝 놀랐지만, 이번에는 아이가 깜짝 놀랄 차례였다.

아이 이외의 참가자에게는 미리 이 사실이 알려졌으며, 호텔 측 직원들이 우쿨렐레로 생일 축하 노래를 연주했다.

아이는 놀라움과 기쁨, 그리고 부끄러움이 범벅된 듯한 표정을 지은 채, 눈물을 글썽거리며 내 알로하셔츠의 자락을 꼭 움켜쥐었다. 강아지 같아서 귀엽네♡

『선물은 이게 전부가 아니랍니다.』

회장이 그렇게 말한 순간, 이 행사의 요리를 만든 요리사가 오늘의 친청한 메인 요리가 실린 카트를 밀며 나타났다.

그것을 본 아이의 눈이 반짝거렸다.

"장기 묘수풀이 케이크!"

그렇다! 그 케이크에는 아이가 좋아하는 장기 묘수풀이가 초콜릿으로 그려져 있었지만…… 그게 전부가 아니었다.

다리가 달린 장기판을 케이크로 만들었다! 솜씨 참 끝내주네!!

"스펀지를 밀크 초콜릿으로 코팅해서 나뭇결 색깔을 재현했네……. 칸과 글자는 검정 초콜릿으로 그린 거야. 흐음……."

칭찬이 인색한 사저도 감탄을 금할 수가 없는 것 같았다. 좀 부러워하는 것 같았다……. 설마 자기 생일에 '이거 만들어 줘.'라고 나한테 시키는 건 아니겠지?

"말받침까지 재현한기가……. 장난 아니대이."

사부님이 말한 것처럼 말받침까지 초콜릿으로 만들어져 있으며, 그 위에는 가진 말이 놓여 있었다. 물론 전부 초콜릿으로 말이다. 맛있을 것 같아!

장기 묘수풀이를 만든 회장이 약간 으스대면서 설명을 시작했다.

『어떻습니까? 이 작품은 하트 모양입니다만, 문제를 풀면 다른 모양이 됩니다. 하지만 꽤 많은 수를 둬야 하니 난이도가 상당──.』

"와아~! 초기 배치가 커다란 하트 모양이고, 27수째에 옥을 잡으면 조그마한 하트 모양이 되네요! 입체 묘수풀이군요~!!"

『………….』

자기가 설명을 마치기도 전에 아이가 전부 말해버리자, 회장은 미소를 머금은 채 그대로 굳어버렸다.

죄, 죄송합니다……. 이 애, 장기 묘수풀이에 있어서는 진짜 갓(God)이거든요…….

참고로 『입체 묘수풀이』란 처음 상태에서 말의 배치가 어떤 도형을 이루고 있으며, 마지막에 옥(玉)을 잡은 상태에서도 도형이 되는 장기 묘수풀이를 말한다.

그리고 그런 문제를 만드는 것은 매우 어렵다.

회장이 이렇게 수고해 준 것은 용왕전의 분위기를 돋우기 위해서겠지만, 아이에게도 기대를 걸고 있기 때문이리라.

"……회장님에게 하트 모양 케이크를 받다니…… 그것도 하트가 두 개나…… 초등학생 주제에…… 초등학생 주제에……."

오가 씨의 하트가 무시무시했다.

이 자리에 있는 사람들은 귀여운 여자애와 케이크라는 조합을 보며 기뻐했지만…… 아이가 얼마나 엄청난 일을 한 건지 이해하자마자 그 기쁨이 흥분으로 바뀌었다.

"대단해!" "판타스틱!" "천재야……!!"

그런 목소리가 연이어 들려왔다.

아이는 순식간에 사람들에게 주목을 받았다. 명인 때문에 바다를 건너 하와이까지 온 일본의 신문사와 방송국 사람들도 장기 묘수풀이 케이크 옆에 선 아이를 앞다퉈 취재하려 했다.

아이가 어색하게 취재에 응하는 가운데, 충격에서 벗어난 회장이 질문을 던졌다.

『그런데 히나츠루 양. 사부님에게 어떤 생일 선물을 받고 싶나요?』

"예엣?!"

아이는 느닷없이 그런 질문을 받고 당황했다. 그런 모습도 정말 귀여웠다.

아이는 "으음." "그게." 하고 말하며 약간 망설였지만, 이윽고 표정을 굳히면서 큰 목소리로 이렇게 말했다.

"으음, 선물 대신………… 내일 대국에서 사부님이 이겼으면 좋겠어요!!"

자기 자신보다 사부를 먼저 생각하는 갸륵한 제자를 본 사람들이 일제히 박수를 쳤다.

회장은 미소를 곱씹는 듯한 목소리로 이렇게 말했다.

『용왕, 방금 그 말 들었죠? 기분이 어떻습니까?』

"엄청 부담이 되는군요."

내가 히죽거리면서 그렇게 대답하자, 아이는 새파랗게 질린 얼굴로 대답했다.

"죄죄죄, 죄, 죄송해요!! 방금 그 말은 못 들은 걸로――."

"어? 그럼 내가 져도 되는 거야?"

"그건 안 돼요!! 꼭 이겨 주세………… 아앗?! 또 이겨 달라고 말해버렸어~!"

하하하!! 행사장 전체가 웃음소리에 휩싸였다. 아이의 얼굴은 하와이무궁화처럼 새빨개졌다.

『용왕은 멋진 제자를 뒀군요. 이거, 절대 질 수 없겠는걸요.』

"예. 보다시피 키요타키 일문은 사부가 제자에게 엄격한 게 아니라, 제자가 사부에게 엄격합니다. 전통적으로 말이죠."

내가 그렇게 대꾸하자, 행사장 안이 오늘 들어 가장 큰 웃음소리에 휩싸였다. 해냈어.

"맞는 말이대이……."

하와이까지 온 사부님은 메마른 웃음을 흘리며 그렇게 중얼거렸다. 아무래도 카드의 잔액도 메말라버린 것 같았다.

행사장 안에 있는 이들이 다들 미소를 짓고 있는 가운데, 아이만은……

"……사부님은 심술쟁이."

……하고 말하면서 새빨개진 볼을 부풀렸다.

지, 진짜 귀여워……!

명인도 칸사이 측 사람들의 대화를 들으며 부드러운 미소를 짓고 있는 가운데, 대국자들은 내일에 대비해 전야제 행사장을 나섰다.

△ 보(步)의 환상

"첫 대국에서는 쿠즈류 선생님의 보를 던져 선후수를 정하겠습니다."

오동나무로 된 함에서 비단 천을 꺼내 돗자리 위에 펼친 기록 담당은 내 진지에서 보(步)를 다섯 개 주워든 후, 과장스러운 동작으로 그것을 던졌다.

다섯 개의 장기말이 허공을 가르더니—— 메마른 소리를 내면서 새하얀 비단 위에 떨어졌다.

"보가 다섯 개 나왔습니다."

내 보(步)를 던져서 앞면인 보(步)가 더 많이 나왔으니, 내가 선수다. 무릎 위에 올려둔 내 오른손에 땀이 맺혔다.

대국은 안뜰에 인접한 2층의 넓은 방에서 치른다.

이 호텔에는 다다미방이 없기 때문에 서양식 방에 돗자리를 깔아서 일본식 방처럼 꾸몄다. 그리고 장기판과 장기말, 방석, 사방침도 칸사이 장기회관에서 가져왔다.

과거에 장기 타이틀전은 미술관의 대형 홀이나 호텔 전망대에서 치러진 적도 있기 때문에 이 정도 대응은 아무것도 아니다. 장기는 사실 다양한 곳에서 둘 수 있는 것이다.

『망루는 설치할 수 없었지만 천장에 카메라를 설치할 수 있었거든요. 오히려 편했어요.』

기전 주최 신문사의 용왕전 담당 기자는 아침에 호텔 식상에서 마주쳤을 때, 그렇게 말하면서 웃었다.

그 기자는 현재 호텔 지배인을 장기판 옆으로 안내 중이었다.

외국인인 지배인은 정좌를 할 수 없기에, 기모노 차림으로 정좌를 하고 있는 입회인과 회장 사이에서 무릎을 꼭 끌어안은 채 앉아 있었다. 그런 우스꽝스러운 광경을 본 명인은 안경 너머로 희미하게 눈웃음을 흘리고 있는 것처럼 보였다.

그리고 현지 시각으로 오전 9시 정각이 됐다.

"시간이 됐으니, 대국을 시작해 주십시오."

입회인의 그 말에 맞춰, 전원이 인사를 했다.

다른 관계자가 고개를 들었지만, 두 대국자는 잠시 동안 고개를 숙이고 있었다. 보도진이 사진 촬영을 마칠 때까지 기다리기 위해서다.

셔터를 누르는 소리가 멎었을 즈음에서야 고개를 든 나는 숨을 한 번 쉰 후, 내 보(步)를 향해 손을 뻗어서 움켜쥐었다.

아까보다 더 많은 셔터 소리와 플래시를 느끼면서…….

"핫……!!"

따악! 하는 소리가 나게 장기말을 장기판에 뒀다. 촬영을 위해, 나는 장기말을 둔 채 잠시 동안 움직이지 않았다. 장기말에 손가락을 댄 상태에서 입술을 꾹 다문 나는 촬영이 끝날 때까지 기다렸다.

내 첫 수는────── 각(角)의 길을 트는 7육보.

장기의 오프닝치고는 꽤나 정석적인 이 수를 선택한 것은 명인이 준비해 왔을, 내 전법을 노린 대비책을 쓰지 못하게 하기 위해서다.

──내 선수 특기 전법은 서로걸기(相掛)야. 그러니 명인도 그 대책을 세웠을 게 틀림없어…….

기력과 체력이 충실한 제1국에서 난전 양상을 띠는 서로걸기를 두는 것은 앞으로의 전개를 생각할 때 좋지 않다.

──이 대국은 용왕전의 첫 대결이기만 한 게 아니다. 내가 명인과 태어나서 처음으로 두는 장기인 것이다…….

아마추어와 장려회 회원 시절을 포함해도, 나는 명인과 장기판을 사이에 두고 마주 앉은 적이 없다.

아무리 상대의 기보를 연구해도, 실제로 장기판을 사이에 두고 승부를 벌여야만 파악할 수 있는 게 있다. 나는 이 첫 번째 대국에서 그런 정보를 최대한 많이 알아내고 싶었다.

두 수째. 명인도 나와 마찬가지로 각(步)의 길을 텄다. 매우 자연스러운 손놀림이었다.

이 단계에서는 아직 서로의 전법이 확정되지 않았다.

"그럼 보도진 여러분은 자리를 비켜 주십시오."

입회인이 그렇게 말하자, 입구 근처에 있는 기자부터 차례차례 밖으로 나갔다.

타이틀전에서는 두 번째 수를 둔 후에(즉 선후수의 첫 수를 촬영한 후에) 보도진이 퇴실하는 것이 관례다.

"⋯⋯."

나는 정좌 자세로 눈을 감은 채, 사람들이 밖으로 나갈 때까지 기다렸다. 어떤 수를 둘지는 이미 정했다.

3수째. 나는 비차(飛車) 앞의 보(步)를 전진시켰다.

이것도 정석적인 수이며, 상대에게 전법의 선택권을 넘겨⋯⋯ 주는 것처럼 보이지만, 실은 상대를 어떤 전법으로 유도하고 있다.

내 노림수는―― 명인에게 『싱글벙글 중비차』를 선택하게 하는 것이다.

명인은 아유무와의 도전자 결정전에서 몰이비차를 사용했다.

그리고 나는 명인의 연구 파트너인 나타기리 진 8단과의 대국에서 싱글벙글 중비차를 둬서 승리했다.

그때, 명인과 나타기리 씨가 공동으로 연구한 『초급전(超急戰)』을 상대해서 건곤일척의 승부를 펼쳤다. 명인은 분명 그 대국의 기보를 철저하게 조사했을 것이며, 이런 결론을 내렸으리라.

『싱글벙글 중비차는 전법으로서 아직 유력』――이라는 결론을 말이다.

나와 명인은 처음으로 맞붙는다. 하지만 서로의 연구 파트너를 통해 간접적으로나마 전초전을 벌였다.

그 정보를 고려해, 나는 상대의 연구를 요격할 준비를 해왔다.

——전진시켜! 한가운데의 보(步)를 전진시키라고……!!

나는 일부러 장기판에서 눈을 떼면서 마음속으로 그렇게 외쳐댔다.

그 마음이 전달된 건지, 명인은 장기판을 향해 손을 뻗었다.

하지만 그 손가락이 움켜쥔 것은 내가 그토록 바라던 보(步)가 아니었다.

게다가——— 자신의 장기말도 아니었다.

"……어?"

방금 그 소리는 관전기자인 쿠구이 씨가 낸 것일까. 아니면 기록 담당인 장려회 회원이 낸 것일까.

아니면 내가 낸 것일까.

누가 낸 것인지는 모르겠지만, 명인의 수를 본 누군가가 그런 소리를 냈다.

명인은 내 각(角)을 쥐더니 자기 말받침에 둔 후, 자기 진에 있던 각(角)을 내 각(角)이 있던 자리에 힘차게 뒀다!

후수의 각교환. 즉———.

———한 수 버리기 각교환.

"으……!!"

시각을 통해 얻은 정보가 뇌에 전달되자, 몇 초 늦게 온몸이 뜨거워졌다.

내 특기 전법을, 명인이……?

"…………"

나는 유리잔의 냉수를 한 모금 마신 후, 얼음을 씹으면서 몸 안의 열기를 식혔다. 그리고 물수건으로 오른손 손가락을 닦았다. 장기말을 던져서 선수가 됐을 때와는 비교도 되지 않을 만큼 손에서 땀이 났다.

──이건…… 어떤 의도인 거지?

선수인 내가 명인의 한 수 버리기 각교환을 부수게 해서, 내가 후수가 됐을 때 한 수 버리기 각교환을 두지 못하게 하려는 걸까?

『선후가 같은 전법을 두면 작전에 모순이 생긴다.』

장기 기사 중에는 그런 의견을 지닌 이도 있다.

하지만, 만약…….

내가 선수로서 한 수 버리기 각교환을 깨고…… 후수가 됐을 때 한 수 버리기 각교환을 써서 이긴다면?

그걸 장기계에서는 이렇게 부른다.

『왕복 따귀』.

……라고 말이다.

"…………"

아름다운 안뜰을 쳐다보며 마음을 진정시킨 후, 나는 상대의 각(角)을 잡아서 각교환을 완료했다.

용왕전을 다양한 각도에서 보도한다!

용왕전 중계BLOG

『명인, 한 수 버리기 각교환을 채용해 의표를 찌르다!』

일본에 계신 여러분, 알로하.

현지에서 중계 중인 쿠구이입니다.

하와이는 아침부터 날씨가 쾌청합니다. 대국실에는 기분 좋은 바람이 들어오고 있죠.

현지 시각으로 오전 아홉 시에 시작된 대국은 오전 열 시인 현재, 20수째에 접어들었습니다.

열 시에는 대국실에 아침 간식이 들어왔습니다. 용왕은 아이스티와 팬케이크, 명인은 하와이에서 재배된 원두로 끓인 코나 커피만 주문했습니다.

대기실에 있는 검토진에게도 마카다미아 초콜릿과 호놀룰루 쿠키 등의 하와이 과자가 제공됐습니다.

츠키미츠 회장을 필두로 키요타키 9단, 소라 여류 2관 등, 실력자들이 첫날 아침부터 장기판에 둘러앉아 활발하게 의견을 나누는 모습은 2일제 타이틀전에서는 보기 힘든 광경입니다. 예상외의 전법이 펼쳐진 바람에, 승부는 심리전 양상을 띠기 시작했습니다.

명인이 선택한 전법은 바로 한 수 버리기 각교환입니다. 4수째에 명인이 직접 각교환을 했을 때는 대기실의 관계자들이 '오오~.' 하고 탄성을 질렀습니다.

　한 수 버리기 각교환의 스페셜리스트로 알려진 츠키미츠 회장님의 의견을 들어볼까 합니다.

　──명인이 한 수 버리기 각교환을 둘 거라는 걸 예상하셨나요?

"아뇨. 솔직히 말해 뜻밖이었습니다. 변명을 하자면, 저뿐만 아니라 하와이에 온 모든 장기 기사의 예상이 빗나갔을 거라고 생각해요. 명인 이외에는 말이죠."

　──한 수 버리기 각교환의 스페셜리스트인 용왕에게 굳이 이 전법을 쓴 의도는 뭘까요?

"명인은 상대의 특기 전법을 받아주며 그것을 자신의 것으로 만듭니다. 용왕의 특기 전법이라면 선수일 때는 서로걸기, 후수일 때는 한 수 버리기 각교환이죠. 하지만 첫 수를 둔 시점에 서로걸기의 여지는 사라졌어요. 그래서 명인이 직접 한 수 버리기 각교환을 쓴 걸지도 모르겠군요."

　──한 수 버리기 각교환은 현재 선수와 후수 중 어느 쪽이 두기 쉽나요?

"올해의 승률은 양쪽 다 5할 정도입니다만, 대국에서 쓰인 횟수 자체가 극단적으로 적으니 참고가 되지 않을지도 모르겠군요. 가장 최근에 쓰인 대국은 저와 용왕이 6월에 뒀던 장기이며, 그때는 용왕이 후수로 한 수 버리기 각교환을 써서 승리했습니다. 그런 의미에서 본다면, 선수에게 불리한 면이 있을지도 모르지만…… 패배한 제가 이런 말을 하는 것도 좀 그렇지만, 그 장기에서는 선수에게도 승산이 있었으니 아직 단정할 수는 없을 것 같군요(웃음)."

──감사합니다. 앞으로도 해설을 잘 부탁드립니다.

또한, 회장 비서로서 이 인터뷰를 옆에서 듣고 있던 오가 사사리 여류초단(은퇴)이 '그때는 회장님이 이기셨어요!' 라는 코멘트를 했다는 점도 언급해 두겠습니다.

쿠즈류 용왕의 애제자이자, 내제자로서 동거하고 있는 히나츠루 아이 양(연수생·올해 마이나비 본선 출전)의 이야기도 들어봤습니다.

──쿠키 먹는데 말을 걸어서 죄송합니다만, 오늘 아침에 사부님의 컨디션은 어땠나요?

"우읍?! 흐, 흐음……(입안에 있던 쿠키를 씹어 먹으면서)…… 꿀꺽. 으음, 오늘 아침에 사부님을 깨우러 방에 갔는데, 컨디션이 나쁘지 않아 보였어요. 평소에는 좀처럼 잠에서 깨어나지 않는데, 오늘은 금방 깨어나시더라고요……."

──용왕을 깨우러? 방에 갔나요?

"예. 사부님한테서 예비 카드키를 받았거든요…… 에헤헤♡"

──신뢰받는 것 같군요. 용왕은 평소에 자택에서 어떻게 지내죠?

"사부님은 엄청 상냥하시고, 매일같이 저에게 장기를 가르쳐 주세요! 하지만, 요즘에는 용왕전 연구 때문에 방에 틀어박혀 계세요. 그렇게 바쁜 와중에도 매일 꼭 저와 장기를 둬 주세요! 에헤~♡"

──그렇군요. 역시 연구에 할애하는 시간이 늘어났군요. 그러고 보니 하라주쿠에서 소라 양과 함께 있는 용왕이 목격됐습니다만, 칸

토에서의 연구회 때문이었던 건가요?

"……예? 그게…… 무슨 소리죠……?"

——어머? 모르셨나요? 데이트…… 아니, 연구회를 위해 아름답게 꾸민 소라 양과 함께 있는 사진이 인터넷 상에서 돌면서 꽤 화제가 되고 있습니다만……. 아, 제자에게는 비밀로 하고 있었던 거군요. 그만큼 은밀한 연구회를 가졌던 걸까요.

"흐음…… 그랬구나………… 흐음……."

——말씀 감사합니다.

참고로 히나츠루 양은 아마추어인데도 마이나비의 본선에 진출했으며, 이대로 계속 이기고 올라간다면 사고(師姑)인 소라 긴코 여왕과 타이틀을 두고 싸우게 됩니다. 그래서 그런지 두 사람은 전혀 시선을 마주치지 않았으며, 두 사람 사이에서는 동문인데도 불구하고 긴장된 분위기가 흐르고 있었습니다.

그리고, 소라 여류 2관은 15세.

히나츠루 양은 어제, 10세가 됐습니다.

하와이의 하늘은 쾌청합니다만, 장기판 위와 밖에서는 아침부터 금방이라도 폭풍이 몰아칠 듯한 분위기가 감돌고 있습니다.

쿠구이
(鵠)

♟ 천월무(天月舞)

"밤바다……."

첫날 대국과 그 후의 식사 자리를 마치고 방으로 돌아온 나는 대국의 흥분을 가라앉히기 위해 혼자서 해변으로 향했다.

어느새 오후 10시가 지났다.

용왕전 제1국 첫날은 명인이 50수째를 봉인하면서 중단됐다.

"……국면은 내가 컨트롤하고 있어. 남은 시간도 내가 더 많아……."

2일제 대국에서는 오후 6시가 지나면, 그때 자기 차례인 이가 자기가 둘 수를 종이에 적어서 봉인한 후, 다음 날 대국 개시 때 입회인이 그걸 개봉해서 읽어서 그 수를 둔다.

이것을 『봉함수』라고 한다.

이 봉함수를 『하는 사람』과 『하지 않는 사람』 중에서 누가 더 유리한지에 대해서는 의견이 분분하다.

개인적으로는 봉함수를 『하는 사람』이 더 유리하다고 본다.

"……봉함수를 한 사람은 다음 수를 알고 있고, 그다음 전개를 밤새도록 천천히 생각할 수 있거든……."

이 봉함수는 명인이 했지만, 그 권리를 넘겨준 대신에 시간을 소모하게 하는 데 성공했다.

"제한시간은 약 30분 정도 차이가 나……. 이 리드를 유지하면, 최종 국면에 압도적으로 유리해질 거야……."

나는 어둑어둑한 모래사장을 걸으면서 되뇌듯이 그렇게 중얼
거렸다.

현재 형세에 관해 다른 이와 이야기하고 싶지만, 아직 대국 중
이다. 장기에 관한 이야기를 할 수는 없기 때문에, 이렇게 혼잣
말을 하면서 냉정함을 유지하고 있는 것이다.

"……명인의 봉함수는 분명 내가 옮긴 보를 잡는 △2사 동보
(同步). 그게 틀림없어. 내 응수도 비차로 그 보를 잡는 것뿐이
야. 문제는 그 다음에 명인이 어떻게 나오느냐, 인데……."

나는 머릿속에 떠오른 수를 통해 예상해 봤다.

"△6오보 ▲2삼각 △동금 ▲동비성 △6육보 ▲3삼용…… 여
기서 예를 들어 △6칠보성이라면 ▲동금 전진 △6구각 ▲6팔
금 후퇴 ▲4칠각성 , 일까?"

하지만 나는 이 예상을 즉시 부정했다.

"……아냐. 이렇게 흘러갈 리가 없어."

이대로 진행이 된다면 나는 각(角)을 희생하지만 적진을 돌파
하면서 최강의 장기말 용왕(竜王)을 손에 넣고, 명인의 금(金)과
계마(桂馬)를 잡으며, 종반의 주도권까지 쥐게 된다.

각(角)은 대마지만, 금(金)과 계(桂)와 교환할 수 있다면 오히려
이득이다.

" '장기말 한 개를 내주고 두 개를 얻을 수 있다면 보 두 개와도
바꿔라' ……. 하아, 혼자서 생각하니 계속 나한테 유리한 쪽으
로면 상상하네……. 이러면 안 되는데 말이야."

만약 그렇게 된다면 단숨에 유리해지지만, 현실은 그렇게 만

만하지 않다.

"……하지만 동굴곰을 완성한 내가 불리해지는 상황을 상상하는 것도 힘든데 말이야."

현재 내 방어력은 최강이다. 장기말을 한 개 내주고 두 개를 얻는 게 과한 욕심일지라도, 최강의 말인 용왕을 만들 수 있다면 우위를 점하며 싸울 수 있을 것이다.

"그렇게 된다면……."

──이길 수 있을지도 모른다.

그 말을 입에 담는 것은 자제했다. 설령 혼잣말일지라도 말이다.

하지만, 진짜로──.

"……응?"

불현듯 파도 소리와 물소리를 들려오자, 나는 머릿속 장기판이 아니라 현실의 바다를 쳐다보았다.

그러자───────── 천사와 시선이 마주쳤다.

이 천사는 수영복을 입고 있었으며, 맑은 달빛을 온몸으로 받으며 상냥하게 빛나고 있었다.

믿기지 않는 광경……이지만, 눈앞에 있는 이는 천사가 틀림없었다.

그것도 그럴 것이, 이렇게 아름다운 이가………… 인간일 리가…… 없다…….

"……야이치?"

"어? 사……저? 예요……?"

맙소사, 그 천사는 사저였다.

바다에서 나온 사저는 은색 머리카락에서 흘러내리는 물방울을 흩뿌리더니, 맨발로 모래사장을 걸으면서 나에게 다가왔다. 젖은 은발이 달빛을 받자 별처럼 빛났다.

어째서 이렇게 아름다운 걸까…… 하고 내가 생각하며 쳐다보자, 사저는 가슴을 가리듯 두 손으로 자신의 몸을 감싸면서 힐난하듯 이렇게 말했다.

"……변태."

"어, 어쩔 수 없잖아요! 사저가 수영복 차림이니까 계속 눈길이 간단 말이에요!"

내가 그렇게 반론하면서 새빨개진 얼굴을 감추려는 것처럼 사저에게서 고개를 돌렸다.

"하, 하지만…… 왜 이런 한밤중에 수영을 하는 거예요?"

"낮에 해변에 나왔다간 피부가 탔을 거야."

"아…… 맞다, 그랬죠."

태어날 적부터 몸의 색소가 부족한 사저는 직사광선에 약했다. 성장하면서 체력이 생겨 한낮에도 외출할 수 있게 됐지만, 그래도 양산은 필수다. ……어릴 적에는 잠시 밖에 나가기만 해도 바로 몸져눕고는 했다.

그래서 이 사람은 장기를 두게 된 것이다.

방 안에서 할 수 있는 놀이 중에서 유일하게…… 제아무리 노력한들 완벽하게 마스터할 수 없는 궁극의 게임을 접하고, 그대로 매료됐다. 아니, 소라 긴코에게 주어진 것은 장기뿐이었다.

달빛에 비친 사저의 팔도, 다리도, 놀라울 정도로 가늘었다.

내가 멍하니 그런 생각을 하면서 달과 사저를 쳐다보고 있을 때였다.

"야이치야말로 이런 시간에 뭘 하고 있었던 거야?"

"예? 아, 나는……."

"엿보러 온 거야?"

"아니에요!!"

장기에 대해서 이야기하면 안 되기 때문에 말끝을 흐렸을 뿐인데!

사저는 모래사장을 지나더니, 호텔에서 설치한 수돗가에서 가볍게 몸을 씻었다. 그리고 나뭇가지에 걸어둔 수건으로 새하얀 피부와 은색 머리카락을 닦았다.

푸르스름한 달빛 아래에 서 있는 사저의 모습은 마치 신화 속의 한 장면 같았다…….

내가 무심코 사저를 뚫어져라 쳐다보자, 그녀는 그런 나를 향해 이렇게 말했다.

"뭐, 됐어. 이제 수영에도 질려서 시내에 가 보고 싶었던 참이니까, 따라와."

"이런 시간에요?"

"이런 시간이니까 가려는 거야. 낮에는 덥고, 남들 눈에도 띄잖아."

뭐, 나도 좀 더 걷고 싶기는 했으니까…… 게다가 누군가와 이야기를 나누고 싶었으니 시내에 가는 건 좋지만…….

"그런데 사저는 그 차림으로 갈 거예요?"

"그럴 리가 없잖아. 겉옷을 걸칠 거야."

"어디에 있는데요? 아, 혹시 누가 가져다주기로 했어요?"

"응. 방금 가지고 와 줬어."

"예?"

"야이치, 파카 내놔."

"내 파카요?!"

나보고 상의를 벗으라는 거야?! 대국자가 감기에 걸리면 어쩔 건데?!

나는 그대로 뒤돌아서서 도망치려 했다. 하지만 사저는 재빨리 내 후드를 움켜잡으며 이렇게 말했다.

"자아, 내가 입어 주겠다잖아? 그러니까 잔말 말고 벗어."

"아…… 그래도 이건 산 지 얼마 안 됐고, 안에 셔츠 한 장만 입어서 좀 춥다고나 할까──."

"벗어."

"예."

어릴 적부터 주입된 상하관계는 그야말로 절대적이었다. 나는 평생, 이 천사처럼 아름다운 외모를 지닌 은색 악마에게 학대당할 것이다…….

나는 투덜거리면서 파카를 벗었다. 항의의 의미를 담아 파카를 천천히 벗자, 로우킥이 날아왔다.

"그럼 파카를 입을 거니까, 돌아서 있어."

외투를 걸칠 뿐이니 그냥 봐도 괜찮을 것 같지만, 아무래도 사저는 부끄러운 것 같았다.

나는 걷어차인 발을 질질 끌면서 시키는 대로 했다.

"……하아. 겉모습의 1만 분의 1정도라도 성격이 귀여웠으면 좋겠네……."

근처에 있다간 괜히 화를 낼지도 모른다는 생각이 들었기에, 나는 시내를 향해 걸음을 옮기면서 다시 장기에 대해 생각했다.

두 번째 대국은 오사카에서 치러진다. 홈에서 벌어지는 만큼, 유리하게 싸울 수 있을 것이다.

——내일 이긴다면…… 2연승도 꿈이 아냐……!! 명인에게 연승을 하는 것도……!!

시가지 불빛을 쳐다보며 그런 생각을 하고 있을 때——.

"………………두고 가지 마……………."

"예?"

사저는 작은 목소리로 뭐라 말하더니, 내 셔츠를 뒤편에서 잡아당겼다.

"두고 안 가요. 기다려 줄게요."

"……변태."

"왜요?!"

이유가 뭔데……?!

파카를 입은 사저가 나를 향해 두 손을 내밀더니, 헐렁헐렁한 소매를 보여줬다.

"헐렁해."

"그야 그렇겠죠……."

아무리 내가 체격이 작은 편이라고 해도, 남자 옷이니 사저에게는 클 것이다. 게다가 내가 두 살 연상이거든? 알고 있을까? 완전히 깜빡했지?

그, 그건 그렇고…… 큼직한 상의를 입으니까 말이야…….

안에 수영복을 입었다는 걸 알지만………… 왠지 아무것도 입지 않은 것처럼 보이네…….

"변태."

"어어어어, 어째서요?! 딱히 변태 아니거든요?! 그리고 사저는 가족이나 다름없으니까 하나도 흥분 안 된다고요!"

"야이치가 변태 같은 눈길로 쳐다보니까, 이 옷 싫어."

"그럼 돌려줘요."

"싫어."

어리광쟁이 공주님께서는 제멋대로 행동하고 계셨다. 진짜 영문을 모르겠네…….

나를 놀려서 기분이 좋아진 것 같은 사저가 하와이에 와서 처음으로 환한 미소를 짓더니…….

"자, 가자."

그렇게 말하면서 내 손을 잡고 걸음을 옮겼다.

© shirabii

호놀룰루는 관광지답게 이 시간대에도 사람이 많았다.

아직 열린 가게도 많았으며, 전부 손님들로 북적대고 있었다.

"……그중에서도 가장 인기가 좋은 곳이 사누키 우동 체인점 이라니……."

"좀 실망이네요……."

백인들이 줄지어 서 있는 마루○메 제면소 건물을 곁눈질한 사저와 나는 딱히 목적지도 없이 한밤중의 하와이를 탐험했다. 모르는 시내를 혼자서 돌아다니면 불안하겠지만, 둘이서 돌아 다니니 왠지 가슴이 뛰었다.

길을 따라서 걷던 사저가 아이스크림 가게 앞에서 걸음을 멈 췄다.

"아이스크림 먹고 싶어."

"이 시간에요? 살찔걸요?"

"일본은 지금쯤 낮일 거잖아."

사저는 뚱딴지같은 이론을 늘어놓더니, 나한테서 빌린 파카 의 호주머니에서 내 지갑을 멋대로 꺼냈다. 그리고 당연하다는 듯이 내 돈으로 아이스크림을 구입했다.

그리고 사저는 근처 벤치에 앉더니, 환한 표정으로 그것을 먹 기 시작했다. 참고로 나한테도 조금 나눠 줬다. ……아주 조금 말이다.

"야이치, 맛있었지?"

"엄청 달았어요."

이곳에 와서 먹은 음식은 전부 달았지만, 방금 먹은 아이스크

림은 더 달게 느껴졌다.

나는 컵을 쓰레기통에 버리러 갔다.

벤치에 돌아와 보니, 사저가 앉은 채로 나에게 손을 내밀었다.

"······일으켜 줘."

"아······ 예."

나는 사저가 내민 손을 잡은 후, 공주님이 몸을 일으키는 것을 도왔다.

걸음을 옮기기 시작하자, 손에서 힘을 살짝 뺀 후······ 그대로 은근슬쩍 손을 마주 잡았다.

장기의 전법을 정할 때처럼, 우리는 아무 말도 없이 탐색전을 펼친 끝에······ 그대로 깍지를 꼈다.

가장 깊은 형태로 말이다.

""············.""

자신들이 비도덕적인 짓을 하고 있는 듯한 느낌이 들면서 가슴이 엄청 뛰었다. 봉함수를 했다고는 해도 대국이 계속되고 있는 와중에, 대국자가 여자애와 손을 맞잡고 한밤중의 거리를 걷는 것은 여러모로 문제가 될지도 모른다.

『하지만······ 여기는 하와이잖아!』

나는 마음속으로 변명한 후, 사람들이 쳐다볼 만큼 아름다운 소녀와 손을 맞잡은 채 이국의 거리를 걸었다.

남자의 망상이 폭발한 듯한 상황이지만, 이것은 엄연한 현실이었다. 사저의 얼굴이 시야에 들어올 때마다, 가슴이 먹먹해지는 듯한 달콤한 통증이 느껴졌다.

어릴 적부터 수천 번이나 맞잡았을, 사저의 손⋯⋯.

나는 이 손을 잡고, 장기라는 광대한 세계를 모험했다.

제아무리 어두운 동굴에도, 제아무리 흉포한 괴수에게도, 사저와 함께라면 도전할 수 있었다. 둘이서 함께할 때는 아무것도 무섭지 않았고, 어디든 갈 수 있다고 믿었다.

하지만, 언제부터일까?

이 손을 놓고, 서로가 혼자서 걷기 시작한 것은⋯⋯.

결국, 우리는 한 시간 정도 산책을 하고 호텔에 돌아왔다.

어느새 열두 시가 다 됐다. 내일도 대국이 있으니, 잠이 오지 않더라도 침대에 누워서 머리와 몸이 휴식을 취하게끔 해 줘야만 한다.

나는 사저를 방 앞까지 바래다준 후, 문을 열기 직전에 이렇게 말했다.

"파카를 돌려주세요."

"싫어."

"어⋯⋯."

뭐, 호텔 안이니 춥지는 않지만⋯⋯ 산 지 얼마 안 된 옷을 사저에게 빼앗기니 좀 아쉬웠다. 남자 옷인데 그렇게 마음에 든 걸까?

"그런데 사저는 누구와 같은 방을 쓰죠?"

"나는 혼자 써. 장려회 회원이니까 다른 사람과 같이 써도 된다고 말했는데, 타이틀 보유자라 신경을 써 준 것 같아. 왜 그런 걸 묻는 거야?"

"예? 그게…… 아이는 케이카 씨와 한 방을 쓴다고 해서, 사저도 다른 사람과 같은 방을 쓰나 싶어서요."

"…………이럴 때도 초등학생 이야기만 하는구나."

"예? 이럴 때도?"

"바보, 바보~. 로리콤 킹."

"그러니까 로리콤이 아니라고요!"

"증거 있어?"

"예?"

"……내가 믿어 주기를 원한다면 증거를 대."

사저는 그렇게 말하더니, 문에 기대듯 나와 마주 선 후——.

살며시 턱을 들어 올리면서 눈을 감았다.

"읔……!!"

이, 이건……!

처음에는 사저가 나를 놀리는 거라고 생각했다. 사저가 너무 자연스럽게 이런 포즈를 취했기 때문이다.

하지만 곧 그렇지 않다는 사실을 눈치챘다.

어둑어둑한 복도에서도 확연히 알 수 있을 만큼 사저의 목덜미가 빨갛게 달아올라 있었으며…… 속눈썹 또한 희미하게 떨리고 있었다.

그래서 나는 사저가 진심이라는 걸 알 수 있었다.

왜냐하면———— 사저는 지금 장기에서 최고의 승부수를 던질 때와 같은 반응을 보이고 있었다…….

"노, 놀리지 마세요! 내일도 대국이 있단 말이에요! 이제 자야 한다고요!"

나는 결국 사저의 승부수를 받지 않고 결전을 회피했다.

나는 부끄러움을 감추기 위해 약간 화난 척을 하며, 그 자리에서 도망쳤다.

등 뒤에서 이런 목소리가 들려온 것 같은 느낌이 들었다.

"……야이치는 바보."

방에 돌아온 후에도 가슴이 너무 뛰어서 한동안 잠을 잘 수가 없었다.

그게 명인과의 대국에서 이길 것 같기 때문인지, 아니면 다른 이유 때문인지 잠이 들 때까지 생각해 봤지만 결론을 내리지 못했다.

△ 경악의 광야(曠野)

"봉함수는————— △2사 동보."

개봉된 봉함수를 입회인이 발표하면서, 이틀째 대국이 시작됐다.

명인의 봉함수는 예상한 그대로였지만, 나는 입회인의 말을 들으면서 약간 안도했다. 어젯밤에 내가 한 검토가 헛수고로 끝나지 않을 것 같기 때문이다.

그 후의 전개도 내 예상대로 진행됐다.

첫날에 시간을 허비했다고 생각한 듯한 명인은 빠르게 수를 두고 있었다. 나도 예상대로 진행되고 있었기에 빠른 페이스로 수를 뒀다.

──제한시간 차이는 30분. 최종 국면까지 이 차이를 유지한다면 압도적으로 내가 유리해!

나는 그런 생각을 하며 수를 계속 뒀지만…… 도중에 내 손이 움직임을 멈췄다.

"…………이건……."

나는 어느새 장기판 위에 펼쳐진 국면을 뚫어져라 응시했다.

그것은 내가 어젯밤에 해변을 걸으면서 떠올렸던 국면…… 나에게 너무 유리하기 때문에 '말도 안 된다'고 생각하며 부정했던, 바로 그 국면이다.

"…………어?"

나는 명인의 얼굴을 힐끔 쳐다보았다.

명인은 장기판 앞에 앉아서 느긋하게 안경을 닦고 있었다. 비관이나 초조함 같은 것은 느껴지지 않았다. '형세는 나쁘지만, 이미 어쩔 수 없다.'라고 생각하며 포기한 것처럼 느껴지지도 않았다.

"???"

나는 상대의 생각을 읽을 수가 없었기에 장기판을 주시하며 현재 국면을 확인했다.

──혹시 함정이 있는 걸까……?

내 진영에 빈틈이 없는지 살펴봤지만, 나는 현재 동굴곰을 완성했다. 완벽하게 동굴곰을 짜진 않았기에 무적이라고 할 수는 없지만, 적어도 적진보다는 튼튼했다. 함정 같은 것은 보이지 않았다.

수비를 걱정할 필요가 없다면, 이제부터는 공격에 전념하면 된다.

어제는 이 상황에서 검토를 중단했지만, 그건 이 상황까지 온다면 자신이 절대적으로 유리하다는 확신을 가질 수 있었기 때문이다. 장기 기사 백 명에게 물어봐도 백 명 전원이 내가 우세하다고 말할 것이다. 그 정도로 차이가 극명하게 나고 있었다.

카드 게임을 하는데 나만 좋은 카드를 잔뜩 가지고 있는 거나 다름없는 상황인지라, 생각하는 것 자체가 즐거웠다. 그리고 생각을 하기 위한 시간 또한 잔뜩 있었다.

이 상황에서 아예 결판을 낼 작정으로 수읽기를 시작한 나는
——.

——……………어?

생각에 잠기면 잠길수록, 장기판을 향해 몸이 기울어졌다. 그와 동시에 미간에 주름이 생겼다.

왜냐하면…….

——공격할 수가…… 없어?

그럴 리가 없다.

적진 안에 내 용왕(竜王)이 있고, 내 각(角)을 내주고 상대방의 금(金)과 계마(桂馬)를 손에 넣었으며, 주도권 또한 쥐고 있다. 이렇게 유리한 상황이면 상대를 마음대로 요리할 수 있을 것이다.

하지만 동시에 이런 생각도 들었다.

그 재료도 결국————만들려는 요리와 맞지 않는다면 아무짝에도 쓸모없다.

"응……?"

나는 무심코 미간을 찌푸린 채, 장기판을 향해 몸을 숙였다.

——불리한 상황일까? ……이렇게 유리한 카드를 거머쥐고 있는데? 정말?

하지만 수읽기를 하면 할수록, 단순히 불리한 상황이 아니라는 사실이 판명됐다.

아무리 수를 읽어도, 내 상황을 개선할 변화를 찾을 수가 없었다. 단 하나도 말이다.

그건 즉…….

——혹시…… 불리한 상황 아니야……?

충격을 받은 정도가 아니었다.

등골이 서늘해졌고, 머리와 얼굴은 뜨겁게 달아올랐다. 마치 감기라도 걸린 것처럼 기분이 나빴고, 구역질이 치밀어 올랐다. 가슴은 쿵! 쿵! 소리를 내며 갈비뼈가 아플 정도로 뛰고 있었다.

격렬한 심장 고동 때문에 목소리가 떨리지 않도록, 나는 속삭이는 듯한 목소리로 기록 담당에게 말했다.

"기보를…….

"예."

나는 손이 떨리지 않도록 조심하며, 기록 담당이 건네준 기보를 받았다.

내가 확인하고 싶은 것은 지금까지의 수순이 아니다. 그것은 완벽하게 기억하고 있다.

지금 내가 확인해야 하는 것은 장기 부호 옆에 기록된 숫자——소비 시간이다.

"윽⋯⋯⋯⋯!!"

나는 그 숫자를 보고 비명을 지를 뻔했다.

명인이 오늘 대국에서 현재 국면에 이를 때까지 소비한 시간은 겨우 17분에 불과했다.

한 수를 두는 데 2분도 채 쓰지 않은 것이다. 제한시간이 여덟 시간이나 되는 장기에서는 거의 노타임으로 수를 둔 것이나 다름없다.

나는 명인이 어쩔 수 없다는 심정으로 이렇게 빨리 수를 두는 거라고 생각했다. 불리하다는 사실을 자각하고, 첫날에 시간을 대량으로 소비한 점을 만회하기 위해 빨리 두는 거라고 여긴 것이다.

하지만⋯⋯ 그렇지 않았다.

명인은 불리하다는 사실을 자각한 게 아니었다.

"⋯⋯⋯⋯설마⋯⋯⋯."

굳게 다물고 있던 내 입에서 멋대로 목소리가 흘러나왔다. 크나큰 충격을 받은 바람에 마음속에서 목소리가 흘러나온 것이다.

——설마⋯⋯ 장군까지 수읽기를⋯⋯ 마친, 걸까⋯⋯?!

"윽⋯⋯⋯⋯!!"

나는 기록 담당에게 기보를 돌려줬다.

이제 손이 떨리고 있다는 걸 숨길 수가 없었다.

얇은 종이에서 소리가 날 정도로 손이 덜덜 떨리고 있었다.

"실례합니다. 점심 주문을 받으러 왔습니다."

호텔 스태프가 메뉴판을 들고 대국실에 들어왔다.

솔직히 말해 점심 같은 건 안중에도 없었다. 밥이나 먹을 때가 아니다. 밥을 먹을 시간까지 아껴 가며 생각에 잠기고 싶었다.

……그러나 점심을 먹지 않았다간, 내가 동요했다는 사실을 명인이 알아챌지도 모른다…….

아니, 이렇게 생각에 잠긴 시점에서 이미 들켰을 테지만, 그래도 나는 허세를 부리기로 했다. 이제 내가 저항할 방법이라고는 그것뿐이었다.

"그럼…… 클럽하우스 샌드위치로 하죠."

하지만 명인은 식사를 주문하지 않았다.

──점심을 먹지 않는 거야? 왜지……?!

정신적으로 동요한 나는 명인이 '점심을 주문하지 않는다'는 사실에도 과민한 반응을 보였다.

점심을 먹지 않는 건 흔한 일이다. 아침을 너무 많이 먹었기 때문일지도 모르며, 타이틀전에는 간식이 빈번하게 나오니까 점심을 먹지 않아도 된다고 생각하는 걸지도 모른다.

그 이전에, 하와이 음식이 입에 맞지 않는 것뿐일지도 모른다.

하지만 심리적으로 궁지에 몰린 나는…….

──혹시…… 이미 결판이 났나?! 그 정도로 나쁜 상황인가?!

……라고 생각하고 말았다.

악화된 형세는 마음에 그대로 영향을 끼쳤다.

그리고 승부란…… 마음이 꺾인 순간에 끝난다.

점심 휴식 시간을 포함해 두 시간 넘게 생각했지만, 역전을 할 수는 생각나지 않았다. 이 두 시간은 내 수읽기가 물렀다는 것을 확인하기만 하는 시간이었다. 생각을 하면 할수록 마음에 독이 퍼지면서, 전의가 깎여 나갔다.

대국이 재개되는 것과 동시에, 나는 적진을 향해 보(步)를 전진시켰지만, 그것은 허세에 지나지 않았다.

명인은 지금까지와 마찬가지로 빠른 페이스로 수를 뒀다. 역시 장군까지의 수를 전부 읽은 것이다.

"아아……."

튼튼한 줄 알았던 동굴곰이 명인의 보(步)에 의해 무너져 가는 광경을, 나는 남의 일처럼 지켜보고 있었다. 이미 싸울 수 있는 정신상태가 아니었다. 이런 상황에서 역전하는 건…….

나는 상대가 실수하기를 바라며 공세를 펼쳐봤지만, 명인은 실수를 하지 않았다.

그리고…… 92수째.

명인이 내 옥(玉)의 옆구리에 금(金)을 찔러 넣자, 나는 고개를 숙였다.

"……졌습니다."

오후 2시 45분——투료.

첫째 날이 끝난 시점에서는 필승을 확신했던 장기는 둘째 날의 간식이 나오기도 전에 끝났다.

진 사람은 바로 나였다.

"서두르지 마시고, 천천히 입실해 주십시오!"

내가 투표를 한 순간, 기자와 카메라맨이 대국실에 밀려들어왔다. 입회인이 제지하려 했지만, 다들 들은 척도 하지 않았다.

보도진은 입실하자마자 셔터를 눌러댔고, 카메라를 쥔 채 최적의 포지션을 잡기 위해 쇄도했다.

최적의 포지션———— 즉, 승리한 명인의 얼굴을 찍을 수 있는 장소를 말이다.

"…………."

나도, 명인도, 고개를 숙인 채 아무 말도 하지 않았다. 꼼짝도 하지 않았다. 아니, 할 수 없었다.

이럴 때는 주최 신문사의 관전기를 담당하는 기자가 가장 먼저 질문할 권리를 가진다.

하지만 너무나도 대국자가…… 내가 충격에 휩싸인 채 고개를 푹 숙이고 있었기에 방 안의 분위기는 너무나도 무거웠다. 그래서 그 기자는 아무 말도 하지 못했다.

그 기자를 대신해 입을 연 사람은 바로 회장이었다.

"……평범하게 생각한다면—."

발 디딜 틈도 없을 만큼 혼잡한 대국실에 소리도 없이 들어와서 장기판 옆에 앉아 있던 츠키미츠 회장이 내 마음을 대변하듯 이렇게 말했다.

"……동굴곰을 완성했고, 각을 내주면서 상대의 말을 두 개나 손에 넣은 데다, 비차도 용왕으로 승격해서 주도권을 쥐었으니…… 보통은 선수가 유리해야겠습니다만……."

그 목소리에서는 순수한 놀라움이 어려 있었다.

한 수 버리기 각교환의 스페셜리스트인 츠키미츠 회장조차도 이 수순에서 선수가 불리해질 거라고는 생각도 못한 것이다. 나와 마찬가지로 말이다.

"그, 말씀은——."

그제야 관전기자가 입을 열면서, 머뭇머뭇 질문을 던졌다.

"명인이 각을 뒀던 수가 『매직』이었다는 겁니까?"

"매직? 이건 그렇게 가벼운 게 아닙니다."

회장은 평소와 다르게 단호한 어조로 그 말을 부정하더니, 경외심마저 어린 듯한 목소리로 이렇게 말했다.

"그건………… 기적입니다."

▲ 오로라

머릿속에서 소리가 나고 있었다.

"영세 7관을 향해 멋지게 첫걸음을 내디디셨군요! 이대로 4연승 용왕 탈취도 가능할까요?!"

"다음에는 선수로 두게 될 텐데, 연승을 향한 포부를 말씀해 주십시오!!"

"명인! 대기록을 기대하고 있는 국민들에게 한 말씀 해 주시죠!!"

대국실의 정적은 내가 고개를 든 순간, 부서졌다.

복도를 뛰어다니고 있는 기자와 관계자들의 발소리.

쉴 새 없이 들려오는 셔터 소리.

그리고 명인을 향한 질문이 끊임없이 실내에 울려 퍼졌다.

패배한 나도 질문을 받았지만, 그게 어떤 질문이었는지, 그리고 뭐라고 대답했는지 전혀 생각나지 않았다.

그저…… 머릿속에서 계속 울리고 있는 묘한 소리만이 계속 신경 쓰였다.

명인은 자신을 향해 쏟아지는 대량의 질문에 담담히 대답하고 있었다. 기록은 개의치 않는다. 다음번에도 장기판 위의 진리를 추구하며 최선을 다해 대결에 임하고 싶다. 이런 말만 했다. 보도진이 원하는 거침없는 발언은 절대로 하지 않았다. 명인이 무슨 말을 하거나 장기말을 옮길 때마다 대량의 플래시 세례가 쏟아졌으며, 카메라의 핀트를 맞추는 전자음이 울려 퍼졌다.

하지만 그것들 이외에도 낮은 땅울림 같은 소리가 계속 들려왔다.

내가 감상전을 마치고 방으로 돌아온 후에도 그 소리는 멎지 않았다.

천둥소리인가 싶어서 창가에 서서 하늘을 올려다보았지만, 비는 내리고 있지 않았다. 어느새 해가 지고 밤하늘에는 사저와 함께 걸었을 때와 마찬가지로 수많은 별이 반짝이고 있었다.

하지만 어제는 들리지 않았던 소리가, 지금은 똑똑히 들렸다.

──대체 무슨 소리지?

나는 기모노를 벗지도 않은 채, 창가에 서서 멍하니 생각에 잠겨 있었다. 그 소리의 정체에 대해서 말이다.

바로 그때, 등 뒤에서 인기척이 느껴졌다.

"죄, 죄송해요……. 노크를 했는데, 대답이 없어서…………."

아이였다.

아무리 기다려도 뒤풀이 파티 자리에 오지 않는 나를 부르러 온 것 같았다. 그러고 보니 아이에게는 이 방의 열쇠를 줬다. 그걸로 들어온 것이리라.

"저기…… 사부님? 너무 낙심하지는 마세요."

이 어리고 기특한 제자는 억지로 밝은 목소리를 쥐어짜내면서 패배한 스승을 위로하려 했다.

"괜찮아요! 겨우 한 번 졌을 뿐이잖아요! 다음번에 되갚아 주면 분명──."

그렇게 말한 아이는 갑자기 말을 멈췄다.

그녀를 향해 고개를 돌린 내 얼굴을 봤기 때문이리라.

"한 번 졌을 뿐……이라고?"

나는 손에 쥐고 있던 전통 손가방을 바닥에 던진 후, 아이를 향해 고함을 질렀다.

"그 장기를 보고도 그런 소리가 나와?!"

"히익……."

열 살도 채 되지 않은 제자가 겁먹은 듯한 표정을 지었다.

아이의 저런 표정은 처음 보았다. 아마 나도 아이에게 처음 보여주는 표정을 짓고 있을 것이다.

　하지만 나는 말을 멈출 수가 없었다. 결국 그대로 계속 고함을 질렀다.

　"그딴 장기를 보고 잘도 웃는구나! 뭐가 한 번 졌을 뿐이라는 거야! 시리즈 중반에 그런 걸 당했으면 그대로 끝났을 거야! 내 장기관(將棋觀)이 근본부터 부정당하고 말았다고!!"

　"자………장기……관……?"

　"내가 읽지 못한 수를 상대가 둔 거면 차라리 나아! 그럼 수정할 수 있어! 수읽기에 더 힘을 실으면 돼!"

　승부처에서의 시간 분배를 바꾸면, 수읽기에 더 힘을 실을 수 있다. 그러면 바로 대응할 수 있으리라.

　하지만——.

　"나도 읽었던 수를, 분명 읽었는데도 불구하고 바로 부정했던 수를 상대가 둬서 졌단 말이야!"

　나에게 있어서는 가장 말도 안 되는 수였다.

　가장 먼저 떠올렸지만, 바로 부정했던 수였다.

　하지만 그것이 바로 최선의 수였던 것이다.

　"게다가 내가 누구보다 열심히 연구했던 전법을…… 그 연구 성과를, 내가 길러온 감각을 근본부터 부정당했어!! 명인은 이번 대국으로 내가 지금까지 뒀던 수십만 번의 장기를 전부 부정했다고!!"

　이 순간, 나는 자신의 머릿속에서 울려 퍼지고 있는 소리의 정체를 눈치챘다.

그것은—— 세계가 무너지는 소리였다.

"시간이 없어⋯⋯. 한 수 버리기 각교환의 연구를 철저하게 다시 검토할까? 아냐! 명인이 내 한 수 버리기를 받아줄 거라는 보장이 없어⋯⋯. 그렇게 되면 내 연구가 전부 부질없어지고 말아⋯⋯! 젠장!! 어쩌면 좋지?!"

방구석에 서서 떨고 있는 제자를 방치한 채, 나는 기모노 차림으로 바닥에 주저앉아 손가락을 깨물면서 혼잣말을 중얼거렸다.

명인은 내 몸 가장 깊숙한 곳에 있는 급소를 찾아내서, 베어버렸다.

소리 없이.

단칼에.

대국 다음 날에는 관광을 하지 못한 대국자를 위해 버스를 전세내서 하와이 관광을 하기로 되어 있었다.

하지만 나는 모든 일정을 취소한 후, 마침 딱 한 자리 비어 있던 일본행 비행기를 타고 서둘러 귀국하기로 했다. 1분 1초도 아까운 상황이었던 것이다.

올 때만 해도 쾌청했던 하와이의 하늘은 먹구름에 뒤덮여 있었으며, 세찬 빗줄기가 쏟아지고 있었다.

소리는 지금도 멎지 않았다.

R Y U
O S U I

사 소개

◎ **츠키요미자카 료**

▌ 여류기사 번호	34
▌ 생년월일	1998년 5월 13일
▌ 출신지	도쿄도 초후시
▌ 스승	카자하리 카쿠지 9단
▌ 타이틀 이력	

여류옥장 3기
여류제위 1기

Ryou Ts

⌂ 스피닝 드래곤

"……………졌습니다."

두 번째 대국에서는 제대로 맞서 보지도 못하고 졌다.

오사카 시내에 있는 호텔에서 치러진 이 대국은 첫 번째 대국으로부터 겨우 2주 후에 치러지기에, 나는 애초부터 『버리는 대국』으로 여겼다.

그래서 졌는데도 대미지가 적었다.

대국을 마친 후에 가진 인터뷰에서도 나는 이렇게 대답했다.

"다음 대국에서는 제가 선수이며, 앞선 두 대국을 통해 명인과의 대국에도 익숙해졌습니다. 텐도(天童)에서 있을 대국에서는 좀 더 나은 장기를 둘 수 있을 거라 생각합니다."

오사카에서 있는 대국이라 동료인 칸사이 장기 기사들이 잔뜩 왔고, 대기실에서 검토를 하거나 해설회의 분위기를 띄워 주려 했다. 하지만 별다른 볼거리가 없는 장기였기에 그것도 힘들었다.

하지만 뒤풀이 자리의 분위기는 꽤 괜찮았다.

SM 소설가인 오니자와 선생님도 와 주셨는데, 나는 본체만체하며 오래간만에 만난 사저와 아이하고만 즐겁게 담소를 나눴다. 사저는 꽤 질색하고 있었다.

뜻밖의 인물과도 재회했다.

"쿠즈류 선생님, 손녀가 신세 많이 지고 있습니다."

"아…… 오래간만입니다."

야샤진 아이의 할아버지였다.

아키라 씨를 대동하고 나타난 그는 눈에 띄지 않는 복장으로 행사장을 방문하더니, 내 주위에 사람이 없을 타이밍에 나에게 말을 걸었다.

"죄송합니다. 모처럼 이렇게 와주셨는데, 실망스러운 장기를 보여드리고 말았군요……."

"아뇨, 괜찮습니다."

아이의 할아버지는 천천히 고개를 저었다.

"저는 장기에 대해 잘 모릅니다만, 승부에 관해서는 다소 아는 편입니다. 쿠즈류 선생님은 이번 대국에서 뭔가를 파악하신 것 같더군요. 다음 대국을 기대하고 있겠습니다."

"그렇게 말씀해 주시니 감사합니다……."

나는 마음이 가벼워진 듯한 느낌이 들었다. 그리고 주위를 둘러보며 물었다.

"아이도 같이 왔나요?"

"아가씨께서는 집에서 공부 중이시다. 대국을 앞두고 계시니까 말이다."

아키라 씨가 말한 『대국』이란 마이나비 본선이다.

내 두 제자는 같은 날에 도쿄에서 대국 예정이 있다.

"……아이에게 신경을 써 주지 못해 죄송합니다. 그래도 당일에는 도쿄까지 동행할 생각이에요."

"감사합니다, 쿠즈류 선생님."

아이의 할아버지는 내 말을 듣고 눈가가 촉촉해지더니, 내 손을 꼭 잡으며 이렇게 말했다.

"아이의 곁을 오래오래 지켜주셨으면 합니다. 꼭 부탁드립니다……."

세 번째 대국.

완벽하게 준비를 마치고 임한 그 대국은 『장기의 고장』 야마가타현 텐도시에서 치러졌다.

인구가 6만 명 정도인 이 지역은 장기말의 생산지로 유명하며, 세상에서 가장 장기를 가깝게 느낄 수 있는 장소다.

봄에는 『인간 장기』가 펼쳐지는 마을로도 알려져 있다.

텐도역 옆에는 장기자료관이 있으며, 전통산업인 장기말 제작은 물론이고 타이틀전의 상황 등도 자세하게 설명되어 있었다.

특히 이번 용왕전에는 명인의 타이틀 100기와 영세 7관이 걸려 있기 때문에 『세기의 대결』로서 주목을 받고 있으며, 시내 곳곳에 포스터와 횡단막이 걸려 있었다.

지역 전체가 용왕전에 주목하고 있었으며, 텐도역에 우리가 도착하기만 기다리고 있던 보도진과 장기 팬들이 그대로 대국장까지 따라왔다.

대국이 펼쳐지는 호텔 『타키노유』에는 『용왕의 방』이라고 해서, 장기 중계를 전제로 설계된 방이 있다.

──기합이 잔뜩 들어갈 수밖에 없는 시추에이션인걸…….

필승을 다짐하며 『용왕의 방』에 들어선 나는 이 방의 주인으로서 모든 자존심을 장기판에 쏟아부으며 명인을 상대로 한 걸음도 물러서지 않으며 싸웠다.

　일전의 두 대국은 2일차 오후에 결판이 나고 말았지만, 이 세 번째 대국은 종반까지 아슬아슬한 대결이 펼쳐졌다.

　서로가 1분 장기를 두고 있으며, 최후의 맞승부를 펼치고 있었다.

　──내 옥(玉)을 잡는 건 무리야…………. 이길 수 있어!!

　기나긴 대접전 끝에 페이스를 움켜쥔 나는 명인의 옥(玉)을 잡기 위해 최후의 힘을 짜내며 수를 읽었다.

　하지만──.

　서로가 액셀을 최대한 밟으며 내달리던 국면에서, 갑자기 이상한 수가 튀어나왔다.

　"윽! 으응?!"

　본능적으로 위험을 감지한 내가 장기판을 향해 뻗던 손을 멈췄다.

　명인이 펼친 그 뜻밖의 수는…… 무의미해 보이지만, 왠지 위험이 감도는 듯한 예감이 들었다. 그런 불길한 수였다.

　고속도로 한가운데에 돌멩이를 놔둔 듯한, 그런 수다.

　──뭐야……?! 위험에 처한 거야……?!

　내가 수읽기로 파악한 직선적인 변화에 뛰어들었다간, 명인이 둔 돌멩이에 걸려 그대로 스핀해버릴 것 같은 불안이 엄습했다. 뛰어들면 돌이킬 수 없다. 그러니 완벽하게 수읽기를 할 필요가 있지만…… 그럴 시간이 없었다.

──시간이 필요해! 3분, 아니, 2분만 있으면……!

바로 이때, 내 마음속에 사념이 생겨났다.

내가 읽은 수읽기가 아니라 다른 변화에 뛰어든다면, 내가 이 토록 갈망하는 시간을 손에 넣을 수 있다. 그런 변화가 생각난 것이다.

하지만 그것은 『사도(邪道)』라고 할 수 있는 방법이다.

평소 같으면 절대 채용하지 않았을, 그리고 타인이 뒀다면 경멸했을 수였다. 하지만…….

──3연패는 반드시 피해야만 해……. 그리고 시간만 있으면 이길 수 있어! 그렇다면……!

자신의 미학과 승리를 향한 욕구 사이에서 감정이 흔들렸다.

이러는 사이에 기록 담당의 초읽기가 시작됐다.

"오십 초. 하나, 둘, 셋──."

"……에잇!"

손이 멋대로 움직인 듯한 느낌으로, 나는 그 변화에 뛰어들었다.

『천일수』다.

같은 수순을 반복하며, 그동안 시간을 벌 수 있다.

천일수는 동일국면이 네 번 발생한 단계에서 성립하니, 세 번째까지는 합법적으로 시간을 벌 수 있다.

그리고 한 수를 둘 때마다 59초 동안 생각을 한다면, 자신의 차례만으로도 상당한 시간을 벌 수 있다. 이 변화를 통해 10분

이상 확보할 수 있는 것이다.

　——그 정도 시간이면 외통수를 찾을 수 있어……!

　나는 최대한 시간을 끌면서 수읽기에 전념하려 했다.

　하지만 나는 이 순간, 엄청난 착각을 하고 말았다.

　그리고 그 사실을 눈치챈 순간…… 수읽기를 할 때가 아니라는 사실을 깨달았다.

　"…………앗?!"

　반복되는 국면에서, 나는 상대에게 장군을 걸었다.

　——연속 장군의 천일수……!!

　평범한 천일수의 경우, 선후를 바꿔서 재시합을 가진다.

　하지만 연속 장군의 천일수는 동일 국면이 네 번 발생한 시점에서 장군을 건 쪽이 패배한다!

　즉, 네 번 반복했다간 내가 진다.

　상대의 옥(玉)을 잡을 수를 찾는데 집중한 나머지, 그런 기본적인 룰을 완전히 깜빡한 나는 패닉 상태에 빠진 채 기록 담당에게 물었다.

　"몇 번째죠?! 세 번째인가요?!"

　"………….”

　"윽?!"

　기록 담당은 난처한 표정을 지을 뿐, 대답해 주지 않았다.

　당연했다. 이 경우, 몇 번째 장군인지가 승패에 직결되어 있다. 방금 내 물음에 답하면 조언 행위가 될 수 있다.

내가 냉정한 상태였다면 거기까지 생각이 미쳤을 것이다.

하지만 아슬아슬한 국면이 펼쳐지는 상황인 데다, 시간을 벌려고 일부러 천일수를 두려고 했다는 죄책감에 사로잡힌 심리 상태에서는…… 아무 생각도 할 수가 없었다.

"큭……!"

나는 동요한 채 천일수에서 벗어났다. 하지만 그것은 엄청난 악수(惡手)였다.

나는 수를 두자마자 그 사실을 깨달았고——.

"크윽…………!!"

온몸에서 피가 빠져나가는 듯한 느낌을 받았다.

등골에서 땀이 뿜어져 나오더니…… 그 땀에 젖은 기모노가 순식간에 차가워지면서, 납덩이처럼 무거워졌다.

명인은 깊디깊은 한숨을 내쉬었다.

그것은 실망으로 가득 찬 한숨이었으며…… 그 소리를 들은 순간, 부끄러운 나머지 죽고 싶어졌다.

명인이 다음 수를 둔 순간, 나는 고개를 숙였다.

"……졌습니다."

나는 기보도 꾸미지 못하고 비참한 패배를 맞이했다. 그야말로 『참패』였다.

"명인! 3연승을 한 기분이 어떠십니까?!"

"드디어 영세 7관에 장군을 건 것이나 다름없는 상황입니다만, 응원해 주시는 국민 여러분에게 메시지를 남겨 주시죠!"

녹음기와 마이크를 내민 보도진이 명인에게 질문 공세를 펼치며 밀려왔다. 카메라를 든 전원이 앞다퉈 내 뒤편으로 이동했다.

장기 대국의 경우, 패배자의 뒤편에 보도진이 몰린다.

다들 승리자의 얼굴을 찍고 싶어 하기 때문이다.

그러니 패배자는 고개를 숙인 채 자신의 뒤편에서 터져 나오는 플래시 세례가 멎기만 기다릴 수밖에 없다.

패배라는 사실을…… 자신이 약하다는 사실을 싫증날 정도로 느낄 수 있는 시간이다.

명인이 이번 승리를 통해 영세 7관과 타이틀 100기에 장군을 건 것이나 다름없기 때문인지, 평소보다 이 시간은 더욱 혹독했다.

명인은 나를 배려해서 "마지막 순간까지 긴장을 풀 수 없는 장기였다." "다음번에도 기록에 연연하지 않으며 장기판 위의 진리를 추구하고 싶다."라고 말했다. ……그렇기에 천일수를 이용하려 한 나 자신이 너무 부끄러웠다.

그리고 겨우 두 대국자의 인터뷰가 끝난 후——.

"식당에 파티 준비를 했습니다. 준비가 다 끝나시면 와 주십시오."

기자들은 호텔 직원의 말에 전혀 귀를 기울이지 않았다. 인터뷰 내용을 문자화하거나, 명인의 발언을 한마디라도 더 듣기 위해 필사적이었다.

감상전을 할 마음이 들지 않았던 나는 명인과 잠시 동안 대화를 통해 마지막의 외통수순만 확인한 후, 장기말을 정리했다.

기자와 명인의 질의응답은 계속 이어지고 있었다. 나는 이 자리에 필요 없는 존재였다. 그래서 명인을 남겨둔 후, 혼자만 대국실을 나서기 위해 몸을 일으켰다.

그리고 걸음을 내디디려고 한 그 순간…….

"윽……!!"

꾸욱!!

뒤편에서 누군가가 잡아당기는 듯한 느낌이 들었다. 그리고 정신을 차려보니 그대로 안면을 바닥에 찧으며 쓰러졌다.

누군가가 내 기모노 자락을 밟은 바람에, 그대로 넘어지고 만 것이다. 쿵!! ……하는 큰 소리가 났다.

대국실 안에 정적이 흘렀다.

이 자리에 있는 전원의 시선이 처음으로 나에게 쏠렸고——.

내가 다다미 위에서 기어 다니고 있을 때, 누군가가 나지막하게 입에 담은 말이 들렸다.

"……불쌍하네."

화끈!

분노와 수치심, 그리고 분함이라는 어두운 감정이 마음속에서 폭발하더니…… 눈가에 눈물이 맺혔다.

"…………."

나는 아무 말 없이 몸을 일으킨 후, 도망치듯 방으로 돌아갔다. 이제 아무도 나를 신경 쓰지 않았다.

나는 뒤풀이 파티에 참석할 마음이 전혀 들지 않았다.

그래서 바로 귀가할 준비를 했다.

이번 패배로 인해 어마어마한 타격을 받았지만, 그래도 다음 대국을 위해 준비할 시간을 조금이라도 더 확보하자고 생각했다. 이기지 못하더라도, 좋은 승부를 펼치는 것이 대국자의 의무라고 생각했다.

이때까지는 말이다.

"……그래도 얼굴은 비춰둘까."

방을 나선 나는 커다란 가방을 손에 쥔 채 뒤풀이 파티가 열리는 연회장으로 향했다.

그리고 인사만이라도 하려고 안으로 들어가려 한 순간…….

"뭐, 그딴 녀석은 타이틀을 빼앗기는 게 당연하지."

안에서 들려온 목소리를 듣고 그 자리에서 멈춰 섰다. 귀에 익은 기자들의 목소리였다.

나는 다리가 뻣뻣해진 탓에 움직일 수가 없었다.

"초등학생 여자애를 둘이나 제자로 두고, 한 명은 내제자라며?"

"소꿉놀이를 하면 장기 실력이 는다고 생각하는 걸까?"

"명인도 아직 제자를 들이지 않고 장기에 몰두하고 있는데 말이야. 아직 남에게 장기를 가르칠 만큼 실력이 좋지도 않잖아."

"타이틀을 따고, 세간에서 떠받들어주니까 콧대가 높아진 거겠죠. 젊으니까 어쩔 수 없다고요."

"타이틀 하니 생각난 건데, 《나니와의 백설공주》의 여류옥좌
전, 또 3연승 방위가 거의 확실시되고 있잖아. 무패 기록은 언제
까지 이어질까? 뭐, 명인과 마찬가지로 장기 괴물이라니깐."

"그 애는 상품 가치가 있으니까요. 쿠즈류와 사귄다는 소문이
있던데, 빨리 헤어졌으면 좋겠네요."

"맞아. 긴코 양은 좀 더 화제성이 있는 남자와 사귀어 줬으면
좋겠는데 말이야. 연예인이면 화제가 될 거라고."

"장기계도 명인 한 명한테 업혀 가는 느낌이니까요."

"쿠즈류의 제자인 초등학생도 얼굴이 꽤 반반하니까, 여류 데
뷔를 하면 인기가 꽤 있을 거예요. 둘 다 열 살에 마이나비 본선
까지 올라갈 만큼 재능이 있으니까, 제대로 된 스승을 붙여주는
편이 좋겠죠. 그편이 장기계를 위해서도 좋을 거라고요."

"아무튼, 명인이 빨리 영세 7관을 달성해 줬으면 좋겠는걸.
다들 그걸 바라고 있다는 걸 누가 그 자식한테 가르쳐 주라고."

"알고 있을걸요? 그래서 3연패를 한 거 아니겠어요?"

"하하! 그럼 그 자식도 장기계에 공헌하고 있는 거군."

한마디 해도 될 것이다.

아니, 승부사로서 대꾸해야만 하는 국면일 것이다.

……하지만, 그러지 못했다.

내가 약하다는 것도 사실이며, 어린 제자와 즐겁게 살고 있다
는 것도 사실이다.

『남에게 장기를 가르칠 만큼 실력이 좋지도 않다.』

그 말이 가슴에 꽂혔다. 정곡을 찔린 느낌이었다.

나는 무엇을 위해 그 애를 내 제자로 들인 걸까?

나보다 열등한 존재를 곁에 둬서 마음을 안정시키려고 했을 뿐 아닐까? 그 애를 귀여운 애완동물처럼 취급하고 있는 건 아닐까?

그런 의문을 부정할 수가 없었다.

나는 파티에 참가하지 않았다. 그리고 몰래 호텔을 나선 후, 텐도역을 향해 걸음을 옮겼다.

택시를 이용할 만큼 거리가 멀지도 않고…… 운전수가 나를 알아보는 게 싫었다.

"…………추워……."

늦가을을 맞이한 텐도의 밤은 춥기 그지없었다.

하지만 그것보다…… 마을 곳곳에 존재하는 장기 관련 물품, 그리고 용왕전 포스터가 내 마음에 얼음송곳이 되어 박혔다.

늦은 시간이라 도쿄까지만 가는 신칸센밖에 없었지만, 나는 표를 샀다. 사방팔방에 장기와 관련된 것들이 존재하는 이 마을을 한시라도 빨리 벗어나고 싶었다.

아무도 없는 플랫폼에 서 있을 때—— 나는 사진을 찍혔다.

사진을 찍은 이는 관전기자인 쿠구이 씨였다.

"……사진을 찍는 건가요. 정말 잔혹하네요."

"일이니까요."

카메라를 내린 쿠구이 기자는 코트의 포켓에서 메모장을 꺼내면서 말했다.

"파티에 참석하지 않으셔서, 혹시나 싶어 택시를 잡아타고 여기에 왔어요."

"용케도 눈치챘군요."

"예. 쭉 지켜보고 있었으니까요."

확실히 쿠구이 씨는 용왕전 첫 번째 대국 때부터 계속 취재를 해왔다. 그 열정은 충분히 존경스럽지만…… 지금은 그저 짜증만 났다.

"왜, 뒤풀이 파티에 참가하지 않은 거죠?"

"패배자는 조용히 사라져야 하는 법이니까요."

"본심을 들려주지 않겠어요? 제 생각에는…….."

"……당신이라면, 말 안 해도 알 텐데요?"

쿠구이 씨가 적이 아니라는 것은 알고 있다.

하지만 아까 기자들의 대화가 머릿속에서 사라지지 않았다…….

"멋대로 적으세요."

나는 아무 말 없이 서 있는 쿠구이 기자를 플랫폼에 남겨둔 후, 도망치듯 도쿄행 열차에 탔다.

다음 날 첫 열차가 출발할 때까지, 나는 도쿄역 근처 인터넷 카페에서 시간을 보냈다.

대국자를 위한 호화로운 방과는 하늘과 땅만큼 차이가 나는 이 의자밖에 없는 좁고 더러운 좌석에서, 나는 한숨도 눈을 붙이지 않으며 카페에 구비되어 있던 만화책의 페이지를 넘겼다.

내용은 머릿속에 전혀 들어오지 않았지만, 그래도 덕분에 장기에 대해 생각하지 않아도 됐다.

비참하기 그지없었다.

♟ 균열

"사부님, 돌아오셨어요."

현관에서 나를 맞이해 준 제자는 평소와 마찬가지로 표정이 밝았다.

내가 참패를 했다는 것은 물론 알고 있으리라.

한 번만 더 지면 타이틀을 잃게 되는 상황에 처한 스승을 자극하지 않기 위해 저렇게 행동하고 있다는 사실이, 나를 오히려 화나게 했다.

그런 내 감정이 드러난 건지, 아이는 겁먹은 듯한 목소리를 냈다.

"저, 저기…… 식사와…… 목욕 준비를 해 뒀어요……."

"……응."

"잠자리도 준비해뒀어요……."

나는 대답을 하지 않으며 방에 가방을 던져둔 후, 거친 발걸음으로 집안을 돌아다니며 목욕과 식사를 마쳤다.

내 기분을 눈치챈 아이는 그동안 다다미방에 틀어박혀서 모습을 보이지 않았다. 부스럭거리는 소리조차도 내지 않았다.

솔직히 말해, 아이가 이렇게 거리를 둬 줘서 고마웠다.

나는 현재 아이가 뭘 하든 짜증만 나는…… 아니, 자기보다 약한 존재를 위압함으로써 자아를 유지하려 하는 한심한 인간이 되어버린 나 자신 때문에 극도로 짜증이 났다. 아이가 눈앞에 없다면, 짜증을 내지도 않을 것이다.

　하지만 오후 일곱 시가 지났을 즈음──.

　"저기………… 사부님? 저기, 말이죠……."

　"왜 그래?"

　"으……."

　아이는 내 방에 들어오더니, 겁먹은 듯한 반응을 보였다.

　마치 주인의 기분을 살피는 노예처럼 비굴한 태도를 취한 아이는 억지로 미소를 지으려 하거나, 혹은 진지한 표정을 지으려 했다.

　나는 아이의 그런 행동 하나하나가 전부 거슬렸다. 그렇게 귀여워했던 제자인데도 말이다.

　"으음………… 내일, 마이나비 본선이 도쿄에서 열리거든요……. 그러니까, 저기…… 장기를……."

　아이는 떨리는 목소리로 거기까지 말하더니…….

　"피, 피곤하실 테지만 부탁드릴게요! 장기를 가르쳐 주세요!"

　고함을 치듯 그렇게 외친 후, 고개를 깊이 숙였다.

　"……알았어."

　"윽! 고, 고맙습니다!!"

　아이는 펄쩍 뛸 듯이 기뻐하며 고개를 들었다. 그런 아이의 얼굴에는 처음으로 제대로 된 표정이 어려 있었다. 강아지를 연상케 하는 표정이 말이다…….

"잘 부탁드립니다!"

그리고 시작된 장기의 형세는 금세 한쪽으로 기울었다.

당연했다. 나는 봐줄 생각도, 가르침을 내릴 생각도 없었다.

그저 한시라도 빨리 상대를 깨부수기 위한 목적으로 장기를 두고 있었다.

"앗………… 큭!!"

열세에 처한 아이는 그래도 한계까지 버티기 위해 힘껏 장기를 두고 있었다.

하지만 장기판 위의 국면은 역전이 불가능한 상황에 처해 있었다.

장기는 실력 차가 나더라도 한쪽이 공격을 포기하며 끈질기게 버티려고만 하면 좀처럼 끝나지 않는 게임이다.

"크으윽………… 하아…… 하아……!"

아이는 끈질기게 버텼다.

내가 전혀 봐주지 않으며 박살을 내려는 가운데, 아이는 체면 같은 것은 내던져버리며 버텼다. 장기판을 향해 얼굴을 쑥 내밀며, 한껏 인상을 쓴 채, 절망적인 국면과 마주했다.

나는 그런 아이를 보며 짜증을 느꼈고, 그 짜증 때문에 거친 수를 뒀으며, 그렇게 거친 수를 둔 자신 때문에 더욱 짜증을 느낀다고 하는…… 그런 악순환에 빠져 있었다.

이딴 장기는 빨리 끝내고 싶다.

시간 낭비에 지나지 않는 것이다.

──……나는 이딴 짓으로 시간을 허비할 때가 아니란 말이야!

　나는 그런 메시지를 담아, 거친 손길로 무리한 공세를 펼쳤다.

　하지만 아이는 눈치채지 못했다. 잠시라도 더 버티는 것만 생각하고 있었다. 그 무신경한 태도 때문에 나는 격렬한 분노를 느꼈다.

　그리고 짜증이 정점에 도달한 순간…….

　"큭………!!"

　나는 으드득하는 소리가 날 정도로 이를 악문 후, 장기판 위의 말들을 오른손으로 헝클어뜨렸다.

　"앗……?!"

　아이는 그 광경을 보더니 처음에는 '믿기지 않는다'고 말하는 듯한 표정을 지으며, 헝클어진 장기말들과 내 얼굴을 번갈아 쳐다보았다.

　이윽고………… 얼굴에서 핏기가 사라지며 새파랗게 질린 아이는 온몸을 부들부들 떨면서 비명에 가까운 목소리로 이렇게 말했다.

　"시, 실례했습니다!!"

　아이는 장기판에서 떨어지듯 방석에서 내려오며 무릎을 꿇더니, 온몸을 부들부들 떨면서 한동안 고개를 조아렸다.

　"저기………… 화, 화장실 좀………… 실례할게요……."

　고개를 숙인 아이는 거의 뛰듯이 화장실로 도망쳤다.

그리고 화장실에서 훌쩍이는 소리가 들려왔다.

──……나는………… 왜, 그런 짓을……?

나는 자기혐오에 사로잡혔다.

자신이 한 짓이 믿기지 않았다. 후회로 마음속이 가득 찼다.

아이에게 짜증을 내고 싶었던 것은 아니다.

방금도 장기판의 말을 헝클어뜨리지 말고, 그냥 말로 설명하면 됐다.

『프로와 여류기사가 부질없이 버티기만 하는 건 상대방만이 아니라 관전하는 팬에게도 실례니까, 승산이 없으면 투료해야만 해.』

그렇다. 말로 타일렀으면 됐다.

왜 그러지 못했을까……. 왜 아이를 보면 짜증이 나는 걸까. 왜 아이에게 화풀이를 하고 마는 걸까…….

──……궁지에 몰렸기, 때문일까.

그렇게 생각할 수밖에 없었다. 그렇다면──.

"……이대로…… 같이 사는 것도…………."

애초부터 비정상적인 동거생활이었다.

내제자는 시대착오적인 짓이고, 우리는 아직 고등학생과 초등학생이다. 혈연관계도 아닌 두 사람이 한 지붕 아래에서 살다 보면, 이상한 소문이 나는 것도 무리는 아니다.

──나 따위와 지내면, 아이의 경력에도 상처가 날 거야…….

결단을 내렸다면, 이제 행동으로 옮기면 된다.

"…………실례, 했습니다……."

아이의 눈과 코는 새빨갰지만, 얼굴에 눈물 자국은 남아 있지 않았다.

그런 아이를 보니 결의가 무너질 것 같았기에…… 나는 고개를 돌렸다.

아이는 다다미방에 들어오지 않더니, 방 앞에서 무릎을 꿇었다.

진한 녹색을 띤 다다미가 결계처럼 나와 아이가 있는 세계를 갈라놓고 있었다.

나는 장기판을 쳐다보며 말을 이었다.

"내일 일은 아키라 씨에게 부탁해 뒀어. 두 사람과 오사카역에서 합류한 후, 신칸센을 타고 도쿄에 가."

"……."

아이는 무슨 말을 하기 위해 입을 열었지만, 입만 뻐끔거릴 뿐 아무 말도 하지 않았다.

목소리를 내면 울음을 터뜨릴 것만 같기 때문이리라.

하지만 나는 그런 아이를 개의치 않으면서 말을 이었다.

"그리고 내일 대국이 끝나면 그대로 키요타키 사부님의 집에 가. 내 타이틀전이 끝날 때까지는 사부님 집에서 지내도록 해. 짐은 내일 보내두겠어."

잠시 동안 떨어져 지내는 것 같지만, 아이가 이 집으로 돌아오는 일은 없을 것이다. 나는 이미 결의를 굳혔으니까 말이다.

아이도 그런 내 결의를 느꼈으리라.

그래서 대답을 하지 않는 것이다.

그것이 이 아이에게 있어서의 유일한 의지 표시다.

하지만 나는 그 의지를 꺾으려는 것처럼, 대답을 요구했다.

"알았지?"

"……………………………예………………."

아이는 들릴락 말락 하는 목소리로 짤막하게 대답했다.

그저 재수가 좋아서 용왕이 되고 만 불쌍한 남자와, 그런 남자를 동경해서 여류기사를 목표로 삼은 소녀.

이것이, 그런 스승과 제자가 나눈 마지막 대화였다.

🔔 장기말 불꽃놀이

그 날, 히나츠루 아이는 아침부터 말수가 적었다.

"왜 그래? 챌린지 매치와 일제예선 때는 그렇게 야단법석을 떨었잖아."

"……어? 아, 응………… 에헤헤……."

옆에 앉아 있던 야샤진 아이가 말을 걸자, 아이는 애매한 미소를 지으며 애매한 대답을 했다.

"……응?"

야샤진 아이는 의아한 표정을 지었지만, 더는 아무 말도 하지 않았다. 그리고 자신들을 인솔할 예정이었던 야이치가 이 자리에 없는데도 별말 하지 않았다.

도쿄 장기회관 4층 『운학(雲鶴)』.

히나츠루 아이와 야샤진 아이는 『마이나비 여자오픈』이라고 큼지막하게 적힌 족자가 걸려있는 그 대국실에 들어섰다.

"시, 실례하겠…………… 어?! 아이 양……?!"

고개를 꾸벅 숙인 후에 안에 들어가려 하던 히나츠루 아이는 깜짝 놀라며 그대로 굳어 버렸다.

야샤진 아이는 성큼성큼 실내를 가로지르더니—— 당연하다는 듯이 상석에 앉은 것이다.

히나츠루 아이는 물론이고 기록 담당인 장려회 회원도 난처한 표정을 지었지만…… 야샤진 아이는 태연한 표정으로 창밖에 존재하는 하토모리 신사를 쳐다보고 있었다.

이윽고, 야샤진 아이의 대국 상대인 노보료 카렌 장려회 2급이 입실했다.

"……내 자리가 없네."

고등학교 교복 차림에 장려회 회원의 증표인 오렌지색 이름표를 가슴에 단 카렌은 접이식 배낭을 등에 멘 채로 가만히 서 있었다.

목소리와 표정에서 명백한 짜증이 느껴졌다.

야샤진 아이는 자리에 앉은 채로 그런 카렌에게 말을 걸었다.

"눈에 거슬리니까 빨리 앉기나 해."

"너는 연수생이지? 그것도 나보다 나이도 어리잖아. 상석은 상위자에게 양보해야 한다는 것도 안 배운 거야?"

"이건 여류기전이지? 그럼 장려회 회원이나 연수생 같은 건 상관없잖아. 상석이 비어 있어서 앉았을 뿐이야……. 뭐, 정 상석에 앉아야겠다면 양보해 주겠지만 말이야."

"얄팍한 도발이네."

카렌은 배낭을 내려놓으면서 빈자리에 앉았다. 얼굴은 웃고 있지만 상위자가 열어야 하는 장기말함을 야샤진 아이보다 먼저 움켜쥐는 걸 보면 분노가 치민 것 같았다.

말다툼이 벌어지기는 했지만, 야샤진 아이 쪽은 장기말을 배치하면서 대국 준비가 진행되고 있었다.

하지만 다른 한 명…… 히나츠루 아이의 대국 상대는 아직 나타나지 않았다.

대국을 시작해야 하는 시각이 임박하면서, 관계자들이 허둥대기 시작했을 즈음———.

저벅! 저벅! 저벅! 하고 거친 발소리가 들리더니, 대국실의 문이 엄청난 기세로 열어 젖혀졌다.

"……."

대국실에 마지막으로 모습을 드러낸 인물은 실내를 둘러보더니, "쳇!" 하고 혀를 찼다.

"……내가 왜 초등학생 꼬맹이와 맞장기를 둬야 하지……."

왼손에 부채를 쥐고 입실한 여성은 성큼성큼 대국실을 가로지르더니, 유일하게 비어 있는 상석에 털썩 앉았다.

"여자 초등학생 둘에 장려회 회원인 여고생 하나…… 흥! 이런 젖비린내가 진동하는 방 안에서 제대로 장기를 두는 건 무리란 말이야."

그런 말을 한 본인도 작년까지는 고등학생이었지만, 그녀가 몸에 두른 승부사의 아우라 때문에 그런 반론을 할 수가 없었다.

츠키요미자카 료 여류옥장.

《공세의 대천사》라는 별명을 지닌 당대 최강의 여자 장기꾼 중 한 명이다.

지난 대회의 도전자였기에 이번 마이나비의 예선을 시드로 통과한 그녀는 우승 후보의 필두 격이다. 타이틀전에서는 여왕인 긴코 상대로 3연패를 했지만, 그 실력을 의심하는 자는 없다.

물론 히나츠루 아이도 오늘 자신이 싸워야 하는 상대가 얼마나 대단한지 잘 알고 있다.

게다가 츠키요미자카가 칸사이 장기회관의 기사실에 자주 찾아오며, 자신의 스승인 야이치와도 친하다는 사실도 알고 있다.

그래서 이렇게 생각했다.

──……이 사람을 깨면, 사부님이 칭찬해 줄 거야…….

아이는 커다란 눈을 깜빡이지도 않으며 츠키요미자카를 쳐다보았다.

"……꼬맹이 주제에 노려보지 말라고. 쳇, 사부와 마찬가지로 사람을 열 받게 하는 눈빛을 지녔잖아."

인사도 하지 않으며 자신을 노려보는 초등학생을 상대로 본능적인 혐오감을 느낀 츠키요미자카는…….

"자아, 빨리 장기말을 놓기나 해."

호쾌하게 장기말을 장기판 위에 쏟았다. 그리고 여류옥장은 상대와 호흡을 맞추지도 않으며 장기말을 척척 배치했다. 아이도 지지 않겠다는 듯이 장기말을 거칠게 뒀다.

야샤진 아이는 옆에서 그 소리를 들으며 생각했다.

──조급한 마음으로 무턱대고 이기려 들고 있어⋯⋯. 위험하네.

하지만 야샤진 아이는 아무 말도 하지 않았다. 자신과 마주 앉은 장려회 회원은 딴생각을 하며 싸워서 이길 수 있을 만큼 만만한 상대가 아니었다.

츠키요미자카와 히나츠루 아이는 장기말을 전부 배치했고, 기록 담당이 초음속으로 보(步)를 던져서 선후수를 정했다. 그 결과, 아이가 선수로 정해졌다.

그리고──.

"시간이 됐으니 대국을 시작해 주십시오."

"""잘 부탁드립니다!"""

세 사람의 목소리가 포개졌다. 츠키요미자카만이 아무 말 없이 히나츠루 아이를 노려보고 있었다.

아이는 자신을 진정시키려는 것처럼 크게 심호흡한 후⋯⋯.

"휴우──⋯⋯⋯⋯ 하앗!!"

입술을 깨물면서, 비차(飛車) 앞의 보(步)를 전진시켰다.

츠키요미자카도 즉시 비차(飛車) 앞의 보(步)를 옮겼다. 그 모습을 본 아이는 주저 없이 보(步)를 더욱 전진시켰다.

그제야 츠키요미자카는 아이에게 흥미를 가졌다.

"서로걸기, 구나. 꼬맹이 주제에 건방지게 나와 힘겨루기를 하자는 거야? 아니면 너의 그 잘난 사부를 흉내 내는 거야?"

"…………."

"뭐, 좋아. 여류에서는 서로 앉은비차 대결을 펼칠 기회가 거의 없거든. 심심풀이 정도는 될 것 같네……!"

츠키요미자카는 그렇게 말하면서 비차(飛車) 앞의 보(步)를 더욱 전진시켰다.

흉포한 육식동물의 송곳니가 맞부딪치듯, 서로의 장기말이 깊숙이 파고들었다――.

이 싸움은 점심 휴식 시간이 되기도 전에 종국을 맞이했다. 이례적일 정도로 빠른 시간에 결판이 난 것이다.

"…………졌…………습니……다……."

쥐어짜낸 듯한 목소리로 그렇게 말한 사람은―――――――
히나츠루 아이였다.

완패.

변변찮은 저항 한번 못해 봤다는 것은 이럴 때를 두고 하는 말일 것이다.

아이는 옥(玉)을 원래 위치에 둔 채 방어를 도외시하며 돌격했다.

한편, 츠키요미자카도 옥(玉)을 옮기지 않으며 그대로 칼부림을 벌였다. 특기인 공중전으로 초등학생에게 밀리는 모습을 보일 수는 없다는 듯이, 거의 모든 수를 10초 이내에 뒀다.

아이 또한 그에 맞서 빠르게 수를 두며 대항했다.

치킨 레이스처럼 서로가 한계까지 속도를 올렸지만…… 아이는 수를 두는 데 점점 시간이 걸리기 시작하더니, 그대로 밀리고 말았다.

아이의 강점은 수읽기의 속도와 양이다.

경험에서 앞서는 상대에게도 압도적인 『양』으로 맞서서 이겨왔다.

말을 하지는 않았지만, 아이는 그게 자신의 장점이라 여기며 자신감을 가져왔다. 평소 야이치와 함께 장기 묘수풀이를 풀 때도, 그보다 더 빠르게 정답을 찾아냈던 것이다.

——나는 수읽기의 속도와 정확함으로는 누구에게도 지지 않아!

결코 입 밖으로 말한 적은 없지만, 아이는 확신을 가지고 있다.

『자신이 가장 강하다』는 생각은 승부사라면 누구나 가지고 있다. 그것이 없으면 자신의 수읽기에 자신감을 가질 수 없으며, 그래서는 이길 수 없다.

하지만 이 대국에서 츠키요미자카는 아이가 읽지 못한 수를 몇 번이나 뒀다. 순식간에 말이다.

그리고 아이는 츠키요미자카가 둔 수를 읽고, 경악했다.

——내가 읽은 수보다…… 이 수가 더 낫잖아?!

아이는 처음으로 이런 일을 경험했다…….

"의외, 라는 면상을 하고 있네. 여자한테 수읽기로 진 건 처음이냐?"

츠키요미자카에게 지적을 당한 아이는 화들짝 놀라며 고개를 들었다.

"네 수읽기는 '얄팍해'. 무턱대고 수를 읽으려고 드니까 쓸데없는 수를 너무 많이 읽어. 수읽기의 양은 많지만, 대부분이 쓰레기지."

"……."

"힘겨루기 형식의 장기에서는 상대가 읽지 못한 수를 둬서 동요하게 만들 수 있어. 지금까지는 그런 방식으로 이겨 왔겠지만, 나한테는 그게 통하지 않아. 왜냐면 나는 쓸모없는 수에 현혹되지 않고 최선의 수를 꿰뚫어 볼 수 있거든. 그게 어째서 가능한지 아냐?"

츠키요미자카는 입을 다문 채 이야기를 듣고 있는 아이를 향해 뾰족한 덧니를 드러내며 이렇게 말했다.

"그게 감각^{센스}이야. 장기 재능이라는 거지."

아이만이 아니다.

츠키요미자카에게 같은 식으로 진 인간은 다들 그 차이를 실감하게 된다.

츠키요미자카의 노타임 전법에 박살이 난 후, 결코 넘어설 수 없는 재능의 차이를 실감하고 장기를 그만두는 자가 속출했다.

화려한 공중전으로, 날개를 가진 자와 가지지 못한 자의 차이를 잔혹할 정도로 깨닫게 해 준다. 츠키요미자카가 『천사』라 불리는 진정한 이유가 바로 그것이다.

인간의 목숨을 거둬 가는 천사.

죽음의 천사. 즉, 사신(死神).

그가 바로 《공세의 대천사》———— 츠키요미자카 료.

"흥! 이카한테 이겼다기에 얼마나 대단한 천재인가 했더니, 겨우 이것밖에 안 되는 거냐? 감상전을 할 부분도 없네."

츠키요미자카는 그렇게 말하더니, 장기판 위의 말들을 헝클어뜨린 후, 정리하기 시작했다.

그 동작은 아이러니하게도 어제 야이치가 취했던 행동과 비슷했기에…… 패배를 경험하고 상처 입은 아이의 마음에는 또 하나의 깊은 상처가 새겨졌다.

"윽…………."

아이는 정좌 자세로 아무 말 없이 고개를 숙인 채, 무릎을 움켜쥐고 있었다. 하다못해 적의 앞에서는 눈물을 보이지 않으려는 것처럼, 입술을 깨물며 참고 있었다.

장기말을 정리하고 자리에서 일어나려던 츠키요미자카는 한 손에 쥐고 있던 부채로 아이를 가리켰다.

"어이, 초등학생."

아이가 고개를 들자, 츠키요미자카는 그런 그녀를 내려다보며 이렇게 말했다.

"나는 초등학생 명인전의 결승전에서 네 사부와 붙었어. 물론 맞장기로 말이지."

그것은 8년 전의 초등학생 명인전 결승————.

그 대국에서 츠키요미자카는 두 살 아래인 야이치에게 졌지만, 지금도 그 경기는 초등학생 명인전의 역사에 길이 남을 결승전으로 평가되고 있다.

준결승에 올라온 네 사람 전원이 프로 기사나 여류기사로서 활약하고 있는 것만 봐도, 그때의 초등학생 명인전의 수준이 얼마나 높았는지 짐작할 수 있을 것이다.

츠키요미자카 료는 그 정도로 재능이 뛰어나며…… 압도적으로 강했다.

"너는 자기 사부와 접장기를 두지? 비차 떼기냐? 아니면 비각 떼기냐?"

"…………."

"뭐, 맞장기로 둔다고 해 봤자 하나도 무섭지 않지만 말이야. 그딴 쓰레기, 어차피 명인에게 엉망진창으로 깨지고 있는 허접 쓰레기잖아? 흥! 3연패? 진짜 약해빠졌네. 각을 떼고 둬도 지는 거 아냐?"

"윽……!!"

아이는 분한 나머지 입술을 깨물었고, 조그마한 두 손이 부들부들 떨릴 정도로 무릎을 움켜쥐고 있었다.

하지만, 반박할 수가 없었다.

반박할 수 있을 만큼 뛰어난 실력을 갖추지 않은 데다…… 반박했다간, 스승에게 폐를 끼칠 테니까 말이다.

그래서 아이는 아무 말 없이, 활활 불타오르는 듯한 눈빛으로 츠키요미자카를 노려보았다.

츠키요미자카 료 여류옥장은 그런 아이를 냉혹한 눈길로 내려다보면서 말했다.

"자만심에 빠져 있기는. 꺼져버려."

🔔 월식(月蝕)

"어……! 아, 아이 양?! 괜찮아?!"

아키라에게 안긴 채 현관으로 옮겨지는 히나츠루 아이를 본 케이카는 신발도 신지 않은 채 밖으로 뛰어나왔다.

케이카는 축 늘어진 아이를 현관 문턱에 앉힌 후, 아버지가 하와이에서 신던 비닐 샌들을 신고 다시 밖으로 나왔다.

집 앞에 정차된 택시의 뒷좌석에는 야샤진 아이가 앉아 있었으며, 방금까지는 히나츠루 아이도 옆에 앉아 있었을 것이다. 그래서 그런지 뒷좌석의 문이 활짝 열려 있었다.

문 옆에는 잘 훈련된 대형견처럼 아키라가 서 있었다.

"일부러 신오사카에서 택시로 여기까지 데려다준 거야? 지금 돈을──."

"아뇨! 교통비는 주인님께 받았으니 괜찮습니다."

"하지만……."

"괜찮다고 말했잖아. 가난뱅이는 순순히 남의 호의를 받아들이란 말이야."

팔짱을 낀 야샤진 아이는 짜증 섞인 어조로 이렇게 말했다.

"정말! 도쿄의 연맹에서 박살이 난 후부터 엉엉 울어대는 데…… 짜증이 나서 죽을 뻔했다니깐! 그렇게 울 거면 그딴 장기를 두지 않으면 되잖아! 타이틀 보유자 상대로 그냥 우직하게 돌격만 해대서 어떻게 이기냔 말이야……!"

"어쩔 수 없어. 상대는 바로 그 츠키요미자카 씨고――."

"상대가 누구든, 자신이 어떤 상태이든, 장기를 둬야만 하는 상황에서 이기지 못한다면 아무런 의미도 없어. 변명한다고 해서 뭐가 달라지는 것도 아니잖아."

"…………맞아. 응. 네 말이 옳아."

"어?"

케이카가 순순히 동의하자, 아이는 약간 김이 샌 것처럼 숨을 삼켰다.

그리고 곧 "흥." 하고 코웃음을 친 후…….

"아키라. 돌아가자."

"앗! 잠깐만 기다려!"

"……무슨 일이야?"

"1회전 돌파 축하해. 그리고…… 이겨 줘서 고마워."

"뭐? 왜 나한테 고맙다는 소리를 하는 건데?"

"그건…… 제자 두 사람이 다 졌다면, 야이치 군은 다시 일어서지 못할 만큼 큰 충격을 받았을 거야. 그래서 이긴 거지? 대국 전에 그런 장외전술까지 써 가면서――."

"윽……!"

당황한 아이는 자신의 표정을 숨기려는 듯이 고개를 숙였다.

"아까부터 집에서 긴코와 오늘 너희가 둔 장기를 검토했어. 아이 양의 장기는 좀 유감스러웠지만――."

케이카는 히나츠루 아이에게 들리지 않도록 작은 목소리로 그렇게 말했다.

"네 장기는 대단했어. 칸토 쪽 장려회 회원을 상대로 '절대로 지지 않는' 장기를 뒀잖아. 상대보다 튼튼한 싸기를 만드는 건 네 기풍이 아닌데도…… 자존심을 내던지면서까지 승리에 집착했어. 정말 존경스러울 정도야."

야샤진 아이는 오늘, 노보료 카렌과의 대국에서 승리했다.

칸토의 장려회는 칸사이보다 인원이 많기에, 그만큼 승단도 어렵다.

카렌은 아직 유단자가 아니지만, 실력은 2단인 긴코와 크게 차이가 나지 않으며, 여류 타이틀 보유자와도 대등하게 싸울 수 있을 것이다. 그런 상대에게 이기다니, 그야말로 자이언트 킬링이다.

"강한 상대와 싸우며 방어에 치중하는 건 사실 공격을 하는 것보다 어려워. 아무리 응수가 특기라고 해도, 먼저 공격을 받게 된다는 공포에는 직면할 수밖에 없잖아……."

그런 공포에서 눈을 돌리는 가장 간단한 방법이 있다.

그게 바로—— 공격을 하는 것이다.

"장기는 서로가 번갈아 수를 두는 게임이니까, 이쪽에서 공격을 펼치면 상대는 그걸 받아줄 수밖에 없어. 그리고 공격을 하는 동안에는 공포에서 눈을 돌릴 수 있지……. 하지만, 그 대가는 커. 공격이 끝나는 순간, 그대로 패배하고 말아. 오늘 아이양이 둔 장기가 그랬지."

"딱히 그런 건 아냐……. 그저 응수를 중시하는 편이 쉽게 이길 거라고 생각했을 뿐이야. 정보가 적은 상대와 싸우려면 빗나간 총탄에도 맞지 않도록 방어를 철저하게 하는 편이 나아. 그건 당연한 거잖아?"

상대방이 펼칠지도 모르는 미지의 연구에 당하지 않도록, 야샤진 아이는 신중하게 싸기를 형성했고, 항상 상대보다 '아주 약간 수를 두기 쉬운' 상황을 유지했다.

그리고 인내심이 바닥난 카렌이 자멸하기만 기다렸다.

평소의 카렌이라면 아이의 노림수를 눈치채고 지구전을 펼쳤을 것이다. ……하지만, 대국 전에 도발을 당해 냉정한 판단력을 잃어버렸고, 초등학생인 야샤진 아이를 얕본 바람에 뜻밖의 패배를 당하고 말았다.

대국이 끝난 후, 카렌은 입술이 보라색으로 변할 정도로 질려버렸으며, 장기판 앞에서 몸을 웅크린 채 한동안 일어서지 못했다.

초등학생인 연수생을 상대로 단 한순간도 리드하지 못했다는 사실이, 자신감이라는 이름의 척추를 산산조각 낸 것이다.

"실은 말이지. 긴코도 너를 칭찬했어."

"…………."

" '장기는 아직 약해. 하지만 마음은 강해.' 라고 말했다니깐."

"윽!!"

그 말을 들은 순간, 야샤진 아이의 얼굴이 순식간에 새빨개졌다.

분노 때문에 얼굴이 벌게진 것일까. 아니면——.

"시끄러워, 시끄러워, 시끄러워! 조, 조무래기 따위가 남의 장기를 주제넘게 평가하지 마! 나는 나 자신을 위해 이겼어! 다른 누구를 위해서도 아니고, 약해빠진 쓰레기 스승을 위해서 이긴 것도 아냐! 착각하지 말란 말이야!!"

야샤진 아이는 야차처럼 날카로운 눈길로 케이카를 노려보더니…….

"소라 긴코에게 전해……. 내 장기를 진지하게 파악해 두지 않았다간, 머지않아 타이틀을 한 개 잃을 거라고 말이야."

"안에 있으니까, 직접 말하지 그러니?"

"곧 싸울 상대와 시시덕댈 생각 없어. 설령 동문일지라도 말이야."

마이나비의 정점인 『여왕』은 긴코가 가지고 있다.

만약 야샤진 아이가 이대로 계속 이기고 올라간다면, 두 사람은 5전 3선승제로 싸우게 된다.

케이는 문득 생각난 것처럼 이렇게 말했다.

"그리고 보니 이걸로 여류기사 신청 자격도 손에 넣었지? 그것도 축하할게. 바로 신청할 거야?"

"……아직은 그럴 생각 없어."

"빨리 신청하면 승단에도 유리할 텐데?"

"관심 없어."

야샤진 아이는 딱 잘라 그렇게 말한 후, 소악마 같은 미소를 지으며 이렇게 말했다.

"게다가 이런 것도 재미있을 것 같지 않아? 여류기사 상대로는 한 번도 진 적이 없는 《나니와의 백설공주》가 아마추어 초등학생에게 져서 타이틀을 빼앗긴——."

"역시 상냥하구나."

"뭐?"

"수제자 자리를 아이 양에게 양보해 주려는 거지?"

"윽……!!"

야샤진 아이는 소악마 같은 미소를 지은 채 그대로 딱딱하게 굳어버렸다.

케이카는 "으음~." 하고 낮은 신음을 흘리면서 아랫입술에 검지를 살짝 대더니, 기억을 되짚어 보는 듯한 어조로 이렇게 말했다.

"아마 오래 기다리지는 않아도 될걸? 오늘은 아쉽게 됐지만, 아이 양도 연수회에서 연승을 거두면 C1에 올라갈 수 있을 거야. 그리고 야이치 군의 상태가——."

"여, 영문 모를 소리를 멋대로 지껄이지 말아 줄래?! 이…… 착각쟁이 할망구!!"

야샤진 아이는 칠흑빛 날개 같은 머리카락을 쓸어 올리더니, 불같이 짜증을 내면서 문을 걷어차며 이렇게 외쳤다.

"아키라! 빨리 차에 타!! 안 그러면 확 두고 갈 거야!"

"아, 예, 아가씨! 저기…… 케이카 씨, 이만 실례하겠습니다!"

아키라는 깊이 고개를 숙인 후, 허둥지둥 택시 조수석에 탔다.

케이카는 멀어져 가는 택시의 불빛을 쳐다보며 쓴웃음을 지었다.

"……하아. 정말 솔직하지 못하다니깐."

그 후, 아직 신발도 벗지 않은 채 현관에서 몸을 웅크리고 있는 아이를 향해 성모 마리아 같은 미소를 지었다.

"아이 양. 우선 목욕부터 하고 뭐라도 좀 먹자. 그리고 마음이 좀 진정되면 이야기를 해 주렴. ……어제부터 무슨 일이 있었는지를 말이야."

케이카가 아이를 위해 만든 것은 『니쿠스이』라는 요리였다.

"간단히 말해, 고기 우동에서 우동 사리를 뺀 거야."

사발에 가득 든 것은 칸사이식 우동 국물이었다.

하지만 면은 없으며, 그 대신 대량의 고기와 반숙 달걀이 들어 있었다.

"간단히 만들 수 있고, 따뜻한 국물 속에 고기가 잔뜩 들어서 기운도 날 거야! 몸이 약해졌을 때 먹기 좋은 음식이야. 이 음식이라면 먹을 수 있겠지?"

"…………."

"야이치 군과 긴코가 장기로 지고 울면서 돌아오면, 나는 항상 이걸 만들어 줬어."

"…………사부님……이……?"

"그래~. 지금도 우리 집에 오면 얼마든지 만들어 줄 텐데 말이야……."

케이카는 온화한 느낌이 감도는 쓴웃음을 지으면서 흘러간 과거를 그리워하는 듯한 어조로 말을 이었다.

"둘 다 장기로 지면, 이길 때까지 장기판 앞을 떠나지 않았어. 엉엉 울면서 아무것도 안 먹으며 장기를 두니까, 집에 돌아올 즈음에는 지칠 대로 지쳐서 음식도 제대로 먹을 수 없는 상태였다니깐. 안 그래? 긴코."

"……."

케이카가 말을 건넸지만, 긴코는 흥미 없다는 듯이 떨어진 곳에서 스마트폰을 조작하고 있었다.

아이와 이야기를 나눌 생각은 없지만, 케이카가 이제부터 할 말에는 관심이 있는 것 같았다.

그런 긴코의 태도를 보며 쓴웃음을 짓고 있던 케이카는 다시 아이에게 말을 걸었다.

"실은 달걀 비빔밥과 이걸 같이 먹으면 더 맛있어. 특제 간장을 뿌리면 마법처럼 맛있어진다니깐!"

"…………먹을래요."

"응! 잠시만 기다려!"

케이카는 슬리퍼 소리를 내며 서둘러 부엌으로 가더니, 익숙한 손놀림으로 달걀 비빔밥을 만들어서 가지고 왔다.

그리고 케이카는 아이가 요리를 다 먹을 때까지 상냥한 눈길로 계속 지켜보고 있었다.

"그런데 아이 양? 무슨 일이 있었는지 이제 가르쳐 줄래? 야이치 군한테서는 타이틀전이 끝날 때까지 아이 양을 맡아달라는 말만 들었거든."

"…………전부…… 전부, 제 잘못이에요……."

아이는 또 눈물을 뚝뚝 흘리며 말을 이었다.

"사, 사부님이…… 힘든 시기에………… 어리광을 부려서…… 지, 지금까지 쭉 폐를, 끼쳤으면서………… 저는…… 아무것도 해드릴 수가 없어서……!"

"무슨 소리야……. 아이 양은 전혀 폐를 끼치지 않았어. 오히려 아이 양이 와준 덕분에 야이치 군의 승률이 좋아졌잖니."

"……아니에요……. 저와 함께 있으면, 사부님이…………."

아이는 눈물을 흘리며 속삭이는 듯한 목소리로 말을 이었다.

그리고 야이치의 현재 상황에 대해 이야기하자——.

"윽……! 야이치 군이, 그렇게까지……."

케이카는 경악했다. 야이치는 생각했던 것보다 훨씬 궁지에 몰려 있었던 것이다.

"……."

아이의 말에 귀를 기울이고 있던 긴코 또한 스마트폰을 조작하던 손길을 멈췄다.

아이의 이야기가 끝나자, 케이카는 억지로 밝은 목소리를 내며 이렇게 말했다.

"아무튼…… 한동안은 내버려 두자. 이런 건 혼자 힘으로 극복해야만 해. 게다가, 아이 양이 우리 집에서 지내게 되어서 나도 정말 기뻐!"

"…………고마, 워요……."

"괜찮아. 그것보다 오늘은 이제 그만 자자. 아버지도 순위전 때문에 집에 늦게 돌아올 게 뻔하고, 어차피 그게 끝나면 약주

한잔하러 갈 게 뻔하거든."

케이카는 그렇게 말하더니, 아이를 데리고 2층으로 향했다.

어린이방의 2단 침대──예전에 야이치가 자던 침대에 아이를 뉘인 케이카는 방의 불을 끄기 전에 이렇게 물었다.

"아이 양. 필요한 건 없니? 있으면 개의치 말고 말해 보렴."

"…………그럼──."

아이가 몇몇 물품을 언급하자, 케이카는 놀란 것처럼 눈을 치켜뜨더니…… 곧 눈시울을 붉혔다.

케이카가 꼭 준비해 주겠다고 말하자, 아이는 그제야 처음으로 미소를 지었다.

그 안타깝고 힘없는 미소를 본 케이카는 필사적으로 눈물을 참았다.

아이는 눈을 감더니, 금세 잠들었다.

케이카는 불을 끈 후, 방문을 닫았다.

그리고 1층으로 내려가 보니──.

"어머?"

긴코가 현관 밖으로 나가려 하고 있었다. 오늘은 묵고 갈 줄 알았는데…….

"긴코? 이런 시간에 어디 가는 거니?"

"연맹에 두고 온 물건이 있어 가지러 가. 그리고 집에 돌아갈 거니까, 오늘은 이곳으로 돌아오지 않을 거야."

"내일 가는 게 어때?"

"남이 가져가버릴지도 모르잖아."

"지금은 역효과만 날 거라고 생각하는데 말이야."

"……다녀올게."

긴코가 그렇게 말하며 서둘러 집을 나서자, 그런 그녀를 배웅한 케이카는 쓴웃음을 지으며 어깨를 으쓱했다.

RYUO

©shirabii

기사 소개

◎ 쿠구이 마치 산성앵화

여류기사 번호	32
생년월일	1998년 4월 17일
출신지	교토부 교토시
스승	카야오쿠 타이세이 7단

타이틀 이력

산생앵화 4기

기타 표창

교토야마시로 관광대사

○ 방황하는 사랑

아이가 없는 이 방은 왠지 넓게 느껴졌다.

"…………너무 넓어……."

나는 침실에서 컴퓨터를 조작하며 그렇게 중얼거렸다. 방 넓이를 언급한 게 아니다. 장기가 너무 넓어서 싫증이 다 날 지경이었다.

나는 자신의 감각을 믿을 수가 없어서, 장기 소프트를 사용해서 지금까지의 연구수순을 전부 조사하고 있었다.

이미 최정상 프로기사에게 버금가는 장기 실력을 지닌 소프트라면, 컨디션이나 감정에 좌우되지 않으며 정확한 답을 가르쳐줄 것이다.

그리고 소프트는 다양한 답을 나에게 알려줬다. 하지만…….

"……젠장. 오히려 효율이 더 나빠."

한 수 버리기 각교환의 연구수순 중 극히 일부를 소프트로 돌려서 조사한 나는 벽에 부딪친 느낌을 받았다.

조사해야만 하는 게 너무 많고…… 소프트와 인간은 감각이 너무 다른 탓에 어째서 이런 대답에 도달한 건지 이해할 수 없었다. 결국 답을 통째로 암기하게 되는 것이다.

결국, 벼락치기로 시험공부를 하는 것과 마찬가지다. 근본적인 장기 실력 향상에는 도움이 되지 않았다.

"…… '다음에는 이 전법의, 이 수순이 나옵니다!' 같은 식으로 범위가 한정된다면 다소 유효할지도 모르지만, 진검승부에서 그런 일이 벌어질 리가 없잖아……. 게다가 명인은 앉은비차와 몰이비차, 둘 다 둘 수 있는 진정한 올라운더라고…….”

아무리 내가 자신감을 잃었다고 해도, 이런 방법으로 명인에게 이길 수 있을 거라 생각할 만큼 정신이 나가지는 않았다.

“하지만…… 다른 방법이 있기는 한 거야……?”

자기 자신의 감각을 신뢰할 수 없는 이상, 지금 내가 의지할 수 있는 것은 컴퓨터 소프트뿐이다. 그 외에는 아무것도…….

나는 몸을 부르르 떨었다.

“춥네……. 11월이니까 당연한 걸지도 몰라.”

난방을 틀까, 아니면 목욕을 할까……. 평소 같으면 이런 고민을 하기도 전에 아이가 ‘사부님! 목욕물 받아놨어요~ ♪’ 하고 말해 줬을 것이다…….

내가 그런 생각을 하고 있을 때, 인터폰이 울렸다.

“…………응?”

이런 시간에 누구지?

내가 아무 말 없이 현관 쪽을 살피자, 열쇠로 문을 여는 소리가 들렸다.

그 순간, 심장이 크게 뛰었다.

하지만──.

“야이치. 들어갈게.”

나타난 이는 내가 마음속에 떠올린 사람이 아니라, 다른 소녀였다. 은색 머리카락을 지닌──.

"사저? 뭐 하러 온 거예요?"

"뭐……."

사저는 약간 불만 섞인 표정을 지었지만, 곧 얼굴에서 표정을 지웠다.

"그냥 이 근처에 온 김에 들렀을 뿐이야. 아까까지 연맹에서 연구회를 하고 있었거든. 참, 야이치. 오늘 마이나비 본선 기보 는 봤어?"

"……아뇨. 안 봤어요. 지금은 내 장기에 집중하고 싶거든요."

"그랬구나. 하긴, 그편이 나을 거야."

사저는 그렇게 말했지만…… 실은 신경 쓰여서 기보를 살펴 봤다.

야샤진 아이는 이겼다. 뛰어난 전략으로 승리를 거뒀다.

하지만…… 히나츠루 아이는 명백하게 밸런스가 무너져 있었 다.

나는 그 원인이 무엇인지 누구보다 잘 안다.

그래서 기보를 본 것을 후회했다.

"지금 가장 중요한 건 야이치잖아. 그러니까 야이치는 자기 자신에게만 집중하면 돼. 초등학생이나 돌볼 때가 아니잖아."

"…………."

"나는 야이치를 이해해. 그러니까 야이치의 결정을 존중할 거 야."

"…………고마워요."

"응."

사저는 기뻐하며 고개를 끄덕이더니, 그대로 침대에 걸터앉았다.

안 돌아가려는 걸까…….

사저는 아이를 사부의 집에 맡긴 내 결단을 존중한다고 말하면서, 자기는 이 집에 눌러앉는다는 모순을 범했다. 대체 뭘 어쩌려는 거지?

나는 일단 개의치 않으면서 연구를 계속하려 했지만──.

"……사저가 계속 쳐다보니 신경이 쓰이거든요?"

"내가 도와줄까? 내가 해 줬으면 하는 건 없어?"

"딱히 없어요."

"그래?"

사저는 무뚝뚝한 어조로 그렇게 말하며 고개를 끄덕이더니, 침대에 걸터앉은 채 발을 앞뒤로 흔들었다.

……신경 쓰지 말자.

나는 연구에 집중했다. 집중, 집중…….

내가 그러는 사이, 책장에서 장기 서적을 뽑아 든 사저는 침대에 드러누워서 그것을 읽었다.

페이지를 넘기는 소리, 그리고 몸을 움직일 때마다 들려오는 부스럭거리는 소리가…… 괜히 신경 쓰였다. 내 방 침대에 세일러 교복 차림의 미소녀가 누워있는 시추에이션 때문에, 내 집중력은 현저하게 떨어졌다.

이윽고 독서에도 질린 듯한 사저는 침대 위에 누운 채 나에게 말을 걸었다.

"먹을 거라도 만들어 줄까?"

"만들 줄 아는 음식이 있긴 해요?"

"당연하잖아…………. 달걀 비빔밥 같은 건 만들 수 있어."

"그 정도는 직접 만들 수 있어요."

나는 그렇게 대화를 마친 후, 다시 작업에 집중했다. 사저는 침대 위에서 데굴데굴 굴러다녔다. 내 베개를 꼭 끌어안거나 두드리며 놀고 있었다.

그렇게 5분 정도 흘렀을 즈음, 사저는 또 나에게 말을 걸었다.

"좀 쉬지 그러니? 피곤하지 않아?"

"안 피곤해요."

"커피라도 끓여 줄까?"

"됐어요."

사저는 약간 울컥한 것 같았다. 무표정하지만, 사저와 오랫동안 알고 지낸 나는 어떤 기분인지 대충 알 수 있었다.

정말 왜 저러는 건지 모르겠네. 빨리 돌아가 주면 좋겠는데 말이야.

사저가 부스럭거리는 소리를 내며 침대에 누워 있으니……나도 마음이 흐트러졌다.

──……안 그래도 주위에서 이런저런 말이 많은데 말이야.

세 번째 대국 이후의 뒤풀이 파티 자리에서 들었던 말이 떠오르자, 나는 고함이 지르고 싶어졌다.

그런 내 마음도 모르면서──.

"…………저기, 야이치."

내 베개를 꼭 끌어안은 채 침대 위에서 데굴거리던 사저는 베개로 얼굴을 숨긴 채 아까보다 딱딱한 목소리로 속삭이듯 말했다.

"……진짜로………… 내가 해 줬으면 하는 게, 없어? 지금이라면 특별히………… 뭐든 다 해 줄게."

"뭐든 다 해 준다고요?"

"………………예를 들어, 하와이에서처럼……."

하와이.

그 단어를 들은 순간, 그 흉흉한 패배의 기억이 생생하게 되살아나더니———— 그때부터 머릿속에서 계속 울려 퍼지고 있는 소리가 갑자기 커졌다. 견딜 수 없을 정도로 말이다. 그리고…….

내 안에 있는 무언가가, 끊어졌다.

"……저기 말이에요."

"응?"

"나 좀 내버려 둬요. 나는 타이틀전을 치르는 중이고, 사저도 여류옥좌 방어전을 치러야 하잖아요? 나를 도와주려는 그 마음은 고맙지만, 지금은 각자의 일에 전념하는 편이 좋을 거예요."

"나는 괜찮아. 어차피 질 리가 없거든. 그러니까 야이치를 도와줄래."

"……아아, 정말! 진짜 사람 말을 못 알아듣네!"

의자에서 벌떡 일어선 나는 침대 위에 앉아 있는 사저를 내려다보며 고함을 질렀다.

"나와 같이 있으면 사저까지 평판이 나빠질 거라고요! 그런 건 싫죠?! 그러니까 하다못해 타이틀전 동안은 거리를 두려는 거예요! 내 배려를 눈치채 달란 말이에요!!"

"멋대로 떠들게 내버려 두면 되잖아! 왜 그렇게 마음이 약해져 있는 건데?!"

사저도 침대에서 일어서더니, 나와 대치했다.

"지금까지도 그딴 소리는 실컷 들어왔잖아! 그리고 실력으로 그딴 소리를 못 지껄이게 만들었어! 타이틀을 따서──."

"그 타이틀을 빼앗기기 일보직전이라고요!"

"그러니까………… 정말!!"

사저는 짜증 섞인 어조로 그렇게 외치더니, 내 팔을 움켜잡으며 이렇게 말했다.

"타이틀 따위는 없어도 되잖아?! 야이치가 타이틀을 잃었다고 떨어져 나가는 녀석들 따위는 애초부터 필요 없어! 타이틀을 땄다고 다가오는 녀석들도 전부 꺼져버리면 돼!!"

타이틀 따위는…… 없어도 된다고?

이 사람, 대체 무슨 소리를 하는 거야?

타이틀이 있었기 때문에, 나는 사저와 함께 있을 수 있었던 거잖아? 그 균형이 무너지면, 이렇게 같이 있을 수도 없단 말이야.

내가 왜 이렇게 고생하고 있는 건지 알기나──.

"나는 야이치와 항상 같이 있었어! 앞으로도 쭉 같이 있을 거야!! 옛날처럼 둘이서 함께 강해지면 되잖아!! 그러면 안 되는 거야?!"

"…………."

둘이서 함께 강해져?

나와 사저가? 어릴 적처럼?

그렇게…… 그렇게 간단히 강해질 수 있다면…… 이렇게 힘들어하지도 않을 거라고!!!

"…………사저가 도와준다고, 뭐가 달라지는데요?"

"뭐?"

"장려회 회원 주제에 뭘 할 수 있다는 건데요?"

"윽……!!"

사저는 한순간 자신이 무슨 말을 들은 건지 모르겠다는 듯한 표정을 지었다.

하지만 곧 사저의 잿빛 눈동자는 감정이 격해졌을 때처럼 옅은 푸른색을 띠었다. 그리고 내 팔을 움켜잡고 있던 사저의 손이 떨렸다.

나 또한 흥분한 탓에 자제할 수가 없었다.

궁지에 몰린 데서 비롯된 초조함, 아이에게의 미안함, 못난 자신을 향한 실망감, 그리고 하와이에서 명인에게 진 후로 계속 머릿속에서 울려 퍼지고 있는 소리를 없애기 위해, 나는 사저를 향해 고함을 질렀다. 거무튀튀한 감정을 쏟아붓고 말았다.

"내가 누구와 싸우고 있는지 알아요? 바로 명인이라고요. 3단 리그도 경험해 보지 못한 사저의 물러터진 장기와는 하나부터 열까지 전부 다르단 말이에요. 사저와 함께 연구를 했다간,

감이 더 둔해질 거예요. 컴퓨터 소프트를 이용해 혼자서 연구를 하는 편이 훨씬 효율이 좋——."

나는 거기까지 말한 후, 입을 다물었다.

사저의 눈에…… 금방이라도 흘러내릴 것처럼 맺혀 있는 눈물을 봤기 때문이다.

——큰일 났다. 말이 너무 심했다.

나는 허둥지둥 상냥한 목소리로 이렇게 말했다.

"사, 사저. 미안——."

하지만, 그 눈물은 흘러내리지 않았다.

그 대신, 주먹이 날아왔다.

"죽어!! 돈사(頓死)해버려, 이 쓰레기야!!!"

바위처럼 단단한 주먹이 코에 꽂히자, 나는 그대로 바닥을 굴렀다. 체중이 실린 전력 펀치였다.

"빨리 죽어버려!! 죽어버리란 말이야, 이 바보 야이치!!!!!"

사저는 쓰러진 나를 향해 사커 킥을 연이어 날렸다. 뾰족한 발 끝이 명치에 꽂히자, 숨을 쉴 수가 없었다.

그리고 마지막으로 가지고 있던 이 방 열쇠를 키홀더째로 나한테 던진 사저는 한 번 더 '죽어!!' 하고 말한 후, 분노에 찬 발걸음으로 이 방에서 나갔다.

"큭…… 아야야…… 저 여자, 진짜 인정사정없네…………!"

비틀거리면서 몸을 일으킨 나는 코에서 피가 안 나는지 확인했다.

다행히 피는 나지 않았으며, 코뼈도 부러지지 않은 것 같았다.

사저가 봐준 것 같지는 않지만 말이다…….

"…………내가 쓰레기라는 사실은, 누구보다도 내가 잘 알고 있다고요…….."

나는 그렇게 중얼거리면서 다시 의자에 앉은 후, 모니터에 표시된 장기말을 조작하기 시작했다.

원하던 환경을 손에 넣었는데도, 그날은 연구에 전혀 집중하지 못했다.

🔔 성화(聖火)

"야이치는 정말 너무해……! 진짜 저질이야……! 쓰레기……! 나, 나는…… 걱정이 되어서 찾아갔는데, 방해만 된다고…… 내가, 방해된다고……!!"

이곳으로 돌아오지 않을 거라고 말하며 나갔던 긴코는 내 예상보다 30분 일찍 돌아왔을 뿐만 아니라, 엉엉 울어댔다.

방 안에 뛰어 들어오자마자 내 무릎에 얼굴을 묻더니, 엉엉 울면서 고함을 질러대는데…… 그 내용을 요약하자면 '야이치, 죽어버려'. 아이 양보다 더 꼴사나웠다.

《나니와의 백설공주》의 이런 모습은 그 누구에게도 보여줄 수 없다.

"확 죽어버려…… 그딴 쓰레기, 죽어버리란 말이야……! 내, 내가…… 아파트 밑에서 기다렸는데………… 나와 보지도 않다니…………!!"

"그래그래. 우는 것도 좋지만, 좀 목소리 좀 낮춰. 2층에서 자고 있는 아이 양이 깰지도 모르잖아."

"……으으…………홀쩍…………."

이런 모습을 아이 양에게 보여주는 건 부끄러운지, 긴코는 내 치마를 깨물면서 오열을 참았다.

아아…… 이 치마, 꽤 아끼는 건데 말이야.

뭐, 됐어. 긴코가 엄청 귀여우니까 말이야.

"정말…… 이럴 것 같아서 내가 아까 역효과만 날 거라고 말했던 거야. 이 타이밍에 쳐들어가는 건 완전 악수잖니."

내가 긴코의 흐트러진 머리카락을 상냥하게 쓰다듬으면서 그렇게 말하자, 아직도 분노가 가라앉지 않은 공주님이 고개를 벌떡 치켜들었다.

"아냐! 야이치가 나빠! 방해된다고 했단 말이야!!"

긴코는 그렇게 외치더니, 엉엉 울면서 또 내 무릎에 얼굴을 묻었다.

완전히 어리광쟁이가 되어버렸다.

이 집에 처음 왔던 네 살 때로 되돌아간 것만 같았다.

긴코는 옛날부터 야이치 군과 싸우면 이렇게 나한테 고자질을 했다.

『케이카 씨, 내 말 좀 들어봐. 야이치가──.』

『그렇지만 야이치가──.』

『야이치가 잘못했어. 나는 아무 잘못도 안 했어. 그러니까 야이치를 야단쳐!』

긴코는 나에게 그런 부탁을 수백 번, 수천 번 했다.

하지만 긴코는 내가 야이치 군을 꾸짖는 걸 원하지 않았다.

화해할 계기를 만들어 주길 원하는 것이다.

이 배배 꼬인 공주님은 사과할 줄을 모른다. 아니, 그 이전에 야이치 군과 다투면 패닉에 빠지고 만다.

'꾸짖어 줘.' 라는 말은 '어떻게든 해 줘.' '화해시켜 줘.' 라는 의미다. 그래서 나는 이렇게 긴코를 달랜 후, 야이치 군을 불러서…….

『이럴 때는 남자가 잘못하지 않았더라도 사과하는 법이야. 그러니까 긴코와 화해해. 알았지?』

……하고 말하며 달랬다.

야이치 군은 긴코와 다투더라도 아무렇지 않은 얼굴로 다른 사람과 장기를 두러 간다. 전혀 개의치 않는다. 한 시간 정도 지나면 다툰 것도 잊고 머릿속이 장기 생각으로 가득 차는 것이다.

긴코는 야이치 군의 그런 면을 용서하지 못했다.

『나와 장기 중에 뭐가 더 소중한 건데!?』

긴코는 입이 찢어져도 그런 말을 할 수 없다.

하지만 그럴 만도 했다.

장기가 생겨난 순간부터 여자가 남자에게 해 왔을, 그 진부하면서도 절실한 그 말을, 긴코는 다른 식으로 계속 표현해 왔다…….

"하지만…… 어쩔 수 없을 거야."

자신의 무릎을 벤 긴코의 은색 머리카락을 쓰다듬으면서……
두 사람의 어린 시절을 떠올리면서…… 나는 속삭이듯 그렇게
말했다.

　어릴 적에는 특히 몸이 약했던 긴코에게, 야이치 군은 자신과
장기를 두는 유일한 같은 또래였다.

　자신과 같은 보폭으로 걸어주는, 유일한 남자애다.

　항상 같이 있어 주고, 장기판 너머에서 웃어 주는, 특별한 존
재.

　사랑에 빠지지 않는 게 오히려 이상할 것이다.

　"왜냐하면, 장기에서도, 일상에서도…… 이렇게 제멋대로인
공주님과 쭉 함께 있어 주는 사람은 야이치 군뿐인걸."

　이 집에 온 지 얼마 안 되던 시절의 야이치 군은 긴코에게 휘둘
리며 그 뒤를 쫄래쫄래 따라다니는, 그야말로 부하였다.

　하지만 그런 야이치 군은 어느새 긴코보다 앞장서서 나아가고
있었다. 어느 시기부터 야이치 군의 장기는 긴코를 따돌리고,
스승도 넘어서더니, 그 누구도 도달하지 못한 경지에 올라섰
다.

　징후는 있었다.

　긴코는 쿨해 보이지만, 장기에 관해서는 희로애락이 격렬했
다. 지면 엉엉 울었고, 이기면 솔직하게 기뻐했다. 스승은 '우
는 애일수록 강해진다.'고 말했지만, 나는 그 자리에서 감정을
폭발시키며 분한 마음을 발산하고 있는 것처럼 보였다.

　하지만 야이치 군은 이기든 지든 감정을 드러내지 않는 아이

였다.

그저…… 장기판 앞을 떠나지 않았다.

특히 졌을 때는 장기판 앞에 쭉 앉아 있었다. 몇 시간이든, 며칠이든, 그 장기에 대해 혼자서 계속 생각했다.

그건 아마…… 장려회에 들어가고 얼마 지나지 않았을 즈음, 그러니까 초등학교 6학년 때였을 거라고 생각한다.

벽에 부딪친 야이치 군은 장려회에서 B가 붙은 적이 있다.

향차(香車)를 떼고 접장기로 둘 때 전혀 이기지 못해서, 장기판 앞에 쭉 붙어 있었던 시기가 있다.

밤에 잠도 자지 않으며 장기판 앞에 있는 야이치 군은 그야말로 병적이었기에, 나는 '이제 그만 자.' 라고 말하려 한 적이 있다.

그리고 나는 봤다.

자기 방에서, 홀로 장기판과 마주하고 있는 야이치 군이…… 장기판을 노려보며 우는 모습을 말이다.

울부짖지도 않으며, 그저 눈물만을 흘리며…… 그 눈물을 닦는 것도 잊은 채 장기에 몰두하고 있는 모습을, 나는 봤다.

『마음속에 쭉 쌓여 있던 감정이, 눈물이 되어 흘러나왔다.』

내 눈에는 그렇게 보였다.

그리고 '이 아이는 마음속에 쌓여 있던 분한 마음을 힘으로 바꿀 수 있구나.' 하고 생각했다. 그리고 이때, 비로소 진짜 야이치 군을 본 것 같은 느낌이 들었다. 야이치 군이 지닌 재능의 정체를 안 것이다.

그 후, 야이치 군은 곧 벽을 뛰어넘었고————— 단숨에 강해졌다.

야이치 군의 현재 상태는 그때와 비슷한 것 같았다. 가장 높고 두꺼운 벽에 부딪쳤고, 그것을 넘기 위해 자신을 근본부터 다시 만들고 있는 것 같았다.

긴코도 그걸 느꼈기에 이렇게 초조해하는 것이다.

야이치 군이 더 먼 곳으로 가버릴 것 같아서, 자신을 두고 가버리는 게 무서워서…….

그리고 이유는 하나 더 있다.

긴코가 아주 약간…… 일찍 사춘기를 맞이한 것이다.

그게 두 사람 사이의 실력 차이로 이어졌다고 나는 생각한다.

야이치 군의 머릿속에는 장기만 있다. 지금도 마찬가지일 것이다.

하지만, 긴코의 마음속에는———.

"……우리 용왕은 아직 어린애라니깐."

야이치 군은 자기 자신을 잘 모른다.

자신이 타인에게 얼마나 영향을 주는지, 자신의 재능이 얼마나 대단한지, 전혀 알지 못했다. 긴코라면 '둔감해!' 하며 매도할 것이다.

명인이 용왕전 첫 대국 때 보여준 대국관은 확실히 엄청났지만, 야이치 군도 대단했다. 그 누구도 그 장기를 보고 『쿠즈류가 엉망진창으로 박살 난 장기』라고 말하지 않았다. 나는 하와이의 대기실에 있었지만, 두 사람의 장기 수준이 너무 높아서 제대로 이해하지도 못했다.

　두 번째 대국은 엉망이었지만, 세 번째 대국에서는 거의 이기고 있었다. 결코 실력이 압도적으로 뒤지고 있지는 않았다. 야이치 군은 연패를 하면서도 기세를 올리고 있었다. 대국의 내용만 본다면 다음에 평범하게 싸우면 충분히 이길 수 있을 거라는 생각이 들었다.

　그렇다. 평범하게 싸우면 말이다.

　그러지 못하는 건 아직 경험이 부족하기 때문이다.

　"아직…… 열일곱밖에 안 됐잖아."

　열여섯 살 때 타이틀을 획득했다.

　명인조차도 처음으로 타이틀을 딴 것은 열아홉 살 때다.

　게다가 당시의 장기계에는 명인 같은 절대적인 존재가 없었다.

　직접 싸우지는 않았지만, 야이치 군은 명인이 정복한 것이나 다름없는 장기계에서 겨우 열여섯 살에 최상위 타이틀을 쟁취한 것이다.

　단순하게 생각해 볼 때———— 야이치 군의 재능은 명인에게 버금가거나, 혹은 그 이상일 것이다.

　하지만 그걸 인정하고 있는 이는 장기계에선 나뿐일 것이다. 현역 플레이어라면 누구나 자기보다 어린 인간이 더 뛰어나다는 사실을 인정하는 것에 거부감을 가진다. 나처럼 애초에 자기가 재능이 없다는 걸 인정한 사람이야말로 그런 것을 객관적으로 볼 수 있다.

　다른 누구도 인정하지 않고, 야이치 군 본인조차도 눈치채지 못했으며, 이 세계에서는 나만이 알고 있는 사실.

　그러니 전하고 싶다.

　『야이치 군은 약하지 않아.』

　……하고 말이다.

　그리고 이렇게 말해 주고 싶다.

　『나는 쭉 지켜봐 왔어.』

　……하고 말이다.

　『야이치 군이 쭉 노력해왔다는 것도, 분해서 운 것도, 울면서도 장기판을 계속 쳐다봤다는 것도…… 그 어떤 위기와 강적한테서도 절대 도망치지 않았다는 걸, 나는 알아.』

　그렇게, 전하고 싶다.

　지금은 분명 나와도 얼굴을 마주하지 않을 것이며, 설령 내가 이 말을 전한들 야이치 군이 그 말을 솔직하게 받아들여 줄 것 같지도 않았다.

　하지만, 그 어떤 방법을 써서라도 전하고 싶다.

　『나는 알아. 언제 어느 때나, 항상…… 네가 노력해 왔다는 걸 말이야.』

　다른 누구도 아니라…….

　내가 그걸 전해야만 한다.

　"그게………… 누나가 해야 할 일이잖아?"

　나는 울음을 그치지 않는 긴코의 머리를 쓰다듬어주면서, 그렇게 속삭였다.

　가슴속에서 타오르고 있는 뜨거운 무언가를 느끼면서.

⌂ 거대한 미로

"⋯⋯⋯⋯어디지⋯⋯⋯⋯."

나는 컴퓨터 모니터의 불빛만이 비추고 있는 실내에서 쭉 연구를 계속했다.

소프트를 이용해 단순한 정답을 찾는 방식에서 한계를 느낀 후, 다양한 방법을 시도했는데도 벽에 부딪친 나는 궁지에 몰린 느낌을 받으며 하루하루를 보내고 있었다.

마치 거대한 미로를 헤매고 있는 것만 같았다.

출구가 어디에 있는지는 고사하고⋯⋯ 자신이 어디에 있는지도 알 수 없었다.

장기의 신이 있다면, 하다못해 내가 올바른 방향으로 나아가고 있는지만이라도 가르쳐 줬으면 한다.

"⋯⋯⋯⋯노력이라면, 얼마든지 할 테니까⋯⋯."

아무리 시간을 소비해도, 그 작업이 전부 헛될지도 모른다는 공포가 항상 마음속에 존재했다.

완전히 틀린 방향으로 나아가고 있으니, 빨리 되돌아가야 하는 건 아닐까 하는 초조함만이 치밀어 올랐다.

그런 공포와 초조함 탓에, 아무리 시간을 들인들 연구의 효율이 좋아지는 것은 고사하고 제자리걸음 상태인 듯한 느낌이 들었다.

"⋯⋯누가⋯⋯⋯⋯ 가르쳐 줘⋯⋯⋯⋯."

내가 앞으로 나아가고 있다는 확신이 필요했다.

정답에 다가가고 있다는 실감이 필요했다.

누군가가 '옳다'고 말해 주기를 바랐다.

하지만 들려오는 것은 그 소리뿐이었다――.

"………강해질 수밖에 없어. 혼자서 할 수밖에 없어."

승부사는 언제나 외톨이다. 누군가에게 의지하려 하는 그 마음이 『약함』으로 이어진다.

케이카 씨, 사저, 사부님, 그리고 나를 진심으로 따르는 어린 제자…… 그들과 함께 하는 공간은 너무나도 편안하다.

그 달콤하고, 따뜻한 분위기가…… 나를 천천히 썩어 들어가게 했다.

――강해지기 위해, 버리는 거야.

그 결의를 굳힌 나는 방 밖으로 거의 나가지도 않았으며, 제대로 식사하지도 않았다.

굶주림을 통해 정신과 육체를 버리기 위해, 커피와 초콜릿처럼 카페인과 당분을 대량으로 함유한 것과 물만 섭취했다. 스마트폰도 끄고, 외부와의 접촉도 차단했다.

딱 한 번, 근처 편의점에 그런 것들을 사러 가기 위해 방을 나서기는 했다. 그리고 바로 그때, 현관문의 손잡이에 걸려 있던 종이봉투를 발견했다.

"……어?"

종이봉투 안에는 반으로 접힌 편지가 들어 있었다.

『야이치 군에게. 네가 좋아하는 걸 만들어 봤어. 먹어 봐.』

케이카 씨의 글씨였다.

어릴 적부터 봐왔던, 그리고 보기만 해도 마음이 따뜻해지는 듯한, 상냥한 글씨. 알아보지 못할 리가 없다.

하지만 전혀 식욕이 없고…… 애초에 식사를 할 생각이 없었다. 포만감은 졸음을 부르며, 집중력을 떨어뜨린다.

게다가―― 버리기로 마음먹은 온기를 떠올리고 만다…….

케이카 씨에게는 미안하지만, 냉장고에 집어넣고, 손을 대지 않았다.

다음 날에도, 그다음 날에도, 종이봉투가 현관 앞에 놓여 있었다. 케이카 씨의 메시지와 함께 말이다.

『야이치 군에게. 식사는 챙겨 먹고 있니?』

『야이치 군에게. 건강은 챙겨.』

『야이치 군에게. 잘 때는 몸을 따뜻하게 해.』

항상 나를 걱정해 주는 말이, 따뜻한 글씨로 적혀 있었다.

문장은 하나같이 짤막했으며, 장기를 전혀 언급하지 않는 점에서 나를 향한 깊은 배려가 느껴졌다……. 분명 엄청 고민한 끝에, 적은 것이리라.

하지만 어제만은, 평소와 다른 메시지가 적혀 있었다.

『야이치 군에게. 나, 내일 대국이 있어. 바쁜 건 알지만, 꼭 봐 줘.』

"……어?"

나는 그 문장에서 위화감이 들었다.

케이카 씨가 자신의 장기를 꼭 봐달라고 말하는 것 자체가 드문 일이다. 케이카 씨는 평소 가까운 이들이 자신의 장기를 보는 걸 부담스럽게 여기는 편이고, 설령 봐 줬으면 하더라도 '봐 주면 기쁘겠어.' 같은 식으로 표현할 사람인 것이다.

그런 사소한 차이가 왠지 마음에 걸렸다.

그래서 연구에 집중하다가도…… 다음 날 점심 즈음에 불쑥 그 대국을 떠올렸다.

"그러고 보니…… 오늘, 마이나비의……."

본선 1회전. 상대는 바로 그 샤칸도 씨.

아무리 여류 타이틀 보유자의 대국이라고는 해도, 프로 기사 타이틀을 보유한 나에게 참고가 될 만한 연구를 선보일 것 같지는 않았다. 그 대국을 봐도 내 장기에 보탬이 되지 않는다.

강해지기 위해 필요한 것 이외에는 전부 버리기로 결심했다.

하지만——.

"케이카 씨의 대국……."

나는 잠시 망설인 후—— 마이나비 여자 오픈 사이트에 들어가서, 『기보 중계』의 버튼을 눌렀다.

🔔 가시나무 숲

날개라도 달렸을 거라고 생각했다.

하지만, 눈앞에 나타난 그 사람은 날개를 가지지 않았다.

그뿐만 아니라 다리도 불편한 사람이었다.

"실례."

유리로 된 방울처럼 맑은 목소리로 그렇게 말하면서, 폭이 넓은 치마를 휘날리며 나타난 그 사람은 당연한 듯이 상석에 앉았다.

도쿄. 장기회관의 특별 대국실.

나와는 전혀 인연이 없을 줄 알았던 장기의 성역에서, 나는 상석에 앉은 이 사람을 우러러 보았다.

샤칸도 리나 여류명적(女流名跡).

퀸 4관이자 현역 여류 타이틀 보유자. 《영원한 여왕(이터널 퀸)》이라 불리는 이 사람은 그림책에 나오는 여왕님처럼 보이는 모습으로 내 앞에 나타났다.

초면……은, 아니다.

사실은 어린 시절, 아버지의 소개로 딱 한 번 지도대국을 한 적이 있다. 상냥한 선생님 같은 사람이었기에 아직 기억에 남아 있었다.

하지만 지금 이렇게 다시 장기판을 사이에 두고 마주 앉자, 어릴 적의 따뜻한 인상 같은 것은 순식간에 날아가버릴 만큼 강대한 위압감이 느껴졌다.

"사부님(마스터), 오늘은 어떤 차를 준비할까요?"

"으음…… 오늘은 리제를 스트레이트로 부탁하마. 중요한 장기를 두는 아침에는 상쾌한 기분을 맛보고 싶구나."

"예."

옆에는 칸나베 아유무 6단이 공손히 스승의 시중을 들고 있었다.

이 소년…… 아니, 이제 청년이라고 해야 할까. 그는 중학생 때부터 사부가 이렇게 연맹을 방문할 때마다 동행했다.

샤칸도 선생님은 지팡이를 쓰면 혼자서 거동할 수 있지만, 대국실에서 지팡이를 짚었다간 다다미가 상한다. 그러니 누군가가 부축을 해야 한다——.

하지만 그것은 표면상의 이유에 지나지 않을 것이다. 샤칸도 선생님을 바라보는 아유무 군의 눈에는 존경심 이상의 감정이 어려 있었다.

"…………."

나는 숨을 삼키면서 장기판 너머에 앉아 있는 위대한 여류기사를 쳐다보았다.

정점에 선 인물——.

내가 장기를 배우기 시작했을 즈음, 이 사람은 이미 여류기사의 정점에 서 있었다.

그리고 20년가량 그 자리에 머물고 있는, 전설적인 여류기사다.

다음 세대의 도전자들을 완벽하게 쓰러뜨렸고, 그다음 세대도 압도했으며…… 지금은 그다음 세대와 사투를 벌이고 있다.

여류 장기계를 뛰어넘어 장려회에서 활약하고 있는 상상을 초월하는 천재——《나니와의 백설공주》가 등장할 때까지, 혼자서 여류 장기계를 지탱해왔다고 해도 과언이 아니다.

한 번은 장기를 버렸고, 지금은 장기에게 버림받을 위기에 처한 낙오자에 불과한 내가 이렇게 위대한 최정상 여류기사에게 도전한다…….

──……주제넘은 짓, 이네.

왠지 자신이 엄청 왜소한 존재처럼 느껴졌기에, 나는 장기판에서 고개를 돌렸다.

이윽고 홍차를 끓여온 아유무 군이 티 세트가 놓인 은색 쟁반을 들고 오자, 샤칸도 선생님은 애제자를 향해 상냥한 목소리로 말했다.

"고맙구나. 이제 물러가거라."

"점심 휴식 시간에 다시 오겠습니다."

"음."

스승과 아쉬움이 묻어나는 듯한 대화를 나눈 아유무 군은 나를 향해 인사를 건넨 후, 대국실에서 나갔다.

샤칸도 선생님은 컵을 들더니, 향을 음미하듯 크게 숨을 들이마셨다.

"향기가 좋구나……. 중요한 장기를 두기 전에는 홍차의 향기로 마음을 진정시키는 법이지. 너무 긴장하면 손이 떨리니까 말이야."

장기판 너머의 상대가 부드러운 미소를 지으며 상냥한 말을 나에게 건넸지만, 나는 그저 딱딱한 미소를 짓는 게 한계였다.

──이 사람이…… 나 따위와 장기를 두면서 떤단 말이야? 말도 안 돼…….

샤칸도 선생님도, 마이나비라는 여류 최고위 기전의 본선에 서는 긴장하는 걸까? 나는 그렇기를 바랐다. 나 또한 입에서 말이 나오지 않을 만큼 긴장했으니까……

"저기, 선생님……."

나는 긴장한 탓에 쉰 목소리로 샤칸도 선생님에게 인사를 했다. 모든 용기를 쥐어짜내면서 말이다.

"처음 뵙겠습니다. 키요타키 코스케의 딸인 키요타키 케이카라고 합니다. 오늘 잘 부탁——."

"인사말이 잘못됐구나."

"예?"

"처음 만난 게 아니지 않느냐?"

"기억하고……?!"

"후후."

손에 쥔 찻잔을 쟁반에 놓으며 미소를 지은 후, 정점에 서 있는 인물이 나를 향해 속삭이듯 이렇게 말했다.

"어디, 다시 인사해 보거라."

"저, 저기………… 오랜만에 뵙습니다, 샤칸도 선생님……."

"음. 오래간만이구나. 그대를 다시 만나게 되는 날을 고대하고 있었느니라."

선생님이 지도 대국을 한 상대는 만 명이 넘을 것이다.

그 모든 이들을 기억하고 있다면…… 그 이유는 하나뿐이다.

이 사람은, 단 한 번도 대국에서 긴장을 풀지 않았던 것이다.

어린아이와 대국할 때도, 이 사람은 전심전력을 다해 장기를 됐다.

"윽······!"

온몸이 뜨겁게 달아올랐다.

그렇다. 정점에 선 인물은 달랐다. 나와 이 사람은 다른 것이다.

장기를 향한, 사랑의 깊이가······.

장기에게 사랑받고, 또한 장기를 사랑하는, 그 강한 마음부터
가······.

"자아――― 장기를 시작하자꾸나."

샤칸도 리나 여류명적은 두근거림이 묻어나는 목소리로 그렇
게 말하며 장기말이 들어 있는 함의 뚜껑을 열었다.

그녀는 마치 사랑에 빠진 소녀 같았다.

장기말을 던져 선후수를 정한 결과, 나는 후수가 됐다.

하지만 서반부터 주도권을 쥐기 위해 먼저 움직인 이는 바로
나였다.

"······오호라, 『맞비차』인가."

12수째.

내 비차(飛車)가 힘차게 미끄러지며 이동하자, 샤칸도 선생님
은 놀란 듯한 반응을 보였다.

"··········흠."

변칙적이라고 할 수 있는 작전이었다.

망루와 사간비차 같은 정석이 확립된 전법으로는 샤칸도 선생
님에게 이길 가능성이 1억분의 1도 되지 않는다.

그렇다면 지금까지 내가 공식전에서 단 한 번도 쓰지 않은 작전을 선택해서, 하다못해 상대의 연구에서 벗어나고 싶었다.

──어디까지나 샤칸도 선생님이 나 따위의 장기를 연구했다면…… 말이야.

"후후. 재미있구나…… 정말 재미있어."

《이터널 퀸》은 샤라락 하는 소리를 내며 검은색을 띤 서양식 부채를 펼치더니…….

"그럼────── 제대로 즐겨 보도록 할까."

중앙의 보(歩)를 전진시킨 후, 은(銀)도 투입했다.

"급전……!"

나는 소리가 날 정도로 입술을 세게 깨물었다.

샤칸도 선생님은 내 작전에 전혀 동요하지 않았을 뿐만 아니라, 내 수에 응하며 공세를 펼쳤다. 방어를 도외시하며 속공을 펼친 것이다.

바라는 바였다.

──장기판 중앙은 내주겠어! 그 대신, 나는 미노 싸기로 방어를 철저히 하는 거야……!

공세에 직면한다는 공포를 견디며, 나는 방어에 전념했다.

나는 야샤진 양의 장기를 떠올렸다. 그 아이의 배짱이 탐났다.

하지만 나에게는…… 그 애 같은 재능도, 근성도 없다.

게다가 오늘, 내 앞에 앉아 있는 이의 공세는 나 따위의 기술로 받아낼 수 있는 게 아니다.

──소마를 너무 절묘하게 다뤄! 보(歩)만으로 공격하는데,

대체 어떻게……?!

보(步)의 자폭, 교란, 쇄도, 그리고 차단——.

여류명적은 보(步)를 다채로우면서도 가볍게 다루면서 나를 농락했다.

그리고 순식간에 『승세』라고 할 수 있는 국면을 자아내고 말았다.

이…… 이렇게…… 실력 차이가 나다니…….

"…………어디에……."

어디에 장기말을 옮겨도, 어떤 공격을 펼쳐도, 거꾸로 내가 상처를 입었다.

마치, 가시나무 숲 같았다.

아무것도 모르는 내가 숲에 핀 아름다운 꽃에 이끌려 안으로 들어갔다…… 정신을 차리고 보니 꼼짝도 할 수 없게 되었다.

——……이걸로 끝나는 거야? 나는 이것밖에 안 되는 거야……?

나 자신이 너무 한심한 나머지, 눈물이 날 것만 같았다.

바로 그때였다.

"중요한 장기이지 않느냐?"

"…………예?"

나는 샤칸도 씨의 말이 들린 듯한 느낌을 받고 고개를 들었다.

하지만 샤칸도 씨는 나와 시선을 마주치지 않았다. 그저 아무 말도 하지 않은 것처럼 홍차가 담긴 찻잔에 입을 대고 있었다.

……그렇다.

——오늘 장기는…… 절대로…… 절대로, 져서는 안 되는 장기야……!

나는 무심코 가슴에 손을 댔다.

예전에 내가 길을 잃은 채 헤매고 있을 때, 긴코는 이렇게 말했다.

『케이카 씨는 사실 강해. 하지만 자신이 약하다고 생각하니까…… 자신감이 없으니까, 스스로 생각하면서 수를 두지 못하는 거야. 자기 자신을 스스로 부정하고 있어.』

긴코는 그 말로, 얼어붙은 내 마음에 불을 지폈다.

『그러니까 케이카 씨는 더욱 자신감을 가지며 장기를 둬! 승부에 있어서 가장 중요한 건 자신감이야!! 그것보다 더 중요한 건 없다고 해도 과언이 아냐!!!』

그때 피어오른 불길은, 아직도 내 마음속에서 타오르고 있었다.

그 불길은 장기라는 게임이 이 세상에 탄생한 순간부터, 릴레이를 하듯 사람들 사이에서 이어져 내려온 성화(聖火)다. 가슴에 생겨난 이 불길이, 그 고결한 열기로 장기라는 게임을 한없이 순수한 존재로 만들어왔다.

바로 이 순간, 내 마음속에 자신감이 생겨났다.

내가 더 강하다, 반드시 이길 수 있다, 같은 자신감이 아니다.

그것은 바로 내가 더 장기를 사랑한다는 자신감이다.

——지금은 말할 수 있어! 내가 더 장기를 사랑해!!

장기를 한 번 버렸던 나이기에…….

자신이 장기에게 사랑받고 있지 않다는 걸 알기에…….

짝사랑이라는 걸 알기에, 단언할 수 있다.

이것이 진정한 사랑이라고 말이다.

"자신감…… 자신감!"

나는 소리를 내서 되뇌듯이 그렇게 중얼거렸다.

형세는 절망적이었다. 게다가 상대는 샤칸도 리나 여류명적.
역전할 가능성은 한없이 낮다.

평소라면 포기했을 것이다.

하지만 오늘은…… 오늘 이 대국만큼은 반드시 이겨야만 한
다.『전력을 다한다』,『마음이 꺾이지 않는다면 진 게 아니다』
같은 소리를 할 수는 없다.

그저, 이긴다.

반드시 이긴다.

그것 이외의 선택지가 없다면————————— 나는 강해질 수
있다!!

"뜨거워………… 뜨거워!"

나는 가슴을 움켜쥐며, 그 안에 깃든 불길을 확인했다.

오늘의 나에게는, 있다.

반드시 이겨야만 하는 이유가 말이다.

"……반드시 이기겠어. 절대 포기 안 해. 절대 무너지지 않을
거야. 장기말을 전부 빼앗기고 도망칠 곳이 아예 없어질 때까
지…… 계속 둘 거야!!"

나는 말받침에 손을 뻗은 후, 권총에 총알을 장전하는 심정으

로 거기에 놓인 조그마한 말을 움켜쥐었다.

◌ 다이아몬드

"이게…… 뭐야……?!"

기보 중계를 본 순간————— 이 장기가 얼마나 기묘한지 깨닫고 경악했다.

"이, 이게………… 진짜로…… 케이카 씨와 샤칸도 씨의 기보야……?"

처음에는 선수와 후수를 반대로 인식했다. 독창적인 승부수를 연이어 펼치며 국면을 리드하고 있는 후수가 샤칸도 씨이며, 그에 대응하느라 고심 중인 선수가 케이카 씨라고 생각했다…….

하지만 그 반대였다.

"어…… 어떤 전개 끝에, 이런 장기가 펼쳐진 거지……?!"

나는 허둥지둥 기보를 처음으로 되돌려서 재생했다.

중반에 리드를 빼앗긴 케이카 씨는 61수째에 샤칸도 씨가 보(步)를 적진 깊숙한 곳까지 쇄도시킨 국면에서 완전히 열세에 처했다.

두 사람의 실력 차이를 생각하면 만회가 불가능하다고 여긴 국면——.

하지만 76수째.

케이카 씨는 가진 말인 보 세 개를 연달아 투입해서 샤칸도 씨의 비차(飛車)를 억지로 낚더니, 상대가 비차(飛車)와 옥(玉) 둘 중

하나를 포기할 수밖에 없는 상황으로 무리하게 몰아넣었다.

작전이라고 하기에는 너무 억지스럽고 세련함과는 거리가 먼 그 수순에 의해, 샤칸도 씨는 약간…… 아주 약간, 자신의 페이스를 잃었다.

기세가 오른 케이카 씨는 장기판 위에서 자신의 음악을 연주하기 시작했다.

비차(飛車)와 각(角)을 다이내믹하게 휘두르며 필사적으로 상대를 자신의 페이스로 끌어들이는 케이카 씨는 상대가 구름 위의 존재나 다름없는 《이터널 퀸》이라는 사실을 완전히 잊은 것 같았다. 아무튼 자신의 모든 힘을 다 발휘하자는 생각만이…… 『무슨 짓을 해서라도 반드시 이기겠어!』라는 의지만이 기보에서 느껴졌다.

샤칸도 씨의 장기가 섬세한 피아노 소나타라면, 케이카 씨는 구수한 판소리다. 촌스럽게 끈질긴 칸사이 장기의 영혼이 손가락 끝에서 뿜어져 나오고 있었다.

"어, 어떻게 되어 가고 있는 거야?! 대체 누가 이기고 있는 거냐고!"

리얼타임 중계를 따라잡은 후, 나는 30초 간격으로 갱신되는 화면을 뚫어져라 응시했다.

눈조차 깜빡일 수 없다.

백중지세라고 해도 과언이 아닐 만큼, 한치 앞도 내다볼 수가 없었다.

하지만, 이만큼이나 기세를 탔다면——.

"케이카 씨가………… 샤칸도 씨에게……?"

최종 국면.

두 사람 다 1분 장기를 두고 있는 가운데, 서로의 옥(玉)이 접근했다. 그리고 줄타기를 하는 것처럼 약간이라도 실수하면 그대로 나락에 떨어지고 마는 공포 속에서, 여류 장기계의 레전드와 낙오자 연수생이 격렬한 주먹다짐을 벌이고 있었다.

"이…… 이걸……!!"

누가 이런 승부가 벌어질 거라고 예상이라도 했을까.

케이카 씨를 누구보다 잘 아는 나조차도 믿을 수가 없다. 사저조차도 연구회 때 간단히 농락했던 샤칸도 씨를, 케이카 씨가 궁지에 몰아넣다니──.

그리고 드디어, 최후의 순간이 찾아왔다.

샤칸도 씨의 차례.

7사에 계마(桂馬)를 두면 샤칸도 씨가 승리한다. 하지만 두 칸 옆인 9사에 계마(桂馬)를 두면 케이카 씨가 이긴다고 하는 극한의 상황이 펼쳐졌다.

둘 다 장군이지만, 그 가치는 완전히 달랐다.

겨우 두 칸.

그 차이가 인생을 가르는, 궁극의 선택지다.

"누가 이겼지……?!"

샤칸도 씨가 선택한 것은─────────
─────────9사계.

케이카 씨가 승리했다.

"··········뜨거워······."

나는 그렇게 평가할 수밖에 없었다.

정말 엄청난 장기였다.

그 정도로 엄청난 의지를 보여준 것이다.

남의 흉내나 내는 인형이 아니다.

다른 그 누구도 둘 수 없다.

이 세상에서 단 한 명만이······.

케이카 씨만이 둘 수 있는, 그런 유일한 장기였다.

사람마다 마음의 형태가 다르듯, 진심이 어린 장기 또한 유일무이한 개성을 지닌다.

어둑어둑한 방에 틀어박혀 있던 내 시야는 그 장기가 뿜는 눈부신 빛으로 가득 찼다.

11월임에도 난방을 켜지 않아 추운 실내에 있는데······ 이 장기를 본 후에는 손가락 끝까지 뜨거운 열기에 휘감겨 있었다.

"··········뜨거워······!"

나는 신음하는 듯한 어조로 그렇게 중얼거린 후, 방금 본 장기를 머릿속으로 다시 살폈다.

서반에 펼친 기습이 실패한 케이카 씨는 샤칸도 씨와의 실력차를 실감하면서, 어찌 보면 순조롭게 궁지에 몰리고 있었다.

하지만── 그때부터 강해졌다. 마음 또한 꺾이지 않았다.

몇 번이나 최선의 수를 놓치고, 실패하고, 진흙 범벅이 됐지만…….

그래도 포기하지 않고, 자기 자신을 질타하며, 항상 전진했다. 그런 장기였다.

압도적인 실적과 실력을 자랑하는 상대와 대결하면서 단 한 번도 물러서지 않았으며, 상대가 희미하게 움츠러든 순간, 한 치의 주저도 없이 그 한 줄기 빛을 향해 몸을 날렸다.

눈부셔 보일 만큼 뛰어난 수도, 눈이 번쩍 뜨일 만큼 놀라운 전략도 없었다.

재능이 있고 입이 거친 장려회 회원이라면 '이딴 수를 둘 바에야 확 죽어버리겠다.'고 말할 듯한, 얼간이 같은 장기…….

그러니, 케이카 씨에게 승리를 안겨 준 것은 장기 기술이 아니다.

그것은 바로————— 결코 부서지지 않는, 승리를 향한 의지였다.

자신이 이길 거라 믿으며 올곧게 앞으로 나아가는 용기였다.

누구도 부술 수 없고 절대 꺾이지 않는, 그 무엇보다도 단단하고 아름다운…… 그런 장기를 봤다. 한 수 한 수가 마치 보석처럼 불멸의 빛을 뿜고 있었다.

"대단해……."

대국 당시의 상황이 보고 싶어진 나는 중계 블로그에 접속했다.

그러자 예상 이상으로 처절한 케이카 씨의 모습을 볼 수 있었다.

"이, 이 사람이………… 케이카 씨……?!"

얼굴을 찡그린 채 장기판을 노려보고 있는 케이카 씨의 사진이 실려 있었다.

금방이라도 울 것 같은 얼굴로 계속 싸우고 있는 케이카 씨의 사진도 있었다.

점심 휴식 시간에도 장기판 앞에 앉아 괴로운 표정을 짓고 있었고, 가슴을 주먹으로 두드리며 '할 수 있어!' '나는 강해! 나는 지지 않아!' 하고 몇 번이나 외치면서 자기 자신을 질타했다고 적혀 있었다.

"그렇게 온화하던 케이카 씨가…… 장기판 앞에서 그런 말을 하다니……."

하지만 나는 곧 케이카 씨에게 있어 그 정도로 중요한 대국이라는 사실을 떠올렸다.

이 대국에서 승리하면—— 케이카 씨는 여류기사가 될 수 있는 것이다.

"……꿈은 이루어지는구나. 불가능한 줄 알았던 꿈이……."

갱신된 중계 블로그에는 케이카 씨가 승리한 직후의 대국실 사진이 실려 있었다.

투료 순간, 샤칸도 씨는 '졌습니다.' 라고 말하는 것 대신, 고개를 숙이면서 이렇게 말했다고 적혀 있었다.

『축하한다. 강해졌구나.』

케이카 씨는 그 말을 듣고 결국 울음을 터뜨렸다고 한다.

블로그에는 손수건을 눈가에 댄 채 고개를 숙인 케이카 씨의 사진이 올라와 있었다.

그리고 사진 속의 샤칸도 씨는 그런 케이카 씨를 상냥한 눈길로 응시하고 있었다…….

예전에 나에게 '레벨이 낮은 여류기사는 필요 없다.'고 단언했던 샤칸도 씨가 이 대국에서 이기고 여류기사 자격을 거머쥔 케이카 씨를 진심으로 축복하고 있었다.

"…………대단한 장기, 였어……."

손수건을 눈에 댄 왼손, 그리고 상대가 투료를 한 후에도 여전히 무릎을 움켜쥐고 있는 오른손이, 케이카 씨가 지금까지 살아온 세월을, 좌절과 노력을, 이야기해 주고 있었다.

"쭉…… 노력해 왔잖아……."

몇 번이나 무너졌고, 방황했다.

날이 갈수록 다가가는 것은 고사하고 멀어져 가는 꿈을 계속 좇은 끝에…… 기적을 일으켰다. 다른 누구의 힘이 아니라, 자신만의 힘으로 말이다.

그런 케이카 씨의 모습이…… 나는 눈부셔 보였다…….

중계 블로그가 계속 갱신됐다.

그리고 승리한 케이카 씨의 인터뷰 영상이 올라왔다.

"…………."

나는 재생 버튼을 누를지 말지 잠시 동안 고민했다.

……지금의 내가 이걸 봐도 될까?

꿈을 이룬 케이카 씨에게 불순한 마음을…… 질투할 것만 같기에, 그리고 그런 나 자신이 너무 한심했기에…… 이 영상을 보는 게 무서웠다.

하지만, 나는 이것을 봐야만 한다.

케이카 씨는 자신의 대국을 꼭 봐달라는 메시지를 나에게 보냈다. 그것은 장기만을 가리키는 말이 아닐 것이다. 대국을 치르는 자신의 모든 것을 봐줬으면 한다는 뜻이리라.

그렇기에…….

"…………."

나는 희미하게 떨리는 손으로, 영상 재생 버튼을 클릭했다.

──이것으로 염원해 왔던 여류기사 자격을 얻으셨군요. 오랜 꿈을 이룬 기분이 어떻습니까?

기자가 그렇게 말하자, 케이카 씨는 그 말을 듣고서야 처음으로 그걸 눈치챈 것 같았다.

『아…… 그랬죠. 물론 그것도 중요하긴 했어요. 하지만──.』

케이카 씨는 인생 최대의 꿈을 이뤘지만, 그 점은 딱히 언급하지 않으며 전혀 다른 이야기를 하기 시작했다.

『실은…… 전하고 싶었어요.』

──전하고 싶었다고요? 뭘 말이죠?

『그게, 으음…… 뭐라고 할까………… 저기, 기적이라는 게, 있죠? 불가능을 가능하게 하는 게 뭔지 저는 쭉 생각했어요. 제가 샤칸도 선생님에게 이기기 위해서는 기적을 일으키는 수밖에 없으니까요.』

──결국 찾았나요?

『찾았다…… 아니, 찾아낸 것, 같은 느낌이 들어요. 기적을 일으키는 유일한 무언가를 말이에요……. 하지만 그건 딱히 특별한 게 아니에요. 오히려 전혀 특별하지 않은 것을, 매일 평범하게 반복하는 것이야말로…… 죄송해요. 말로 어떻게 표현하면 좋을지 모르겠네요…….』

──천천히 이야기하셔도 됩니다.

기자가 그렇게 말하자, 케이카 씨는 몇 번이나 말문이 막히면서도 강한 의지가 느껴지는 목소리로 말을 이어갔다.

케이카 씨는 필사적으로 무언가를 전하려 하고 있었다. ……누구에게?

내 심장 박동이 빨라졌다.

『지금까지 약해빠졌던 애가 갑자기 강해져서, 어른들에게 연거푸 이기더니…… 어느새, 절대로 이길 수 없을 것 같던 상대에게도 이긴다……. 그런 기적이 장기 세계에서는 의외로 흔하게 일어난다는 걸…… 즉, 저처럼 재능이 없는 인간도, 그러니까…….』

케이카 씨는 또 말문이 막혔다.

몇 번이나 입을 벌렸지만, 흘러나오는 것은 말이 아니라 눈물이었다…….

『아…… 죄송해요. 저는 바보에다가, 장기도 잘 두지 못해서………… 무슨 말을 어떻게 하면 좋을지 모르겠네요…….』

손수건을 움켜쥔 채 안타까워하면서 고개를 숙인 케이카 씨는

꿈을 이뤘는데도 불구하고 어찌 된 영문인지 사죄의 말을 입에
담았다.

　그리고 케이카 씨는 눈물에 젖은 얼굴을 들면서 말을 이었다.

　『죄송해요. 역시 말로는 전할 수 없을 것 같아요. 그래서 오
늘, 이 대국에서 이겨서 전하고 싶다고 생각했어요. 즉——.』

　얼굴이 엉망인 상태에서도 억지로 미소를 짓더니…….

　카메라를 향해—— 카메라 너머에 있을 누군가를 향해, 케이
카 씨는 힘찬 어조로 말했다.

　최선을 다해 싸운 자만이, 자신의 힘으로 무언가를 쟁취한 자
만이 가질 수 있는, 이 세상에서 가장 단단한 결의와 자신감을
담아서 말이다.

　『보답받지 못하는 노력은 없다. 그걸 증명하기 위해서 싸웠어
요.』

　『야이치 군, 보고 있지?』

　보석 같은 커다란 눈물방울이 케이카 씨의 볼을 타고 흘러내
렸다.

　그것은 다이아몬드보다도 단단하고 아름다운, 노력의 결정체
였다.

♟ 오후의 하늘

정신을 차리고 보니, 울고 있었다.

"……케이카 씨…………."

나 스스로가 놀랄 정도로, 엉엉 울고 있었다.

마음속에 쌓여 있던 응어리를 전부 씻겨내려는 것처럼, 쉴 새 없이 눈물이 흘러나왔다.

어릴 적으로 되돌아간 것처럼 엉엉 울었다. 부모를 찾는 갓난 아기처럼, 케이카 씨의 이름을 중얼거리면서…….

"케이카 씨…… 케이카 씨…………!"

케이카 씨는 싸웠다.

인생이 걸린 장기를…….

운명을 바꿀 대국을…….

자신이 여류기사가 되기 위해서가 아니라————— 나를 위해 둔 것이다.

그런데…… 나는…… 나란 놈은……!

"나, 나는…… 그딴 바보 같은 짓을…………!"

케이카 씨만이 아니다.

내 방에 찾아와서, 나를 도와주고 싶다고 말했던 사저.

그리고 누구보다 갸륵하게 나에게 헌신했던, 아이.

지금 바로 만나고 싶다.

만나서 사과하고 싶다.

"으……!"

나는 이대로 가만히 있을 수가 없었기에, 옷도 갈아입지 않은 채 그대로 현관문을 열며 밖으로 뛰쳐나갔다.

어디에 가면 되는지 모른다.

케이카 씨는 아직 도쿄에 있을 것이다.

사저와 아이가 어디에 있는지도 모른다.

하지만 이 방 안에 있는 것보다는 훨씬 낫다. 그러니 여기에 있을 수는 없다.

밖에 나와 보니, 어느새 땅거미가 지고 있었다.

오래간만에 맑은 바깥 공기는 차갑고, 깨끗했으며…… 가슴속의 탁한 기운이 정화되는 듯한 느낌이 들었다.

나는 문뜩, 눈치챘다.

"……어?"

문손잡이에 종이봉투가 걸려 있었다. 평소처럼.

종이봉투 안에는 밀폐 용기가 있고, 그 안에는 평소와 마찬가지로 따뜻한 요리가 있었다————.

"따뜻해? ……윽!!"

케이카 씨는 현재, 도쿄에 있다.

그렇다면…… 이걸 만든 사람은————.

"으으윽……!!"

바보 같은 자기 자신 때문에 분하고 화가 난 나머지, 나는 피가 날 정도로 입술을 깨물었다.

내 상상이 옳다면, 이 안에 있는 요리는……!

용기 안에 들어있는 달걀말이와 주먹밥을 손으로 쥐고 입에 우겨넣었다.

연맹 근처의 공원에서 먹었던 음식과 맛이 똑같았다.

"…………아이."

틀림없다.

이걸 만든 사람도, 가져다준 사람도————— 아이.

케이카 씨의 편지가 있었던 것은, 안 그랬다간 내가 순순히 받지 않을 거라고 생각했기 때문이리라.

내 마음이 흐트러지지 않도록, 그리고 어떤 식으로든 나에게 도움이 되고 싶어서…… 아이는 쭉, 나를 위해 헌신했다. 아무런 보답도 원하지 않으면서 말이다. 이렇게 못난 쓰레기 스승을 위해서…….

요리는 아직 따뜻했다.

어쩌면 아직 이 근처에 있을지도 모른다!

"아이…………!"

나는 아파트 계단을 뛰어 내려갔다.

너무 서두른 바람에 넘어질 뻔하면서, 나는 땅거미가 진 상점가를 내달렸다.

운동 부족인 내 몸은 곧 비명을 질렀다.

발도 엉켰으며, 폐는 터질 것만 같았다.

대충 신은 신발 중 한 짝이 벗겨졌지만, 개의치 않고 달렸다.

마치 현재의 내 장기처럼 꼴사나운 꼬락서니로 비틀거리면서 계속 뛰었다.

　그리고——.

　사람들로 북적이는 해 질 녘 거리에서………… 천사를 발견했다.

　날개는 없었지만, 그 천사의 등은 찬란히 빛나고 있었다.

　"…………아이……."

　역을 향해 걸어가고 있는 천사의 조그마한 등이 보였다.

　그 모습이 눈에 들어온 순간…….

　"아이!!"

　나는 목청껏, 고함을 질렀다.

　그 작은 등이 내 눈앞에서 떨리더니…….

　천사는 천천히 나를 향해 고개를 돌렸다.

　"…………사부님?"

　나를 향해 돌아선 그 소녀의 얼굴을 본 순간——.

© shirabi

내 눈에서, 새로운 눈물이 흘러나왔다.

뿌연 시야 안에서도 그 천사는 찬란히 빛나고 있었다.

나는 그 천사를 향해 힘껏 뛰어갔다.

나를 향해 돌아선 아이도, 뛰어왔다.

오래간만에 뛴 탓에 다리가 엉켜서 넘어질 뻔했지만……

그래도 나는 무릎을 찧으면서——.

꼴사나운 자세로, 초등학생 여자애와 포옹했다.

길을 가던 사람들이 놀란 표정으로 우리를 쳐다봤지만, 세간의 눈길 같은 것은 개의치 않았다.

소중한 것은…… 가장 소중한 것은, 내 품속에 있다.

"미안해, 아이……."

아이를 지키기 위해서, 같은 것은 허울 좋은 변명에 지나지 않는다. 나는 나를 지키려 했을 뿐이다. 나 혼자서 멋대로 주눅이 들었을 뿐이다. 아이를 패배의 구실로 삼은 것에 지나지 않았다.

이 아이가 나를 구해 줬다.

연패의 늪 속에서 마음이 꺾이려 하던 나를, 용왕이라는 타이틀의 무게에 짓눌리려 하던 나를…….

그래서 나는 이 애를 직접 기르겠다고 맹세했다.

그런데…….

"아이…… 미안해! 미안해……!!"

"사부님……."

아이는 자신을 꼭 끌어안은 채 미안하다는 말을 외치고 있는 나에게, 이렇게 말했다.

"……사부님………… 저, 말이죠……."

"응?"

"그저께…… C1으로 올라갔어요."

"윽……!!"

나는 아이의 말을 듣고 너무 놀란 나머지 숨을 삼켰다.

연수회에서 C1으로 올라간다는 건—— 여류 3급 신청 자격을 얻었음을 뜻한다.

하지만 꿈이 이루어졌는데도, 아이의 목소리는 불안에 사로잡혀 있었다.

"사부님, 저………… 여류기사가, 되어도…… 될까요……?"

아이는 내 품속에서 떨면서, 작은 목소리로 속삭였다.

"여류기사가 되면…… 쭉, 쭉, 쭉, 사부님의 제자이거든요……? 그래도…… 괜찮나요……?"

장기계의 사제 관계는 제자가 장려회나 연수회 소속인 동안에는 완전하지 않다.

만약 제자가 기사가 되지 못하고 장려회나 연수회를 관두게 된다면, 그대로 해소되고 만다.

하지만 제자가 기사가 된 순간…… 그 관계는 영원불멸해진다.

그렇기에——.

눈가에 눈물이 맺힌 채…….

불안에 젖은 목소리로, 아이는 나에게 물었다.

"저를………… 진짜 제자로, 삼아 주시겠어……요?"

대답은 이미 정해져 있는 것이나 다름없다.

"다시는 너와 떨어지지 않을 거야."

나는 그렇게 말하며 아이를 더욱 세게 끌어안았다.

해 질 녘의 상점가.

불을 밝히기 시작한 상점가의 술집 앞에서, 우리는 영원한 사제지간이 되기로 맹세했다.

무드도, 신성함도, 눈을 씻고 찾아봐도 없었다.

하지만…… 우리에게 정말 잘 어울리는 장소라는 생각이 들었다.

여기서 다시 시작하자.

여기서 다시 걸음을 내딛자.

혼자가 아니라, 둘이서……

"사부님…… 아파, 요…….'"

"아…… 미안해."

"아뇨. 기뻐요……."

내가 무심코 손에서 힘을 빼자, 아이가 더 세게 나를 끌어안았다. 내 목에 두른 손에 힘을 주더니, 찰싹 달라붙은 채 나와 볼을 비볐다.

마치 녹아서 하나가 되듯, 스승과 제자는 하나가 됐다.

이윽고, 누가 먼저랄 것도 없이 포옹을 푼 우리는…… 약간 떨어져서, 서로의 얼굴을 응시했다.

"……에헤헤. 울고 말았네요."

아이가 웃으면서 그렇게 말하더니, 소매로 볼의 눈물을 닦았다.

나는 남아 있는 눈물을 엄지로 닦아준 후, 몸을 일으키며 아이의 손을 잡았다.

"자아, 돌아가자. 뭐, 방은 꽤 난장판이지만 말이야."

"……"

"아이?"

내가 손을 잡아끌었지만, 아이는 걸음을 떼지 않았다.

"왜 그래? 아, 키요타키 사부님의 집에 짐부터 가지러 갈까?"

"……그게, 아니라……."

아이는 괴로운 듯한 표정을 지으며 말을 이었다.

"…………저와 함께 지내면, 사부님의 평판이 나빠질 거예요……."

"아이, 알고 있었어……?!"

"……"

아이는 고개를 끄덕였다.

내가 혈연도 아닌 초등학생 여자애와 동거하는 바람에 세간에서 무슨 소리를 듣고 있는지, 아이는 알고 있었다.

직접 듣지 않더라도, 인터넷으로 조사해 보면 그 정도는 바로 알 수 있을 것이다.

이렇게 어린 소녀에게도, 이름을 감춘 어른들의 악의가 쏟아지고 있는 것이다.

　하지만 아이는 지금까지 그 사실을 밝히지 않았다. 알면서도 자신의 마음속에만 감춰둔 채, 나를 위해서 할 수 있는 일이 없는지 필사적으로 생각했다.

　이렇게 조그마한 몸으로, 나를 향해 쏟아지던 악의를 막아내고 있었던 것이다.

　그런데…… 나란 녀석은……!

　"걱정하지 마. 앞으로는 내가, 아이를 지키겠어."

　"사부님……."

　"반드시 지켜낼 거야. 이제 도망치지 않겠어."

　나는 다시 한쪽 무릎을 지면에 대면서 아이를 꼭 끌어안은 후, 맹세했다.

　시꺼먼 암흑 속에, 나만 홀로 존재한다고 생각했다.

　연패를 했기에, 타이틀을 잃었기에, 사람들이 내 곁에서 떠나간다고만 생각했다.

　하지만 그렇지 않았다.

　나는 그저…… 눈을 감고 있었을 뿐이다.

　현실을 보는 게 무서워서, 방에 틀어박혀 컴퓨터 소프트가 모니터에 표시한 가공의 장기만을 보고 있었다. 어두운 게 당연했다. 눈을 감고 있으니 말이다.

　눈을 떠보니, 방 밖으로 나와 보니, 이렇게 밝았다.

　내 주위에는, 나를 걱정해 주고, 힘이 되려고 하는…… 나를 필요로 하는 수많은 이들이 있었다.

"우리의 집으로 돌아가자."

"예! 사부님!!"

몸을 일으킨 나는 아이의 손을 잡고 아파트를 향해 걸어갔다.

따뜻한 빛으로 가득 찬 오후의 광활한 하늘이…… 나와 아이를 감싸고 있었다.

그 소리는 이제, 들리지 않았다.

제4보

RYU ○○○

히나츠루 아키나

연 령	33세
출 신 지	이시카와현 나나오시
특 기	접객
	여관 안주인 역할
좋아하는 것	남편이 만든 요리
	쿠치코(말린

△ 딸, 귀향하다

"사부님~♡"

용왕전 네 번째 대국이 열리는 대국장으로 향하는 특급열차 안에서 나란히 앉은 나와 제자는 남들 눈길을 아랑곳하지 않으며 러브러브하고 있었다.

"사부님~♡ 저기저기, 사부님~♡"

"아이, 왜 그래?"

"그냥 불러본 거예요~♡♡♡"

제자는 창가 자리에 앉아 있었지만, 창밖의 풍경이 아니라 옆에 앉아 있는 내 얼굴만 쳐다보며 '사부님♡' '사부님♡' 하고 혀 짧은 소리를 내고 있었다.

마치 어린 새가 지저귀고 있는 것처럼 보였다.

그리고 나는 그 말을 들을 때마다 어린 제자의 머리를 상냥하게 쓰다듬어줬다.

오사카를 떠난 후…… 아니, 그날부터 이런 행동을 수백 번, 수천 번 반복했다.

"아이. 너무 걱정하지 않아도 돼. 나는 이제 아무 데도 가지 않을 테니까."

"좀 더 『아이』라고 불러주세요!"

"하하하. 아이는 귀엽네."

"냐옹~♡"

귀 여 워 ♡

어린 제자는 조그마한 머리를 내 팔에 비볐다. 마치 어린 고양이 같아서 귀여웠다. 쭉 이러고 싶을 정도다…….

화해한 날부터, 나와 아이는 항상 이러면서 지냈다.

"……갈 데까지 간 게 분명해……."

"……엄청 가까워 보이네……."

"……역시 로리콤이 틀림없어……."

"……아동상담소에 연락해야……."

"……찌라시 기자한테……."

그런 불온한 단어가 들렸지만…… 상관없어!

왜냐면 말이지~. 내 말 좀 들어봐~.

그날, 나와 아이는 함께 아파트로 돌아왔어. 그리고 오래간만에 아이가 차린 밥을 배부르게 먹고, 목욕한 다음, 나는 제자에게 물었지.

『속죄하고 싶어. 어떻게 하면 돼? 아이는 나한테 바라는 거 없어? 내가 할 수 있는 거라면 뭐든 다 할게…….』

『……저기………… 그럼…….』

그러자 아이는 고개를 푹 숙이더니, 조그마한 목소리로 이렇게 말했다.

『손…….』

『손?』

『손을…… 맞잡고, 잠을 자고…… 싶어요…….』

왜?

내가 그렇게 묻자, 아이는 새빨개진 얼굴을 숙인 상태로 작은 목소리로——.

『그게………… 잠에서 깼을 때, 사부님이 곁에 없는 건…… 싫단 말이에요…….』

이러면 꼭 끌어안아 줄 수밖에 없잖아아아아아아아아아아아아아아아아아!!

평소에 나는 자기 방에서 자고, 아이는 다다미방에서 이불을 깔고 잤다. 하지만 그날부터는 다다미방에 이불을 나란히 깐 후, 손을 잡고 자기로 했다.

아이는 한 이불 안에서 자고 싶은 눈치였지만, 나는 자제하기로 했다.

아무리 제자라고 해도, 딴 집의 소중한 딸이다.

아직 결혼도 하지 않은 여자애와 한 이불에서 잘 수는 없으니까 말이다.

……하지만 아침에 눈을 떠 보면, 내 팔을 꼭 끌어안은 아이가 반쯤 내 이불 안에 들어와 있기도 하지 뭐야! 이건 어디까지나 어떻게 할 수 없는 일이라고.

뭐, 아무튼 나와 아이는 그날 이후로 더욱 가까워졌다.

물론 이런 행동은 비판의 대상이 될 것이다.

뒤쪽에 앉아 있는 쿠구이 씨(평소 말이 많다)가 열차가 출발한 이후로 침묵을 지키고 있는 이유는, 나와 아이의 대화를 듣고 완전히 얼이 빠졌기 때문이리라. 아니, 얼이 빠진 정도가 아니라 완전히 어이를 상실한 걸지도 모른다. 그런 것 정도는 나도 안다.

그래, 팔불출이야. 제자밖에 모르는 팔불출이라고.

그런데 그게 뭐 어때서?

──……내가 거절하는 바람에, 아이는 정말로 괴로워했으니까…….

아직 열 살밖에 안 된 여자애가…… 그것도 나한테 의지하며 오사카에서 장기 수행을 하던 이 아이에게, 그것은 죽음보다도 괴로운 경험이었을 게 틀림없다.

그 반동으로 이렇게 어리광을 부리는 것은 어쩔 수 없는 일이며, 그 마음에 난 상처를 치유해 주기 위해서라도 이렇게 애정을 쏟아 줄 수밖에 없다.

그러니 나는 아이의 어리광을 받아 줄 것이다. 얼마든지 받아 줄 것이다.

세간에서 뭐라고 하든 개의치 않을 거라고!

그래! 나는 이제 도망치지 않아!

그 어떤 비판도, 시련도…… 극복하고 말겠어!!

"그래요, 사부님! 보고 싶으면 얼마든지 보라죠, 뭐!"

아이는 코알라처럼 내 팔을 꼭 끌어안으며 말했다.

"사람이 자리를 비운 사이에 몰래 집에 들어와서 소중한 것을 가로채 가려고 한, 약아 빠진 도둑고양이에게 똑똑히 보여 줘야만 해요! 앞으로는 허튼짓을 못하도록 똑똑히 보여주자고 요……!"

"응? 그…… 그래? ……응. 맞아."

어라? 왠지…… 나와 아이가 핀트가 어긋난 말을 하고 있는 것, 같은…… 데?

아, 맞다.

내가 사과해야 하는 사람은 아이만이 아니다.

사저에게도 사과해야 한다.

케이카 씨에게는 바로 사과하러 갔지만…… 사저는 나를 피하는지 오늘까지 만나지 못했다.

그런 짓을 해놓고 메일이나 전화로 사과하는 것은 비상식적인 행동이다. 이럴 때는 직접 만나서 이야기를 해야 할 테니, 이 기회에 사과를 하자.

"으음, 어디에 있지……?"

내가 좌석에서 일어나며 사저를 찾으려고 한 순간…….

"앗! 사부님, 창밖에 신기한 새가 있어요!"

"뭐? 어디 있는데?"

"아…… 이미 사라져 버렸네요. 에헷♡"

아이는 혀를 살짝 내밀면서 고개를 갸웃거렸다. 귀엽다.

아까부터 내가 사저를 찾으려고만 하면, 아이가 창밖에 있는 무언가를 발견하는 것 같은데…… 뭐, 내 생각이 지나친 것이리라.

하와이에 갔을 때와 마찬가지로, 사저와 케이카 씨, 그리고 사부님도 나와 동행하고 있었다. 입회인 검사와 전야제 때 얼굴을 마주칠 테니 서두를 필요는 없을 거야!

"그건 그렇고, 이번에는 동행하는 사람이 엄청 많네……."

이번 대국은 세간에서 큰 주목을 받고 있기 때문인지, 오사카 쪽에서만 평소의 곱절이나 되는 관계자와 기자들이 동행하고 있었다.

게다가 도쿄에서는 호쿠리쿠 신칸센으로 몇 배나 되는 인원이 영세 7관에 한 발을 걸친 명인을 따라오고 있을 것이다.

숙소가 터지지 않을까 걱정됐다.

"괜찮아요! 이 정도 인원쯤은 충분히 수용할 수 있어요!!"

"하긴, 그럴 거야. 뭐니 뭐니 해도 이번 대국장은——."

내가 그렇게 말한 순간, 열차가 종점에 도착했다는 안내방송이 들렸다.

오사카와 호쿠리쿠를 잇는 『특급 선더버드』의 종착역—— 와쿠라 온천. 그 역의 플랫폼에는…….

『환영! 제30기 용왕전 제4국』

……이라고 적힌 횡단막이 걸려 있었다.

"오오~. 엄청 환영받고 있…………네………………?"

祝 여류기사 탄생

환영합니다!
히나츠루

아이 양

와쿠라 온천 유지 일동

"""………….""""

어마어마하게 거대한 횡단막이 눈에 들어오자, 흥분으로 가득했던 열차 안은 순식간에 침묵에 지배당했다.

어째서? 왜 용왕이나 명인이 아니라 초등학생 여자애의 이름이 적혀 있는 거지?

애초에 왜 저렇게 거대 횡단막이 걸려 있는 거야?

그건 이번 대국장 때문이다.

일본제일의 온천여관.

이곳, 호쿠리쿠의 와쿠라 온천을 대표하는 유명 온천여관 『히나츠루』.

과거에 내가 용왕 타이틀을 거머쥐었던 추억의 장소.

즉———— 아이의 본가다.

"사부님! 빨리 가요!"

"아………… 응……."

아이는 고향으로 돌아와서 평소보다 기운이 넘치는지, 내 손을 잡아끌며 열차에서 내렸다.

역을 나서자, 이번에는 간판이 눈에 들어왔다. 용왕전 대국장을 안내하는 간판이다.

그리고 그 옆에는 몇 배는 더 커다란 간판이 세워져 있었다.

쿠즈류 家

예식장

히나츠루 家

············저게···············뭐··········지······?

"사부님~♡"

"으······ 응?"

내 팔을 꼭 잡은 아이가 만면에 미소를 지으면서 나를 올려다

보더니——.

똑 부러지는 어조로, 이렇게 말했다.

"이제는 도망치면 안 돼요♡"

와쿠라 온천은 그 온천물처럼 뜨겁게 끓어오르고 있었다.

"어서 와~!!"

"아이 양~!"

"축하해~!!"

"꿈을 이뤘구나~!!"

"행복해야 해~!!"

용왕전…… 때문이, 아니었다.

『히나츠루 씨 댁의 아이 양이 여자 프로 장기 기사가 되어서 돌아왔어! 정말 대견해!』 같은 분위기였다.

"어……? 그런 것과도, 좀 다른 것 같은데……?"

"앗! 사부님, 차가 마중 왔어요!"

스펙터클은 이제부터 시작됐다.

보통은 마이크로버스를 타고 역에서 여관으로 이동하지만, 지금은 역 앞에 운전수가 딸린 오픈카와 세워져 있었으며, 그것을 타자…… 퍼레이드가 시작됐다.

그 오픈카에 탄 사람은 물론 나와 아이다.

"에헤헤♡ 사부님…… 왠지 부끄러워요~."

"그…… 그래……."

차는 천천히 이동했다.

대국장…… 아니, 아이의 본가로 이어지는 도로는 이 지역 사람들로 붐비고 있었으며, 만세를 하거나 조그마한 깃발을 흔드는 이도 있었다. 왕족의 퍼레이드 같잖아!

아이는 사람들과 안면이 있는지, 그들의 이름을 외치면서 손을 흔들었다. 부끄럽다고 말해 놓고 무척 적극적으로 행동하고 있었다.

또한 주말을 이용해 온천 여행을 온 것 같은 유카타 차림의 사람들도 있었다. 그들은 당황한 듯한 눈길로 퍼레이드를 지켜보고 있었지만, 곧 이게 이 온천지의 행사라고 생각하는 건지 즐겁게 손을 흔들거나 사진을 찍기 시작했다. 하지 마!

"…………."

아이의 옆에 앉아 있던 나는 부끄러움 같은 감각이 마비되어 있었다. 인간은 뜻밖의 사태에 직면하면 마음을 지키기 위해 아무것도 느끼지 못하게 된다고 한다. 아이가 방긋방긋 웃으면서 사람들을 향해 손을 흔드는 가운데, 나는 딱딱한 미소를 머금은 채 손수건을 접었다 펼치기만 하고 있었다. 손바닥에 땀이 엄청 맺혔어.

다행인 것은 차가 금방 호텔에 도착했다는 점이다.

참고로 도쿄에서 온 이들은 먼저 도착해 있었으며, 그들은 '대충 택시 타고 오세요.' 같은 대접을 받은 것 같았다. 명인이 왔는데도 동네 사람들은 '흐응~.' 정도의 반응만 보였다. 아이는 대체 이 동네에서 얼마나 인기가 좋은 거야…….

"용왕, 그리고 장기 관계자 여러분. 와 주셔서 감사합니다."

여관 현관 앞에서 우리에게 정중하게 인사를 건넨 이는…….

"이 여관의 안주인인 히나츠루 아키나라고 합니다."

전 세계에 이름을 떨친 슈퍼 안주인————아이의 어머니다.

"엄마, 나 왔어!"

"아이…… 한동안 못 본 사이에 어엿해졌군요……."

어머니는 자신을 향해 뛰어온 딸과 손을 마주 잡더니, 촉촉하게 젖은 눈길로 반 년 넘게 떨어져 지냈던 딸의 성장한 모습을 두 눈에 새겼다.

그리고 몇 번이나 고개를 끄덕인 후, 당치도 않은 발언을 했다.

"쿠즈류 선생님께서 당신을 어엿한 여자로 만들어 주신 거죠?"

"응! 사부님이 아이를 어른으로 만들어 주셨어!"

모자간의 애정 넘치는, 그리고 왠지 불온한 느낌이 감도는 대화가 들리자, 동행한 기자단은 일제히 취재 태세에 들어갔다. 참 재미있는 기사가 나갈 것이다. 문화면이 아니라 사회면에 말이다. 예, 예. 나는 로리콤이에요. 될 대로 되라고~.

"……실례했습니다."

딸과 오래간만에 즐거운 대화를 나눈 안주인 씨는 눈가를 손으로 살짝 훔친 후, 이렇게 말했다.

"아이. 당신은 조리실에 있는 당신의 아빠를 만나고 오세요. 손님들은 제가 안내하죠."

"응!"

"그럼 여러분. 우선 방으로 안내하겠습니다. 그 후, 검사를 시작하시죠."

안주인이 늠름한 어조로 그렇게 말하자, 나를 비롯한 장기 관계자들은 무심코 등을 쭉 펴며 고개를 끄덕였다.

대국실을 검사하면서도 경악하고 말았다.

"이곳이 대국실입니다."

안내받은 방은 작년에 내가 용왕위를 차지했던, 그 추억이 깊은 방——.

……이 틀림없긴 한데…….

"어라? 이름이 바뀌었네요?"

"예. 방을 좀 손봤습니다."

내가 고개를 갸웃거리자, 안주인 씨는 이 방의 새로운 이름을 설명했다.

『와룡봉추(臥竜鳳雛)의 방』——

"보통은 한자로 쓸 때 『臥龍』을 씁니다만, 용왕전을 치르게 됐으니 『臥竜』으로 바꿔 봤습니다. 관전기를 작성하실 때는 헷갈리지 않도록 유의해 주셨으면 합니다."

아이의 어머니가 은근히 위압감을 뿜자, 이번에도 인터넷 중계를 담당하게 된 쿠구이 씨의 단정한 얼굴이 딱딱하게 굳어버렸다. 한자 변환 미스를 했다간 경을 칠 것 같은걸…….

실내로 들어간 일행은 더욱 놀랐다.

"""아, 아니……?!"""

대국실은—— 어마어마한 변신을 이뤘다.

우선, 장기판을 비추는 카메라가 천장에 박혀 있었다.

장기회관의 대국실에 버금가는 설비……라고 생각했지만, 실은 그 레벨을 가볍게 뛰어넘었다.

"카메라가 달린 곳은 천장만이 아닙니다. 다양한 각도에서 대국을 관전할 수 있도록, 실내에는 20개가 넘는 카메라가 설치되어 있습니다."

그렇게 많은 거야?! 아니, 그것보다…… 카메라가 어디에 설치되어 있는지 모르겠거든?!

"카메라가 훤히 겉으로 드러나 있으면 눈에 거슬릴 겁니다. 게다가 렌즈에 빛이 반사되면 대국자의 집중이 흐트러질 수도 있죠. 그래서 카메라는 기둥 등의 내부에 설치했으며, 초소형 렌즈를 채용했습니다."

안주인은 내 생각을 읽은 것처럼 그런 설명을 입에 담았다.

실내를 촬영하던 쿠구이 기자가 뭔가를 눈치챘다.

"어? 혹시, 다다미도——."

"예. 장기판을 두는 중앙의 다다미는 특별 주문품이며, 다른 다다미보다 거대합니다. 그래서 천장에서 찍은 장기판 영상에 다다미의 가장자리가 비치지 않죠."

그런 부분까지 신경 쓰다니…….

"창문에는 커튼만이 아니라 블라인드도 설치해 뒀으니, 방 안의 밝기를 자유자재로 조정할 수 있습니다."

아이의 어머니는 창문과 천장을 손가락으로 가리키며 자랑…… 아니, 설명을 이어 나갔다.

"조명기구 또한 레일을 따라 자유자재로 이동시킬 수 있습니다. 방송국 중계차와 연결할 케이블은 벽 안에 들어가게 했으니, 실내는 물론이고 복도나 비상계단에서도 케이블을 볼 수는 없을 겁니다. 방 입구에는 금속 탐지기도 설치되어 있으니, 전자기기를 실내에 들이는 것도 차단할 수 있죠."

설명을 마친 안주인 씨는 확신에 찬 어조로 이렇게 말했다.

"전 세계를 뒤져도 이 『와룡봉추의 방』보다 장기를 두기에 적합한 공간은 존재하지 않을 거라고 단언할 수 있습니다."

"……어, 엄청나……."

"대……대체 돈을 얼마나 들인 거야……?"

수많은 타이틀전을 관전했던 기자들도 경악을 금치 못했다. 안주인은 그들의 반응을 보면서 만족스러워했다.

나는 다른 의미에서 놀랐다.

이 설비도 놀랍지만…… 그 이전에, 이 안주인은 원래 장기를 질색했다. 아이가 연수회에 들어가는 것도 끝까지 반대했을 정도다.

그런 사람이, 아무리 딸의 스승이 치르는 타이틀전을 위해서라고 해도 이렇게까지 투자를 할까?

"…………너무 수상해……. 대체 무슨 꿍꿍이인 거지……?"

"쿠즈류 선생님? 이 방에 문제라도 있습니까?"

"예? 아, 아니요…………. 정말 대단한 방이라고 생각했을 뿐이에요…… 하하하……."

"이 방의 설비에 문제가 없다면, 다음은 장기 도구의 확인을 부탁드립니다."

장기판과 말도 최고급품이었다. 장기말 하나하나가 보석처럼 아름다웠으며, 가격 또한 상당해 보였다.

게다가 그런 세트가 세 개나 준비되어 있었다. 안주인은 두 팔을 펼치면서 "자아, 얼마든지 확인해 보시죠."라고 말했다.

관계자들의 입에서는 한숨만이 나왔다. 결국 안주인이 추천한 가장 비싼 녀석을 이용하기로 했다.

애초에 나와 명인은 대국 전에 뭔가를 요구하는 타입이 아니기에, 아이의 어머니가 한 말을 듣고 5분도 채 지나기 전에 검사는 종료됐다.

뭐, 여기까지는 평소와 다름없다고 할 수 있지만——.

"그럼 쿠즈류 선생님. 전야제 준비를 하러 가시죠. 따라오십시오."

"예…… 어?"

안주인 씨는 명인과 다른 관계자들의 안내를 종업원에게 맡기더니, 내 손을 잡고 다른 방으로 데려갔다.

내가 안내된 곳은 전야제 행사장 근처에 있는 조그마한 방이었다.

"쿠즈류 선생님. 이 기모노로 갈아입어 주세요."

"예? 이건…… 제가 이곳으로 보낸 기모노가 아니네요?"

기모노는 부피가 크고 무겁기 때문에, 타이틀전 때는 미리 숙소에 보내둔다.

게다가 기모노는 내 아파트에서 관리할 수 있는 게 아니기 때문에, 그걸 맞춘 가게에 관리를 부탁해뒀다. '이 날에 어디어디에서 대국을 하니 보내 주세요.' 하고 연락만 할 뿐이다.

그러니 어떤 기모노가 도착할지는 『대국 전날까지 비밀☆』 같은 상태지만…… 나는 이 옷이 그 가게에서 보낸 것이 아니라고 단언할 수 있다.

하지만 아이의 어머니는 확신에 찬 표정으로 이렇게 말했다.

"그냥 이걸 입으시면 됩니다."

"하지만 이건 가문의 문양이 새겨진 기모노인데요? 이런 건 취임식 같은 화려한 세리머니나…… 관혼상제 때 입는 건데……."

이런 기모노를 입고 타이틀전에 임하는 경우는 극히 드물다.

그러니 그 옷가게에서도 다른 기모노를 보내줬을 텐데──.

"괜찮아요. 오늘은 이걸 입으시면 됩니다. 다른 분들도 기다리고 계실 테니 빨리 갈아입으세요."

"하지만……."

"잔말 말고 빨리 갈아입으란 말이에요!!"

"옙!!"

아이의 어머니가 압도적인 기백을 뿜자, 나는 허둥지둥 옷을 벗었다.

"혼자 입으실 수 있죠?"

"아, 예……."

"그럼 저는 딸의 준비를 도우러 갈 테니, 잠시 후에 식장에서 뵙겠습니다."

"예……?"

딸의 준비? 아이도 뭔가를 준비하는 걸까? 여류기사 자격을 따고 고향으로 돌아왔으니, 마을 사람들에게 인사를 하기 위해 예쁘게 꾸미기라도 하는 걸까……?

나의 그런 물러터진 생각은, 전야제 때 산산조각 나고 말았다.

🔔 수(壽)

"…………우와……."

전야제 행사장은 사람들로 가득 차 있었다.

천 명 이상 수용할 수 있을 듯한 대형 홀에는 수많은 원형 테이블이 놓여 있으며, 정장을 입은 사람들이 끝내주는 요리와 술을 즐기고 있었다.

그건 문제 될 게 없지만…….

"이상해…………. 뭔가 이상해…………."

"원래는 이렇지 않나요?"

"그래……. 일반적으로 전야제 때는 일반 손님도 초청해서 장기 기사와 팬이 편하게 교류를 가지기 때문에, 입식(立食) 파티 같은 느낌이거든……."

관계자만이 참가하는 경우도 있지만, 용왕전은 최고위 타이틀이 걸린 대국이기도 해서 이렇게 거창한 세리머니를 가지기도 했다.

"그러니까 행사장이 넓거나, 손님이 많은 건 딱히 이상하지 않지만——."

"그럼 문제가 될 게 없네요."

"아…… 응. 맞아. 그렇긴 해."

나는 순진무구한 눈길로 나를 쳐다보고 있는 제자에게 그렇게 대답하면서도, 위화감을 떨쳐내지 못했다.

가장 큰 의문.

그것은—— 지금 이 순간에 나와 아이가 평범하게 대화를 나누고 있다는 점이다.

전야제 행사장인 대형 홀에는 무대가 있으며, 그곳에는 대국자인 나와 명인이 나란히 앉아 있었는데…… 어찌 된 영문인지 아이도 그 무대 위에 앉아 있었다. 그것도 한가운데에 말이다.

알기 쉽게 설명하자면…….

나   아이   명인

이렇게 앉아 있는 것이다.

문양이 새겨진 전통 예복을 입은 나와, 전통 신부 의상인 시로무쿠(白無垢) 차림을 한 아이가 무대 중앙에 떡하니 있는 것이다. 이 배치만 보면 아이가 주역이다. 아이 양 온스테이지인 것이다.

게다가 명인은 평범한 정장 차림이며, 약간 떨어진 곳에 앉아 있었다. 격리됐다고 해도 과언이 아니다.

즉, 나 아이   명인, 이런 느낌으로 앉아 있었다.

뭐, 타이틀전에서는 대국자와 함께 이 지방 출신 장려회 회원이 무대 위에서 소개되며, 대국자보다 그쪽이 주역이 되는 경우도 있다. 특히 이번 대국장은 아이의 본가다. 그러니 아이가 주역 대접을 받는 것도 납득은 갔다. 『용왕전 전야제 겸 아이 양

여류기사 자격 취득 축하 파티』 같은 거라면 이해할 수 있다.

그런데 왜 아이는 신부 의상일까? 한순간 '아이는 뭘 입어도 귀엽네♡' 하고 생각했지만, 곰곰이 생각해 보니 좀 이상했다. 내가 입고 있는 기모노를 비롯해 명백하게 이상했다. 이건 단순한 전야제가 아니다.

그것도 그럴 것이——.

"금병풍! 왜 우리가 금병풍 앞에 앉아 있는 거야?! 그것도 이런 복장으로 말이야!"

"사부님, 진정하세요. 이 홀은 피로연에도 쓰이기 때문에, 평소에도 금병풍을 놔둬요. 딱히 이상하지 않다고요."

"아이야말로 너무 침착한 거 아냐?!

"저는 온천여관 주인 내외의 딸이니까요."

그걸로 납득해도 되는 거야?! 납득해도 되는 거냐고!

……애초에, 이 전야제 프로그램 자체가 이상했다.

보통, 전야제 프로그램은 대부분 비슷하다. 때때로 대국이 열리는 지방의 사람들이 전통 춤이나 북 연주 같은 것을 선보이기도 하지만, 보통은 『개회사』→『건배』→『두 대국자의 포부』→『해설진의 승패 예상』 같은 식으로 진행된다.

하지만 이번 전야제 프로그램은…….

『이시카와현 지사의 개회사』

『축전 발표(수상이 화상 통화로 실시간 출연)』

『츠키미츠 회장의 건배사』

『두 대국자의 소개』

『해설진의 승패 예상』

여기까지는 괜찮다. 좀 호화롭기는 하지만, 프로그램 자체는 딱히 이상하지 않았다.

문제는 이다음에…….

『여류기사 자격 신청서 기입 의식』

『기념품 교환』

『양가 가족 인사』

……같은 정체불명의 행사를 하게 되어 있는 것이다. 기념품? 인사?

나와 아이의 의상을 비롯해, 장기 대국 전야제와는 전혀 연관이 없는 것들이다.

"진짜로 이상해……. 이건 전야제라기보다…… 다른 식전 아니야?"

"예? 다른 식전이라고요? 어떤 거 말이에요~?"

"그, 그건 모르겠지만……."

애초에 『가족』은 누구의 가족을 말하는 거지?

내가 그런 의문을 느끼며 행사장 안을 둘러본 순간——.

"아버지?! 어머니와…… 형?!"

아니나 다를까, 가까운 테이블에서 우리를 향해 손을 흔들고 있는 우리 가족을 발견했다! 너무 근처에 있어서 이제까지 눈치채지 못했다!

"잠깐?! 우, 우리 가족이 왜 여기 있는 거야?!"

나는 허둥지둥 가족들이 있는 테이블로 뛰어갔다.

지금까지 가족들이 타이틀전에 온 적은 한 번도 없었던 데다…… 올 거라면 온다고 미리 연락은 줬을 것이다.

"그것보다 형은 이런 데 와도 괜찮은 거야? 취직이 안 되어서 힘들다며? 대학 4학년 가을인데도 아직 직장을 구하지 못했다고——."

내가 그렇게 말하자, 어머니가 기뻐하면서 이렇게 대답했다.

"야이치. 네 형의 직장은 바로 이곳, 『히나츠루』란다."

"뭐어?!"

"취업시험에서 연거푸 떨어져서 곤란해 하고 있을 때, 이곳의 안주인…… 아니, 사장님이 너희 형에게 연락을 주셨지."

형이 자초지종을 설명해 줬다. 아이의 어머니를 벌써부터 『사장님』이라고 부르는 걸 보니, 충성심이 장난 아닌 것 같았다.

"처음에는 이렇게 멋진 여관의 사장님이 나 따위에게 연락을 준 게 의아했지만…… 자초지종을 듣고 납득했어. 아이 양과 네가 이 『히나츠루』와 와쿠라 온천, 그리고 일본의 여관업을 더욱 발전시키기 위해, 장기 기사로 활동하며 여관도 경영할 각오를 마쳤다니…… 나도 온힘을 다해 너희를 돕겠어!!"

"어? 잠깐만? 뭐가 어떻게 된 거야?"

내가 아이의 어머니와 한 약속은…… 아이가 여류 타이틀 보유자가 되지 못한다면, 내가 여관업을 돕기로 했었던 것 같은데……?

형은 영문을 몰라 하는 나를 향해 힘찬 어조로 이렇게 말했다.

"장래에는 패밀리의 일원으로서, 아이 양과 너를 어엿하게 서

포트하겠어! 이 형만 믿으라고!"

"자, 자, 잠깐만! 잠깐만 있어 봐! 나는 아직 아이네 집에 데릴 사위로 들어가겠다는 결심을 굳히지 않았다고!"

"야이치, 이해해 줘! 대학교 4학년이나 돼서 또 취업활동을 하고 싶지는 않단 말이다!!"

"그렇다고 동생을 팔아넘기려고 해?! 부끄럽지도 않은 거야?!"

"눈곱만큼도 부끄럽지 않아!!"

형은 환한 미소를 지으며 딱 잘라 말했다.

"그리고 초등학생 여자애를 농락해서 신분상승을 노리는 쓰레기한테 그딴 소리를 듣고 싶지는 않네!"

"뭐……?!"

다른 사람도 아니고 가족한테 로리콘 취급을 당했어……?!

내가 반론을 하려고 한 순간, 이번에는 아버지가 입을 열었다.

"야이치. 이 아버지도 직장에서 조기 퇴직을 하라는 말을 듣고 난처하던 참인데, 히나츠루 씨가 예전 직장과 같은 조건으로 나를 고용해 주겠다더구나. 그것만이 아니란다! 네 동생은 기숙사제 사립 중학교에 입학하기 위해 학교 견학을 갔는데, 그것도 히나츠루 씨가 소개장을 써준 덕분이란다."

"정말 고마운 분이시란다……. 뭐라 감사 인사를 드려야 할지 모르겠구나……."

아버지의 뒤를 이어 어머니도 입을 열었다. 어머니의 목소리에는 울음기가 어려 있었다.

"정월에는 친척 전원을 이렇게 멋진 여관에 공짜로 초대해 주시겠다고 했지 뭐니. 게다가 히나츠루 씨의 따님은 저렇게 귀여운 애 아니니? 대체 뭐가 불만인 거야?"

"내 인생을 제물 삼아 신분 상승을 노리는 당신들의 근성이 마음에 들지 않는다고!!"

"그런 소리 하지 말거라, 야이치⋯⋯. 우리는 조금이라도 너에게 도움이 되고 싶은 마음에 이곳에 온 거란다. 결코 사리사욕 때문이 아니란다. 그것만은 믿어다오."

아버지는 그렇게 말하면서 내 어깨에 손을 얹었다.

그 손목에서는 비싸 보이는 새 시계가 반짝이고 있었다. 나는 아버지의 손을 쳐내면서 외쳤다.

"쓰레기야! 너희는 전부 쓰레기라고!!"

"""너도 마찬가지야!!"""

내 친족이라는 인간들은 깔깔 웃으면서 일제히 딴죽을 날렸다.

주위에 있던 장기 관계자들은 인간쓰레기 그 자체인 내 가족들을 보면서 질린 듯한 표정을 짓고 있었다.

하지만⋯⋯ 가족이기에 알 수 있는 점도 있었다.

다들 내가 걱정되어서, 이렇게 억지로나마 밝게 행동하고 있는 것이다.

아버지와 형은 장기를 둘 줄 안다. 그러니 프로가 얼마나 혹독한 세계에서 싸우고 있는지 알 것이다. 집에 갔을 때도 내 성적에 대해서는 전혀 언급하지 않으며, 애초에 장기 이야기 자체를 하지 않는다.

어머니는 심약한 편이라 내 대국의 결과조차 확인하지 않는다고 한다.

그렇기에 가족들이 내 타이틀전에 와 준 적은 없다. 이유를 물어본 적도 없지만, 묻지 않아도 알 수 있었다. 가족이니까.

그런 가족들이 이렇게 노골적으로 응원해 주는 의미.

억지로라도 내 기운을 북돋아 주려 하는 의도.

신문과 텔레비전에서 내가 고립된 채 악역 취급을 당하는 걸 보고, 가만히 있을 수가 없었던 것이리라.

그리고 동생은 아직 어려서 그런 걸 잘 모르니, 데려오지 않은 것이리라. 아이의 어머니와도 이미 이야기가 되어 있을 것이다. 그래서 장기 대국 전야제와는 동떨어진, 굳이 따지자면 피로연에 가까운 자리를 마련했으리라.

문제는———.

"아, 아이⋯⋯⋯⋯⋯⋯알고, 있었⋯⋯어?"

"예~? 뭘 말이에요~?"

"⋯⋯⋯⋯아무것도 아냐."

아이는 투명한 눈동자로 나를 응시하면서, 귀엽게 고개를 갸웃거렸다.

캐묻지 않는 편이 좋을 것 같다는 생각이 들었다.

그 직후, 나는 강렬한 살기를 느끼고 그대로 굳어버렸다.

"윽⋯⋯⋯⋯?!"

온몸을 꿰뚫는 듯한 이 살기는⋯⋯ 내 가족이 앉아 있는 테이블의, 옆 테이블에서 뿜어져 나오고 있었다.

나에게 있어 또 하나의 가족————— 키요타키 일문의 테이블이었다.

그 테이블에 앉아 있는 검은색 세일러 교복 차림의 은발 소녀에게서, 그 살기는 흘러나오고 있었다.

"사…………사, 사저…………."

사저는 원형 테이블에 나에게 등을 보이며 앉아 있었기에 얼굴을 볼 수 없었다. 하지만 무시무시한 표정을 짓고 있는 것 같았다.

그것도 그럴 것이, 사저의 맞은편에 앉아 있는 케이카 씨가 창백한 얼굴로 부들부들 떨고 있거든……. 사부님도 뭔가 변변치 않은 소리를 했는지 두들겨 맞았어…….

"……사저에게는 내일………… 아니, 이 타이틀전이 끝난 후에 사과하자. 그편이 나을 거야…….'

나는 부들부들 떨면서 키요타키 일문이 있는 테이블에서 눈을 뗐다.

바로 그때, 나를 향해 다가오는 남녀의 모습이 눈에 들어왔다.

"윽……! 저 사람은……."

아이는 작은 목소리로 그렇게 중얼거리면서 긴장하더니, 테이블 아래에서 내 손을 꼭 움켜쥐었다.

"여어! 잘 지냈어?"

"아하하~☆ 수고 많으세요~."

해설을 맡기 위해 도쿄에서 온 나타기리 진 8단과 로쿠로바 타마요 여류 2단이었다.

이번 전야제에서는 이 콤비가 사회도 맡았는데…… 솔직히 말해 꽤 뜻밖의 인원 선정이었다. 두 사람 다 호쿠리쿠와는 딱히 인연이 없기 때문이다.

게다가 이렇게 함께 인사를 하러 온 것도 뜻밖이었기에, 나는 무심코 물어보고 말았다.

"어라? 나타기리 씨와 로쿠로바 씨는…… 꽤 사이가 좋아 보이네요."

물과 기름이랄까, 나타기리 씨는 여성이라는 질색한다고 나는 생각했다. 그리고 로쿠로바 씨는 나타기리 씨가 특히 싫어할 만한 타입인 것 같은데…….

하지만 나타기리 씨의 대답은 꽤나 뜻밖이었다.

"타마요 양에게는 내가 장기를 기초부터 가르쳐 줬어. 연맹의 사업 중에 지방에 장기를 가르쳐주러 가는 출장 교실 같은 게 있는데, 그때 만났거든. 그 인연으로 연수회에 들어간 후부터 정기적으로 연구회를 가지고 있지."

"예?!"

"아하하~☆ 신세를 많이 지고 있답니다~. 의외인가요?"

장기계의 인간관계는 복잡하기 그지없다.

'절대 마음이 맞지 않을 것이다'고 생각했던 두 사람이 뜻밖에도 수십 년 동안 연구회를 가졌다는 이야기도 자주 들었다.

"타마요 양이 누마즈의 본가에서 도쿄에 올 수 있었던 것도, 내가 돌봐주겠다는 조건을 걸었기 때문이지. 타마요 양의 스승은 연맹의 이사라서 바쁘거든."

"맞아요. 사부님은 지금도 명인의 국민영예상? 의 수속? 같은 것 때문에 도쿄에 남아 있다니까요~. 제자만 이런 시골에 보내놓고, 자기는 권력자들과 관계를 쌓고 있다니, 진짜 쪼잔해요~."

"그런가요? 엄청 잘 어울리는 스승과 제자 같은데요……."

"아잉?"

로쿠로바 씨가 나를 째려봤다. 인기 여류기사, 무서워…….

나타기리 씨는 쓴웃음을 지었다.

"마침 나는 지금 살고 있는 맨션에 연구용 방을 하나 더 빌려뒀거든. 그래서 타마요 양을 한동안 거기서 지내게 한 거야. 여류기사가 되어서 일도 어느 정도 궤도에 오르면 나가겠다는 조건이었는데, 어찌 된 영문인지 눌러앉아버렸다니깐."

"예엣?! 나타기리 씨의 옆방에요?!"

"그래요~. 그래서 쿠즈류 선생님에게 연구회를 하자고 말했을 때도, 밤에는 진진 선생님네 방에 재우면 되겠네~ 하고 생각했죠. 뭐, 결국 연구회 자체를 못했지만요."

"후훗! 유감이야☆"

진진은 자기가 놓친 먹잇감을 쳐다보는 듯한 눈길로 나를 응시했다.

우와…… 하마터면 함정에 빠질 뻔했어…………. 그리고 내 손을 움켜쥔 아이가 아무 말 없이 손톱으로 내 손을 찌르는데…….

"하지만 야이치 군. 언제든 우리와 연구회를 하러 와도 돼. 잠은 내 방 침대에서 자면 되니까 말이야☆"

그럼 당신은 어디서 잘 건데요……?

"진진 선생님의 방은 엄청 쾌적해요! 이 사람, 집안일도 완벽하게 한다니까요. 같이 살기 시작하면 벗어날 수가 없어요. 그정도로 편해요."

"후후후. 방 청소뿐만 아니라 요리도 나한테 다 시킨다고. 대체 어쩌다 이런 애로 자란 걸려나."

"하지만 진진이 만든 요리가 더 맛있단 말이야~."

아예 『선생님』이라는 경칭까지 생략했다. 단둘이 있을 때는 이렇게 지내는 것이리라.

나는 그런 두 사람을 멍하니 쳐다보면서 이렇게 말했다.

"왜, 왠지…… 이대로 확 결혼해버릴 것 같네요."

""아하하☆ 말도 안 돼.""

두 사람은 동시에 부정했다.

타이밍뿐만 아니라 음정까지도 하모니를 이룰 만큼, 완벽할정도로 동시에 말이다.

……사람이라는 건 알다가도 모르겠다니깐.

아무튼, 이렇게 호흡이 잘 맞는 두 사람이 사회를 맡아준 덕분에 전야제는 템포 좋게 진행됐다.

『자! 화상 통화를 통한 수상님의 축하 메시지였습니다~. 역시 한 나라의 수상답게 감동적인 메시지군요!』

『완전 내 취향이야.』

『아하하~☆ 진진 선생님은 쌍칼잡이인데도 발언은 스트레이트하다니까~.』

사회자 양성 강좌를 들었다는 로쿠로바 씨의 사회는 완벽했다.

분위기가 너무 딱딱해지지 않도록 손님들에게 맞춘 농담을 섞으면서, 타이틀전의 전야제치고는 이례적인 프로그램에 유연하게 대응하고 있었다. 일부러 도쿄에서 불려왔을 정도의 실력자였다.

특히 『대국자 소개』에서는 그 화술이 유감없이 발휘됐다.

『······즉, 아이 양은 부모님께서 반대하는데도 야이치 씨의 제자가 됐어요. 아직 아홉 살밖에 안 된 아이 양은 부모님의 곁을 떠나 머나먼 오사카에서 힘든 수행을 하며 하루하루를 보내고 있죠. 그런 아이 양을 때로는 엄격하게, 그리고 때로는 상냥하게 교육시키고 있는 사람이 다름 아닌 야이치 씨입니다. 그리고 그런 두 사람 사이에서는 어느새, 스승과 제자의 관계를 넘어선 사랑이 생겨나죠──.』

이런 감동적인 내레이션으로 이 자리를 눈물바다로 만들었다. 큰일 날 뻔했다. 나도 흐느낄 뻔했어······. 덕분에 『대국자 소개』에서 아이가 메인으로 소개되는 이유에 대해서는 아무도 의문을 품지 않았다.

아, 원래 주역이어야 하는 명인의 소개는 30초 만에 끝났습니다. 너무해!

하지만 명인만 곤욕을 치른 건 아니다.

어느새 명인을 제쳐놓고 주역이 되고 만 아이는 네 번이나 의상을 갈아입었고, 그때마다 나는 이 지방 유력자가 있는 테이블에 술을 따르러 갔지만…….

　"…………아이 양은 우리 손주의 색시로 삼을 생각이었는디……."

　"……장기꾼은 요리사보다 더 변변찮은 거 아니당가. 직업이 아니고 놀이재."

　"용왕? 모지리! 용은 고사하고 지렁이당께!"

　……같은 식으로 노골적인 적대 발언과 야유를 들어야 했다.

　아이와 안주인의 인기는 이 지역 유력자들 사이에서 절대적이었다. 그야말로 아이돌이다. 그리고 나는 그 아이돌을 채 간 도둑고양이인 것이다.

　──아이의 아버지가 모습을 안 보인다 했더니…… 이유를 알겠네…….

　억지 미소를 지으며 유력자들에게 술을 따르던 나는 이 여관에 온 후로 단 한 번도 모습을 보이지 않는 아이의 아버지를 마음속으로 원망했다.

　아이를 제자로 받을 때, 가장 먼저 찬성하며 '함께 힘내죠.' 같은 말을 프렌들리하게 나에게 건넨 이유를 알겠다.

　"……자기를 대신할 희생양을 손에 넣었다 이건가……!"

　나한테 야유하며 안 보이는 데서 툭툭 때리던 이 지방 사람들도, 아이가 다시 행사장에 오자 태도가 싹 바뀌었다.

　"아이 양, 축하한당께."

"상냥해 보이는 사부님께, 나사 안심해도 되겠다."

……같은 말을 하면서 필사적으로 아이의 비위를 맞췄다.

아이도 자기가 칭찬을 받을 때보다 내가 칭찬을 받을 때 더 기뻐했고, 그 점을 안 이 지방 사람들은 나를 마구 칭찬해댔다. 하나도 기쁘지 않아…….

그리고 드디어 정체불명의 프로그램 『여류기사 자격 신청서 기입』에 돌입했다.

이번 대국의 입회인인 츠키미츠 회장이 신청 용지를 들고 기모노 차림으로 등장하더니, 엄숙한 분위기 속에서 나에게 이렇게 물었다.

"용왕. 당신은 스승으로서, 이 자리에 있는 히나츠루 아이 양을 제자로 삼을 것을 맹세합니까?"

"아, 예……."

"히나츠루 아이 양. 당신은 이 남성을 스승으로 삼으며, 건강할 때도 아플 때도 장기에 매진할 것을 맹세합니까?"

"예! 맹세해요!!"

"좋습니다. 그럼 두 사람 다 이 신성한 용지에 이름을 기입해 주십시오."

회장이 그렇게 말하자, 오가 씨가 공손히 펜을 내밀었다.

"…………."

나는 이 희귀한 의식에 의문을 품으면서도, 어차피 신청 용지는 써야 한다고 생각하며 스승 란에 이름을 적었다.

내게 펜을 넘겨주자, 아이는 긴장한 표정으로 자신의 이름을 적었다.

『이 사제지간의 첫 공동작업입니다~! 자아, 성대한 박수로 축복해 주세요~!!』

로쿠로바 씨가 분위기를 띄웠다.

당사자인 나는 점점 질려가고 있었지만, 그런 내 기분과 반비례하듯 이 행사장 안의 분위기를 정점을 향해 치닫고 있었다. 아직 앳된 사제지간의 새로운 출발을 축하……하는 것과는 좀 다른 느낌이지만 말이다.

"후후…… 샘이 나는걸."

진진은 안타까운 미소를 짓고 있었다. 당신이 왜 질투하는 건데요.

"이걸로 다소 무리한 일정이더라도 타이틀전을 받아주는 장소를 하나 더 확보했군요."

"역시 회장님. 대단한 묘수입니다."

회장과 오가 씨는 낮은 목소리로 그런 대화를 나눴다. 너희가 나를 팔아넘긴 거냐.

술에 떡이 된 채 만세를 하고 있는 동네 사람들과 우리 가족.

딸의 장한 모습을 보며 눈시울을 붉히는 안주인.

그리고, 상갓집처럼 정적만이 감도고 있는 키요타키 일문의 테이블…….

좀 떨어진 곳에 홀로 앉아, 아무런 불만도 없다는 듯이 방긋방긋 웃으며 식을 지켜보고 있는 명인이 의외로 즐거워 보인다는 점이 한 줄기 위안이 됐다.

○ WALTZ

"……………으~…… 속이 울렁거려……."

다음 날 아침에 눈을 떠보니, 컨디션은 그야말로 최악이었다.

"젠장…… 그 망할 영감들………… 몰래 내 음료에 술을 탄 거냐…………."

나는 전야제 때 이 지방 유력자들의 테이블을 돌며 인사를 했었고, 그러다 한잔하라면서 이상한 맛이 나는 차나 주스를 마시기도 했다.

아무래도 그 안에 술이 들어 있었던 건지, 식이 끝날 즈음에는 몸을 가눌 수가 없었다.

그리고 나를 걱정해 주는 제자에게 부축을 받으며 방으로 돌아가 보니── 실내는 아까까지와 완전히 딴판으로 변해 있었다.

『아, 아니……?!』

방 안에는 이부자리가 깔려 있었다. 그건 좋다. 이곳은 여관이니까 말이다.

문제는…… 이부자리가 하나만 깔려있는데, 베개는 두 개가 놓여 있다는 점이다.

게다가 그 두 베개 중 하나는 아이가 집에서 쓰던 것이다.

이건 명백히 내부인의 범행…… 아니, 범인이 누군지는 명백했다.

『저, 정말~! 우리 엄마는 못 말린다니까요~!!』

아이는 얼굴을 새빨갛게 붉히며 화를 냈지만, 나에게 몸을 기댄 채 머뭇거리면서 물었다.

『이, 이러면…… 안 되, 겠……죠?』

물론 안 된다.

술에 취해서 비틀거리고 있지만, 이러면 안 된다는 것은 잘 알고 있다. 무조건 안 된다. 노 로리콤, 노 터치. 어린 소녀와의 접촉은 망상의 세계에서도 NG인데, 현실에서 그런 짓을 했다간 난리가 나고 말 것이다.

『하지만………… 아이와 사부님은 이제 정식적인 사제지간이니까………… 하, 한 이불을 덮고 자도…… 오케이? 인 거……죠?』

야, 안 되거든?

그리고 장기 세계에서의 사제관계와 한 이불을 덮고 자는 건 아무 상관도 없거든?

『…………으…….』

자기 입으로 안 된다고 말했으면서, 아이는 왠지 아쉬운 듯한 표정을 지으며 이 방에서 나갔다.

"좀 미안하네. ……으, 으윽! 나, 나 지금 무슨 소리를 하는 거야……."

아직 술이 덜 깬 걸까.

"샤워라도 하면서 정신을 차려야지……."

아침부터 뜨거운 물에 몸을 담그며 개운해진 후, 드라이기로 머리카락을 말리면서 거실에 가 보니, 이부자리가 치워진 자리에 아침 식사가 준비되어 있었다.

식사를 준비해 준 이는 이 여관의 최고 책임자── 바로 아이의 어머니이며, 나를 보자마자 다다미를 손으로 짚으며 정중하게 인사를 했다.

"좋은 아침입니다."

"아…… 예."

"어젯밤에는 즐거운 시간을 보내셨나요?"

"무, 무슨 소리를 하는 거예요?!"

"……뭐, 좋아요. 확실히 너무 서두른 건지도 모르겠군요."

아이의 어머니는 불온한 발언을 입에 담으면서 식사 준비를 했다.

식욕이 없다……고 생각했지만, 눈앞에 차려져 있는 식사를 보니 불가사의하게도 먹고 싶다는 생각이 들었다.

"죽입니다. 여기 있는 양념장을 넣어서 드세요."

아이의 어머니는 준비를 끝낸 후, '식사를 마치셨을 즈음에 다시 오겠습니다.' 하고 말하면서 방을 나섰다.

나는 수저로 죽을 퍼서 먹었다.

"……정말 맛있어!"

평범한 죽……이지만, 끝내주게 맛있었다.

죽은 부드러울 뿐만 아니라 따뜻했으며, 자기 취향에 맞춰 넣어서 먹는 양념장도 끝내줬다.

상 한편에 설명서가 놓여 있었기에 읽어보았다.

"어디어디? …… '가다랑어포가 베이스인 양념장에는 노토 반도의 생선장이 아주 약간 첨가되어 있습니다.'라. 오호라………… 어?"

설명서 뒷면에 적혀 있는 글자가 비쳐 보였다.

뒤집어보니, 투박한 글씨체로 이렇게 적혀 있었다.

『미안.』

보낸 사람은 적혀 있지 않지만, 누가 쓴 것인지는 바로 눈치챘다. 이 요리를 만든 사람──아이의 아버지다.

"……뭐, 이 죽을 봐서 봐주기로 할까."

맛있는 요리는 사람을 관대하게 만든다. 숙취도 깨끗하게 사라졌다.

식사를 마치자, 마치 감시라도 하고 있었던 것 같을 만큼 완벽한 타이밍에 아이의 어머니가 다시 방에 들어왔다.

"옷 갈아입는 걸 도와드리겠습니다."

"예? 아, 혼자서도 할 수──."

"도와드리겠습니다."

"……예."

반론해 봤자 소용없다. 나는 체념하면서 순순히 상대방이 시키는 대로 했다.

준비되어 있는 옷이 어제와 다르게 대국용 기모노라 안심했지만…… 그냥 입 다물고 가만히 있으려니 분위기가 서먹해졌다. 결국 나는 아이의 어머니에게 무난한 질문을 던졌다.

"저기…… 아이는 지금 어쩌고 있죠?"

"딸아이는 게를 먹고 있습니다."

아침부터 게…… 뭐, 좋아하긴 하지. '꿰~♡' 하고 말하며 기쁘게 게를 먹고 있을 제자를 상상하니 마음이 따뜻해졌다. 귀엽다니깐.

……하지만, 제자를 게한테 빼앗긴 것 같아서 왠지 마음이 복잡했다. 평소 같으면 해가 뜨자마자 나를 깨운 후에 아침 식사 준비를 했을 아이가…… 오늘은 게에 푹 빠져서…….

내가 게를 질투하고 있을 때…….

"…………화나셨나요?"

아이의 어머니가 갑자기 손을 멈추면서 그렇게 말했다.

나는 깜짝 놀랐다.

어제 그 전야제(?)에 대해 말하는 것 같은데…… 이 사람이 평소와 다르게 불안한 목소리를 냈기 때문이다.

"아…… 좀 놀라기는 했지만, 화난 건 아니에요."

그게 내 진심이다. 오히려 고맙기도 했다.

덕분에 아이에게 차갑게 대한 걸 속죄할 수 있었다.

이걸로 그 죄가 사라졌다고 생각하지는 않지만, 아이가 조금이라도 기운을 되찾았으면 좋겠다.

하지만 아이의 어머니는 이렇게 말했다.

"저는 선생님께 사과해야만 해요."

"어제 일이라면, 저는 딱히——."

"아뇨."

"예?"

"저는…… 아이가 얼마 못 가서 집에 돌아올 거라고 생각했어요."

아이의 어머니는 내 허리띠를 꼭 움켜쥔 채 그렇게 말했다.

"그렇잖아요? 열여섯 살 된 남자애와 아홉 살 된 여자애가, 혈연관계도 아닌 두 사람이, 장기 같은 보드게임만으로 이어진 공동생활을 해 봤자, 금방 관두고 말 것이라고 생각했어요."

"……."

"하지만 그 아이는, 단 한 번도 저에게 '집에 돌아가고 싶다.' 고 말하지 않았어요. 전화로도, 메일로도, 항상 사부님과 장기에 대한 이야기만 했죠……."

아이의 어머니는 스마트폰을 꺼내더니, 딸에게서 온 메일을 보여줬다.

『오늘은 사부님한테 칭찬 받았어!』

『오늘은 졌지만, 사부님한테 장기를 배워서 더 힘낼 거야!』

『걱정하지 마. 아이는 오사카에서 항상 웃으며 지내. 사부님이 곁에 있으니까, 쓸쓸하지 않아!』

『하루하루가 정말 행복해. 사부님의 제자가 되는 걸 허락해 줘서, 정말 고마워!』

아이의 메일은 『장기』와 『사부님』이라는 말로 가득 차 있었다.

그리고 중간부터는 눈물에 글자가 가려서 잘 보이지 않았다.

"아, 아니에요! 오히려 사과해야만 하는 사람은 접니다……!"

나는 옷을 제대로 걸치지 않은 채 그대로 무릎을 꿇었다.

"아이는…… 아이 양은 오사카에서 몇 번이나 울었어요. 항

상 웃으며 지낸다는 건 거짓말이에요. 저 때문에…… 사부인
제가 못난 탓에, 몇 번이나, 몇 번이나 상처를……!"

용왕전의 세 번째 대국이 끝난 직후만이 아니다.

지금 생각해 보면, 아이는 항상 울고 있었다. 사저에게 졌을
때, 야샤진 아이에게 졌을 때, 미오 양을 이겼을 때, 케이카 씨
에게 이겼을 때…… 아이는 항상 상처받으며 울었다.

"……평범한 초등학생이었다면 더 즐거운 생활을 했을 거예
요. 하지만 저 같은 녀석과 장기를 접하는 바람에, 아이 양은 항
상 울기만 해요……. 여류기사가 되기 위한 중요한 대국을 둘
때도, 저는 자기 생각만 하느라 곁에서 지켜봐 주지도 못했어
요……!"

"괜찮습니다."

"…………예?"

"확실히 아이는 이 집에서 지낼 때보다 더 많이 울었겠죠. 수
도 없이 울었을 겁니다. 그 정도는 알 수 있어요."

"어떻게……."

"어떻게? 그야 부모이기 때문이죠. 그 아이가 저희에게 걱정
을 끼치지 않으려고 일부러 밝게 행동한다는 것 정도는 알고 있
습니다. 그리고 왜 그런 건지도 말이죠."

아이의 어머니는 나를 일으켜 세우더니, 흐트러진 옷매무새
를 다듬어 줬다.

"그 아이가 상처 입지 않도록 지키는 건 저희도 할 수 있습니
다. 하지만 부모란 존재는 아이를 감싸고 말죠. 자식이 넘어져

서 울면, 손을 내밀며 달래고 맙니다. 그리고 넘어지지 않도록 손을 잡아 주죠. 그러면 자식은 성장하는 데 필요한 고통과 고난, 그리고 괴로움으로부터 멀어지게 됩니다. 그러니——."

아이의 어머니는 느슨해진 허리띠를 꽉 묶어준 후, 나에게 하의를 입혀주며 말을 이었다.

"그러니 그 아이와 함께 상처 입고, 함께 울며, 함께 일어서서, 함께 나아갈 수 있는 사람은…… 쿠즈류 선생님뿐입니다."

"윽……!!"

"이 넓고 호화로운 『히나츠루』에서 보낸 시간보다, 선생님과 함께 허름한 아파트에서 지낸 1년도 채 안 되는 시간이, 그 아이에게는 소중할 겁니다. 그 아이에게 있어 최고의 행복은 부모님에게 보호받으며 지내는 게 아니라…… 당신과 함께 싸워 나가는 거예요. 설령 상처를 입을지라도 말이에요."

아이의 어머니는 마지막으로 겉옷을 입혀 주며 이렇게 말했다.

"그러니, 저는 부모로서, 그 아이에게 해 줄 수 있는 마지막 선물을 주고 싶었어요. 당신과의 인연을 조금이라도 두껍고, 강하게 만들어 주고 싶었죠……."

아이의 어머니는 옷을 다 입은 나를 향해 '하지만 너무 서두른 걸지도 모르겠군요.' 라고 말하면서 어색한 미소를 지은 후……

"선생님과 장기를 믿지 못한 점, 사과드립니다. 그리고 제 딸을 다시 한번 잘 부탁드립니다."

아이의 어머니는 다시 정좌를 하더니, 바닥을 손으로 짚으며 그렇게 말했다.

"저는 『히나츠루』의 안주인으로서, 이 여관을 지켜가야만 합니다. 일본 제일의 여관을 지키고, 키워나간 후, 다음 세대에게 물려주는 것이 제가 이 여관의 안주인으로서 해야만 하는 의무이자, 기쁨이죠. 하지만 어미로서의 기쁨은…… 딸이 행복해지는 것뿐입니다."

그렇게 말한 아이의 어머니는 딸을 아끼는 어머니의 자애에 찬 표정이 어려 있었다.

"쿠즈류 야이치 선생님."

아이의 어머니는 마지막으로 고개를 숙이더니, 상냥한 어조로 이렇게 말했다.

"앞으로도 딸과 함께 앞으로 나아가 주세요. 부디…… 오랫동안, 둘이서……."

방을 나서니, 어느새 대국 개시 15분 전이었다.

대국자는 10분 전에 대국실에 들어가야 한다는 암묵의 규정이 있기 때문에, 서둘러야만 한다.

"큰일 났다! 지각하겠어……."

전통 손가방을 한 손에 들고 기모노 차림으로 서둘러 복도 모퉁이를 돈 순간…… 느닷없이 가는 다리가 쑥 튀어나왔다.

"우왓?!"

나는 넘어질 뻔했지만, 겨우겨우 균형을 잡았다.

나한테 이런 짓을 할 사람은 이 세상에 딱 한 명뿐이다.

"이러지 좀 마요, 사저! 안 그래도 옷이 불편해서 넘어질 것 같단 말이에요!"

"⋯⋯⋯⋯쳇."

사저는 노골적으로 혀를 찼다. 명백하게 나를 넘어뜨릴 작정이었다⋯⋯. 지각하면 책임져 줄 거냐고⋯⋯.

하지만, 나는 이런 짓을 당해도 싸다.

아니, 사저의 성격으로 볼 때 이 정도 짓으로 그냥 넘어갈 리가 없다. 사저는 어릴 적에 나를 아스팔트 위에서 넘어뜨린 후, 근처에 떨어져 있던 커다란 돌멩이로 내가 울 때까지 두들겨 팬 적도 있다.

이 타이밍에 그런 짓을 당하면 곤란한데⋯⋯ 하고 생각하며, 내가 떨고 있을 때였다.

"옷깃."

"예?"

"⋯⋯흐트러졌어."

사저는 내 목에 팔을 두르더니, 흐트러진 옷깃을 고쳐줬다.

"윽⋯⋯!"

나는 깜짝 놀랐다.

사저의 얼굴에 코앞까지 다가오자, 나는 그날 밤의 일을 떠올렸고⋯⋯.

심장이 두근거렸다. 지금이야말로 사과할 타이밍이라고 생각했다.

"사저! 나──."

"지각하겠어. 빨리 가봐."

"그럼 대국이 끝난 후에 나한테 시간 좀 내줄래요?"

"⋯⋯⋯⋯생각해 볼게."

사저는 고개를 휙 돌리더니, 중얼거리는 듯한 어조로 그렇게 대답했다.

"고마워요!"

마치 날개라도 돋은 것처럼 마음이 가벼워진 나는 그대로 전장을 향해 뛰어갔다.

대국장에 들어가기 전부터 기자단이 방 앞에서 대기하고 있었으며, 내가 다가가자 일제히 나를 향해 카메라를 들었다. 그리고 플래시와 셔터 소리가 끊임없이 들려왔다. 마치 오다 노부나가의 소총 부대 같았다.

"좋은 아침입니다."

나는 인사를 건넨 후, 방 안으로 들어갔다.

명인은 이미 대국실에 와 있었으며, 하석에 앉아서 안경을 닦고 있었다. 나는 인사를 건넨 후, 상석에 앉았다. 또 플래시 세례가 펼쳐졌다. 몰려든 보도진 탓에 장기 관계자들은 밀려났으며, 그들 중 아는 얼굴은 입회인인 츠키미츠 회장과 비서인 오가 씨, 그리고 관전기자인 쿠구이 씨뿐이다.

그리고 10분 동안, 아무것도 하지 않는 시간이 흘러갔다.

──그러고 보니⋯⋯ 이 여관에 오고, 지금까지 장기에 대해 한 번도 생각하지 않았구나⋯⋯.

나는 문득 그런 생각을 했다.

이번에는 이런저런 일이 많아서 장기에 대해 생각할 여유가 전혀 없었다. 머릿속에는 새하얀 캔버스가 펼쳐져 있었다. ……그렇게 표현하면 멋지지만, 결국은 아무 작전도 없는 것에 불과했다.

──뭐, 됐어. 어차피 후수잖아.

예전 같았으면 후수인 것만으로도 불리하다고 여기며 허둥댔을 것이다.

하지만 불가사의하게도 오늘은 마음이 긍정적이었다. 한시라도 빨리 장기를 두고 싶을 지경이었다.

"시간이 됐군요."

오전 아홉 시. 입회인인 츠키미츠 회장이 온화한 어조로 그렇게 말했다.

웬만한 입회인은 긴장한 나머지 상기된 목소리로 '대국을 시작해 주십시오.' 라고 말하겠지만, 역시 이 사람은 달랐다.

"자, 차라도 한잔하면서 시작하도록 할까요."

수많은 사투를 경험한 위대한 장기 기사는 괜히 긴장하지 말고, 앞으로 시작될 길고 격렬한 싸움에 대비해 우선 몸에 들어간 힘을 빼라는 말을 하고 있었다.

명인은 빙긋 웃었고, 나도 덩달아 미소를 머금었다. 그리고 우리는 동시에 고개를 숙였다.

"……잘 부탁드립니다!"

수많은 플래시가 빛을 뿜었고, 셔터 소리가 우리의 인사를 집어삼켰다. 정적과는 정반대되는 상황…… 하지만 그 잡음은 대국에 집중한 나에게서 순식간에 멀어져갔다.

그런 와중에 명인은 춤이라도 추는 듯한 독특한 손놀림으로 첫 수를 뒀다.

장기판 위에서 춤추는 명인의 오른손이 비차(飛車) 앞의 보(步)를 잡더니, 그것을 전진시켰다. 장기말의 끝부분이 장기판의 칸을 꿰뚫을 것만 같을 만큼 날카로운 손길이었다. 나는 그것을 보고 확신했다.

선수인 명인이 선택한 전법은—— 서로걸기.

"……역시 그렇게 나왔군요."

첫 번째 대국 때와 마찬가지로, 내 특기 전법을 쓰려고 하는 것이다.

나는 당연하다는 듯이 받아 줬다. 그래서 노타임으로 비차(飛車) 앞의 보(步)를 전진시켰다.

서로 걸기의 서반 특징은 서로가 같은 수를 둔다는 점이다.

그 모습은 왈츠를 연상케 하며, 나는 명인이 내민 손을 잡고, 같은 스텝을 밟으며 춤추기 시작했다.

♟ 난(亂)

『장기 사상 최대의 일전은 뜻밖의 전개로 시작됐습니다!』

아나운서는 흥분한 목소리로 그렇게 말했다.

밤 아홉 시의 전국 뉴스.

그 뉴스에서 가장 먼저 보도된 것은 바로 나와 명인의 장기다.

『일본 전체가 주목하고 있는 용왕전 제4국의 첫날이 종료되고, 명인이 봉함수를 했습니다만…… 국면은 매우 느리게 진행되고 있을 뿐만 아니라, 전례에 따르는 듯한 전개가 펼쳐지고 있습니다! 인터넷 상에는 너무 평범한 대결이라며 낙담하는 장기 팬도 있습니다만…….』

카메라가 움직이더니, 아나운서의 옆에 앉아 있는 인물을 비췄다.

『선생님. 오늘 대국을 어떻게 보십니까?』

텔레비전 화면 안에서는 마녀 같은 의상을 입은 여성이 바닥을 알 수 없는 마성적인 미소를 지으며 달콤한 목소리로 이렇게 말했다.

『확실히 아직 정석 수순에 따르고 있지. 아마추어라도 같은 국면에 도달하는 것이 가능할 것이니라.』

지금이 중세 유럽이라면 분명 사냥당하고 말았을 듯한 그 여성의 옆에는 유럽의 기사처럼 순백색 망토를 걸친 미남이 서 있었다.

그들은 바로 패션 사제지간—— 샤칸도 리나 여류명적과 칸나베 아유무 6단이었다.

"………."

나는 리모컨을 쥔 채 딱딱하게 얼어붙었다.

관계자들과의 저녁 식사를 마치고 방으로 돌아온 나는 가벼운 마음으로 텔레비전을 켰다.

그랬더니 이런 게 나왔다고.

"……과감한 기용인걸. 여자 아나운서는 완전히 질려버렸잖아…… ."

나는 왠지 눈을 뗄 수가 없었기에, 선 채로 계속 화면을 쳐다보았다.

『하지만 결과적으로 같은 형태가 될지라도, 그 정확도는 하늘과 땅 차이……. 같은 악보의 곡을 연주하더라도 프로와 아마추어는 전혀 다른 곡을 연주하는 것처럼 들리는 것과 마찬가지지. 그렇지 않느냐? 갓콜드런이여.』

『예, 마스터. 신은 자신을 본 따 인간을 만들었습니다. 즉, 인간이 신의 심오한 사고를 이해할 수 없듯, 신을 흉내 내며 장기를 두더라도 그것은 비슷해 보이나 명백히 다른 법…….』

시청자를 더욱 혼란에 빠뜨리는, 알쏭달쏭한 보충 설명이었다.

『그, 그렇군요…….』

아나운서는 전혀 알아듣지 못한 듯한 표정을 지으면서도 맞장구를 쳤다. 고생이 많군요…….

『정석에 따르고 있는데도 불구하고 저 두 사람이 수 하나하나에 이렇게 시간을 들이는 건, 서로가 그 정석을 의심하면서 수를 두고 있기 때문이 틀림없느니라.』

방송에서 방금 같은 해설을 내보내는 것은 여러모로 문제가 된다고 판단한 듯한 샤칸도 씨가 좀 더 알기 쉽게 설명을 했다.

『이번에 명인이 선택한 전법…… 서로걸기의 역사는 깊지. 하지만 역사가 깊기에 망루나 횡보잡기처럼 세세한 부분까지 정석화되어 있지 않으며, 결국 힘겨루기식의 장기로 이어지느니라. 그런데도 장기연맹의 데이터베이스에는 약 4000국 가량의 기보가 존재하지.」

「4, 4000…….」

「저 두 사람은 그 모든 기보를 기억하고 있을 것이니라. 그리고 연습 장기와 연구를 포함하면, 만 개가 넘는 기보가 그들의 머릿속에 축적되어 있겠지. 그 많은 기보를 통해 검증된 최선의 수를, 집중력이 극도로 날카로워지는 타이틀전이라는 무대에서 다시 검증하면서 두고 있는 것이다. 아무리 전례가 있을지라도, 수 하나하나를 두는 데 시간이 걸리는 것은 필연이나 다름없을 게야.」

「왜…… 왜 그렇게까지, 하는 거죠? 그러지 않아도 이길 수 있지 않나요?」

「뻔하지 않느냐. 명인은 서로걸기라는 전법의 결론을…… 아니, 장기라는 게임 그 자체의 결론을 내놓으려 하는 것이니라. 승패의 너머에 존재하는 결론을…….」

「장기의 결론? 그게, 대체 뭐죠……?」

「서로가 최선의 수를 계속 둘 경우, 선수와 후수 중 누가 이길 것인가. 신이 인간에게 던진 장기라는 수수께끼의 해답이지. 후후…… 영세 7관 같은 인간이 정한 직함 따위보다 훨씬 가치가 있는 것이니라.」

「그, 그럼…… 정석에서 벗어난 순간…….」

「기존의 장기가 종언을 맞이하고, 새로운 장기가 탄생하는 순간이 될 테지. 그 수를 언제 둘지는 모르지만, 내일은 장기계에 있어 신기원^{노바}이 될 것이니라.』

샤칸도 씨는 『아니지, 혹은 파멸의 날^{아포칼립스}이려나?』 하고 연극을 하는 듯한 투로 덧붙여 말했다.

"……역시 《이터널 퀸》은 제대로 보고 있네."

신기원 운운 같은 허무맹랑한 발언은 제쳐놓겠지만, 나와 명인이 슬로 페이스로 정석을 따라 수를 두고 있는 이유는 정확하게 꿰뚫어 보고 있었다.

머릿속으로 낡은 기보를 검색하고, 세세한 변화까지 철저하게 검증하며 장기를 두는 작업은 놀라울 정도로 체력과 시간을 소모했다……. 덕분에 지칠 대로 지치고 말았다.

명인의 수읽기는 무시무시할 정도로 정확했으며, 장기판을 사이에 두고 앉아 있으면 그 박력에 압도당하고 말 것 같았다.

"하지만…… 따라가고 있어. 아직 괜찮아……!"

첫 번째 대국 때처럼 『자기도 모르는 사이에 지고 있었다』 같은 전개는 벌어지지 않을 것이다.

선입관을 버린 덕분에, 명인의 수읽기를 뒤처지지 않고 쫓아가고 있다는 걸 실감할 수 있었다. 예전의 세 대국과는 비교도 되지 않을 만큼 수읽기가 절묘하게 맞아 들어가고 있다.

내가 강해졌다……고는, 여기지 않는다.

하지만, 모습조차 보이지 않았던 명인의 그림자에 발을 댔다. 그 대국관의 끄트머리에 도달한 것이다.

"이제 언제, 어느 타이밍에 정석에서 벗어나느냐가 중요해.

그리고 그러는 사람은 나일까, 아니면 명인일까……."

내가 결전에 대비해 결의를 다시 한번 다지는 가운데, 텔레비전에서는 샤칸도 씨가 가라앉은 표정으로 말을 이어가고 있었다.

『……한때는 쇠퇴했던 서로걸기가 다시 각광을 받고 있다. 정석이 벽에 부딪치고, 컴퓨터 장기의 부흥을 통해, 작금에는 이런 낡은 장기가 다시 주목을 받게 됐다. 훗…… 덕분에 짐 같은 늙은이도 어찌어찌 젊은이들과 싸울 수가 있는 것이니라.』

『그럼 말씀 마십시오!』

아나운서가 무슨 말을 하기도 전에, 아유무가 벌떡 일어서면서 그렇게 외쳤다. 어이, 생방송 중이라고.

『마스터는 누구보다도 강하고, 아름다우십니다! 어린 계집들 따위는 상대도 안 됩니다!!』

『후후. 귀여운 소리를 하는구나……. 내일 인터넷 해설에서는 이 세계의 종언과 성립을 보게 되겠지. 늙은 이 몸으로는 그 모든 것을 해독할 수 없을 것이니라……. 그래도 끝까지 짐과 함께해 주겠느냐? 나의 사랑하는 제자, 갓콜드런이여.』

『설령 지옥 끝이라도, 마스터와 함께하겠습니다……!』

맙소사.

연극의 일부 같은 그 대화를 듣고 어안이 벙벙해져 있던 아나운서는 곧 마음을 다잡으며 방송을 진행하려 했다.

『그, 그럼 이제부터 봉함수에 대해──.』

"어이쿠!"

나는 허둥지둥 채널을 돌렸다.

대국 중에 다른 장기 기사의 검토 결과를 들어선 안 된다.

원래라면 텔레비전에서 대국에 대한 이야기가 나오자마자 채널을 바꿔야겠지만…… 느닷없이 등장한 저 두 사람의 임팩트에 압도당해 계속 보고 말았다. 무서운 걸 더 보고 싶은 심정에 가깝다고나 할까…….

"뭐, 채널을 바꿨으니 괜찮———— 어, 어어어?!"

내 안도는 오래가지 못했다.

바꾼 채널에서도 오늘 대국에 관한 보도를 하잖아아아앗!

허둥지둥 또 채널을 바꿨지만, 다른 채널에서도 장기, 장기, 장기———.

"모, 모든 채널에서 오늘 대국을 방송하는 거야?!"

나는 기도하는 듯한 심정으로 마지막 버튼을 눌렀다.

그러자 드디어 화면에서 장기판이 사라졌다.

『그럼 현지에서 중계를———.』

겨우 발견한 그 채널에서는 지방에서 벌어진 사건 같은 것을 생중계하고 있는 것 같았다. 코트를 걸친 리포터가 어둠을 등진 채 추위에 떨며 서 있었다.

이제 안심해도 될 것이다.

나는 리모컨을 이불 위에 던져둔 후, 창가의 소파에 앉았다.

왠지 피로가 한꺼번에 몰려왔다…….

"완전 큰일 났어…………. 다들 명인의 영세 7관과 타이틀 100기에 관심이 있는 거겠지만, 이렇게 주목을 받을 줄은 몰랐다고……."

　이곳 와쿠라 온천에 도착하고 『아이짱 허리케인』에 휘말린 바람에 까맣게 잊고 있었지만, 일본 전체는 명인의 위업 달성을 향한 카운트다운에 들어간 것이나 다름없는 상황이다.

　내일은 보도 또한 더욱 과열될 것이다.

　"……일본 전체가 명인이 위업을 달성하는 순간을…… 그러니까 내가 투표하는 순간을, 마른침을 삼키며 기다리고 있는 거야……."

　말로 표현할 수 없는 기분에 사로잡히려던 바로 그 순간…….

　창밖에서 불가사의한 빛이 스며들어왔다. 커튼을 쳤는데도 방안이 환해졌을 정도였다.

　"뭐야? 밖이 훤하네……?"

　의아하게 생각한 내가 커튼을 걷으면서 밖을 쳐다보니──.

　『앗! 지금 쿠즈류 용왕의 모습이 창문에 비쳤습니다! 명인이 머무는 방의 불은 이미 꺼졌습니다만, 용왕은 아직 잠들지 않은 것 같습니다! 내일 작전을 구상하고 있는 걸까요?!』

　그런 목소리가 들렸다.

　밖이 아니라, 텔레비전에서 말이다.

　"???"

　나는 영문을 모른 채, 텔레비전과 창밖을 번갈아 쳐다보았다.

　『보고 있습니다! 용왕이 이쪽을 보고 있습니다! 역시 긴장한 걸까요?! 차분함과는 거리가 멀어──.』

　텔레비전 안에서는 리포터가 거대한 여관의 한 방을 손가락으로 가리키며 그렇게 말하고 있었다.

호텔 밖에는 거대한 투광기가 있었으며, 그것은 내 방을 비추고 있었다.

투광기 주위에는 방송국 중계차로 보이는 수많은 자동차가 몰려 있었다.

즉——.

"어?! 나를 찍고 있는 거야?!"

설마 저 중계, 이 여관 앞에서 하고 있는 거야?! 진짜로?!

나는 허둥지둥 커튼을 친 후, 방 안의 불을 껐다. 프라이버시 같은 건 아예 무시하는 거냐!

『용왕이 머무는 방의 불이 꺼졌습니다! 내일 대국을 위해 잠을 청하려는 것 같습니다!!』

"아냐! 너희가 난리굿을 피우니까 끈 거라고!!"

나는 텔레비전을 향해 소리쳤다. 물론 대답은 듣지 못했다.

스튜디오의 아나운서가 질문을 던졌다.

『현지의 정보는 그게 다입니까?』

리포터는 마이크를 움켜쥐며 말했다.

『으음, 두 대국자를 인터뷰하지는 못했습니다만, 대국장인 이 여관의 안주인을 만나 이야기를 들을 수 있었습니다.』

어이.

『그 자리에서 새로운 정보를 접했습니다만, 쿠즈류 용왕은 이 여관 주인 내외의 딸과 사제지간이며, 이미 약혼을 마쳤다고 합니다.』

『약혼을 했다고요? 하지만 용왕은 아직 17세죠? 약혼을 하기에는 이른 듯 합니다만…….』

『두 사람은 올해 4월부터 오사카에서 동거 생활을 하고 있으며, 딸이 혼인을 할 수 있는 연령이 되면 정식으로 결혼을 해서 이 여관을 이어받을 예정이라 합니다.』

『딸은 지금 나이가 어떻게 되죠?』

『초등학교 4학년이라고 합니다.』

『범죄군요.』

『예. 현지 관전을 하러 온 장기 팬 여러분들도 '명인이 이겼으면 한다.' '용왕은 빨리 체포나 되라고.' '타이틀을 빼앗기면 사형시켜 주세요.' '고자나 되어라.' 하며, 명인을 응원한다기보다 용왕을 향한 매도에 가까운 발언을 하고 있는 상황——.』

잠깐만, 이건 전국 방송이니까, 내가 일본 전국에 초등학교 4학년과 동거하고 있는 데다 약혼까지 해버린 변태 소아성애 드래곤킹이라는 게 알려졌——.

"……………………잠이나 자자."

나는 텔레비전을 끄고 커튼을 친 후, 이불을 덮으며 이 모든 일을 잊으려 했다.

덕분에 잘 잤어……. 덕분에 말이야!

그리고 다음 날 아침.

대국 이틀째의 아침은 기록 담당이 읽어준 기보에 따라 첫날의 수를 다시 둔다.

그리고 어제 중단된 국면까지 진행된 후, 입회인이 봉함수를 열었지만…… 이번 입회인은 앞이 보이지 않는 츠키미츠 회장이기에, 부입회인이 발표하기로 했다.

"정입회인을 대신해, 봉함수를 읽겠습니다."

부입회인이 긴장한 표정으로 봉함수 용지에 쓰인 다음 수를 읽었다.

"봉함수는………… 어?!"

부입회인은 경악했다.

"시, 실례했습니다. 봉함수는————."

그리고 발표된 수는 두 대국자 이외에는 전혀 예상하지 못했던, 장기의 상식에서 벗어난 수였다.

명인이———— 정석에서 벗어난 것이다.

"윽! ………………드디어……."

장기판 위를 춤추듯 움직이고 있는 명인의 오른손을 본 나는 턱을 살짝 당기면서 전투태세에 들어갔다.

이제부터는 1400년이나 되는 장기의 역사에도, 프로가 둔 4000국의 서로걸기 기보에도, 이제까지 자신이 길러온 대국관에도 기댈 수 없다.

그것은 기존의 장기가 지닌 모든 것을 부정하는, 반란 그 자체나 다름없는 한 수였다.

○ 이온화

봉함수———— 명인이 정석에서 벗어나는 그 수를 둔 순간, 대기실의 공기는 전기를 머금은 것처럼 들끓기 시작했다.

"소프트의 평가치가 안정되지 않습니다!"

컴퓨터로 검토 중이던 관전기자, 쿠구이가 비명을 질렀다.

해설 준비를 위해 장기를 검토하고 있던 나타기리와 로쿠로바가 신음을 흘리며 말했다.

"두 사람의 수읽기가 너무 심오해……. 컴퓨터 소프트는 얇고 넓게 수를 읽지. 그러니 시간을 들이며 수읽기를 더욱 깊은 경지까지 추구해 나가다 보면, 그때마다 평가가 달라질 거야……."

"그럼…… 이 대국은 소프트의 형세 판단을 전혀 못 믿는다는 거야?!"

후수——야이치 측에서 검토를 하고 있던 로쿠로바가 머리를 감싸 쥐었다.

"아아, 정말. 어떻게 하지……. 이 시점에서 전혀 수가 보이지 않는데……."

그 말을 듣고 '한심하다'며 그녀를 질책하는 장기 기사는 단한 명도 없었다.

장기판은 전법을 분류하는 것이 불가능할 만큼 기묘하게 일그러져 있으며, 두 사람의 장기는 프로 기사도, 소프트도 이해할수 없는 영역에 도달하려 하고 있었다.

"사부님이라면 이런 수를 둘 거예요."

"뭐?"

로쿠로바의 옆에서 장기판을 향해 손을 뻗은 이는——히나츠루 아이 여류 3급.

여류기사의 임시 면허를 따서 이 대기실의 검토에 참가할 자격을 얻은 아이가 그 권리를 행사해 스승의 다음 수를 예상했다.

그 수를 본 나타기리는 감탄하며 고개를 끄덕였다.

"흐음…… 그래. 이건 야이치 군이 좋아할 만한 수이긴 해."

하지만…….

"초등학생 주제에 아는 척하지 말아 줄래? 야이치는 분명 이 수를 둘 거야."

로쿠로바를 사이에 두며 아이의 반대편에 선 소라 긴코 여류 2관이 다른 수를 제기했다.

나타기리는 그 수를 보더니 또다시 탄성을 터뜨리며 고개를 끄덕였다.

"하하…… 이것도 가능성이 있겠군. 응. 야이치 군은 이쪽을 더 좋아할 거야."

긴코는 아이를 노려보며 으스대듯 "흐흥." 하고 웃었다. 하지만 아이는 주저 없이 장기판을 향해 손을 내밀더니, 긴코가 옮긴 말을 원래 위치로 옮겨둔 후, 자기가 뒀던 수를 다시 뒀다.

"이거예요."

"이거야."

"이거예요."

"이거야."

"이거예요!"

"이거야!"

아이와 긴코는 서로의 수를 부정하며 자신의 의견을 주장했다. 상대가 옮긴 장기말을 원위치로 옮겨놓고 자신이 주장하는 수를 둔다, 라는 어린애 같은 행동을 몇 번이나 반복했다.

　"으, 으음…… 저기——."

　그런 두 사람 사이에 낀 로쿠로바가 항의하려 했지만…….

　""입 다물고 있어!""

　"아…… 응? 미, 미안해."

　로쿠로바는 꾸중을 듣더니 "뭐, 그래도 수를 가르쳐 주니까 됐어!" 하면서 두 사람의 검토(?)를 묵묵히 지켜보고 있었다. 작은 목소리로 이렇게 중얼거리면서 말이다.

　"…………너무 파고들었다간 위험할 것 같거든……."

　용왕과 명인이 두는 장기는 무슨 짓이든 다 허용된 거나 다름없는 현대 장기의 감각에 근거해서 보더라도 너무 이질적이었다. 그런 장기를 이해하려 들었다간 자신의 감각도 이상해지고 말 것이다. 로쿠로바는 그걸 두려워하고 있었다.

　장기에는 사람을 끌어들여 변질시키는 힘이 있다.

　고도의 장기일수록 그 힘은 강해지며, 마치 큰 에너지로 인해 중성분자가 전기를 띠는 것처럼 주위의 온갖 존재에 작용한다.

　그 사실을 이 세상에서 두 번째로 잘 아는 인물은 대기실 최상단에 조용히 앉아서, 비서가 읽어 주는 기보를 검토하고 있었다.

　"…………까지, 51수입니다. 용왕은 다음 수를 40분가량 생각하고 있어요."

　"흠."

츠키미츠는 오가의 말을 듣고 고개를 끄덕이더니, 1분가량 깊이 생각을 한 다음에 다른 인물에게 말을 걸었다.

"……쿠구이 양."

"예, 회장님."

"소프트는 어떤 상태죠?"

"역시 안정되지 않습니다. 평가치와 다음에 둘 걸로 예측되는 수도 계속 바뀌고 있어요. …………저기, 회장님."

"왜 그러죠?"

"회장님은 현 국면을 어떻게 보시죠? 이대로는 기보 중계의 코멘트도 쓸 수 없습니다만……."

쿠구이는 난처한 목소리로 질문을 던졌다.

그녀는 주최 신문사에 고용된 몸이며, 대기실 밖에서 기다리고 있는 수백 명의 매스컴 관계자에게 프로가 검토한 정보를 전달하는 자리를 맡고 있다. 그러니 '몰라요.' 같은 말을 할 수는 없다.

"글쎄요……."

츠키미츠는 잠시 생각에 잠긴 후, 입을 열었다.

"장기에는 두 가지 사고방식이 있습니다. 장기판 위의 진리…… 즉 장기 그 자체의 정답을 찾아내려 하는 사고방식과, 진리 따위는 개의치 않으며 상대방이 실수를 범하게 해서라도 자신이 이기려 하는 사고방식입니다."

"예."

"그는 제한시간이 긴 장기―― 즉, 이틀째 대국에서는 진리를 추구하려 합니다. 그러니 상대가 악수를 두면 노골적으로 실망하죠. 한숨까지 내쉽니다."

그것은 유명한 전설이다.

명인은 상대가 실수를 하면, 자신이 유리해졌는데도 짜증을 낸다.

"한편, 야이치 군은 진리를 추구하는 것보다 승리를 중시하는 기풍을 지녔습니다. 칸사이 장기…… 촌스럽고 끈질긴 응수 장기란 것은 상대가 먼저 실수하기를 기다리는 것이나 다름없죠."

"하지만…… 명인은 실수를 하지 않을 텐데요."

"『이온화』라는 현상을 아나요?"

"예……?"

장기와는 전혀 상관없는 단어가 느닷없이 튀어나오자, 쿠구이는 당황했다.

"전기적으로는 중성인 분자가 전기를 지닌 이온이 되는 걸 말합니다. 공기가 마찰을 통한 고전압에 의해 전리(電離)되면서 플라스마를 발생해, 번개가 오로라가 되죠."

"저, 저기…… 그게, 이 장기와, 무슨………… 연관이……?"

"즉, 강대한 에너지라는 것은 존재하기만 하는데도 온갖 것을 변질시킨다는 겁니다. 공기조차 빛으로 바꿀 만큼 말이죠."

"명인과 대국을 두면서…… 용왕이 변하고 있다는 건가요?"

"장기란 에너지입니다. 인간이 생각을 하기 위해서는 방대한 에너지가 필요하죠. 장기를 두면 피곤해지죠? 하지만 장기를 다 둔 순간, 소비된 에너지를 대신해 뭐가 남죠?"

"……………………기보?"

"예. 기보란 순수한 에너지의 결정체이자, 그 수읽기가 깊으면 깊을수록 강해집니다."

츠키미츠는 확신에 찬 목소리로 단언했다.

"그는 지금, 장기라는 게임의 결론을 내놓으려 하고 있습니다. 수많은 천재들이 1400년 동안 도달하지 못했던, 고도로 발달한 과학의 힘을 구사해도 풀지 못했던, 궁극의 문제——『서로가 최선의 수를 두면, 선수와 후수 중 누가 이길 것인가?』라는 문제의 답을 말이죠."

""으……!!""

쿠구이, 그리고 츠키미츠의 옆에 있던 오가도 놀라움과 호기심을 억누르지 못했다. 그것은 장기를 두는 이라면 누구나 답을 알고 싶어 할 수수께끼다.

하지만 그와 동시에, 츠키미츠가 말하는 오컬트적인 이야기를 믿을 수가 없었다.

"장기는 혼자서 둘 수 없습니다. 그 대답을 찾아내려면, 자신과 함께 최선의 수를 계속 둘 상대가 필요하죠. 그래서 그는 지금까지 치른 세 번의 대국을 통해 야이치 군을 *여기시킨 겁니다. 지금도 야이치 군은 그의 장기가 뿜는 어마어마한 에너지의 흡수하며 계속 변질되고 있을 겁니다."

"마치…… 회장님께서 직접 이 대국에서 두고 계신 듯한 발언

---

* 여기(勵起) : 양자론에서, 원자나 분자에 있는 전자가 바닥상태에 있다가 외부의 자극에 의하여 일정한 에너지를 흡수하여 보다 높은 에너지로 이동한 상태. 들뜬상태라고도 한다.

입니다만——."

"예. 저도 그와 여기까지 와 본 적이 있으니까요."

쿠구이는 그 말을 듣고 숨을 삼켰다.

그렇다.

과거, 명인이 7관 동시 석권이라는 장기 역사상 최고의 위업을 이룩했을 때, 그에게 최후의 순간까지 저항한 남자.

5관을 손아귀에 넣었지만, 급격하게 강해진 차세대 제왕에게 타이틀을 하나하나 빼앗기면서도, 계속 싸워 왔던 남자.

마지막 타이틀, 게다가 마지막 세트까지 몰린 상황에서 치러진 방어전은 당시에 발생했던 한신-아와지 대지진 때문에 절망에 빠진 칸사이 사람들에게 희망이라는 이름의 빛이 됐다.

폐허 속에서, 병원 침대 위에서, 사람들은 아무리 상처입어도 끝까지 포기하지 않고 싸우는 맹인 장기 기사에게 자신을 겹쳐 보며, 그의 한 수 한 수에 용기를 얻었다.

그때, 장기는 분명 사람들에게 힘이 됐다.

그리고 그 무대에서 출현한 7칠계라는 귀수(鬼手)는 『단 한수로 7관 제패를 1년 늦췄다』라는 전설과 함께 지금도 인류 최고의 한 수로 여겨지고 있다——.

"그와 대국을 하면서…… 이미 시력을 잃었던 저는 머릿속에만 존재하는 장기판을 볼 수 있었습니다. 빛만 어렴풋이 느낄 수 있던 이 눈이, 장기말과 장기말 사이에 생겨난 푸르스름한 불꽃같은 빛을 확연하게 본 거죠. 그 빛이 저에게 그 수를, 7칠계를 가르쳐 줬습니다."

과거에 명인이었던 남자는 이미 빛을 잃어버린 눈으로 모니터를 쳐다보며 말했다.

"대국실에 쏟아지는 저 빛이, 여러분에겐 보이지 않습니까?"

쿠구이와 오가는 그 오컬트 같은 발언을 농담으로 생각했다.

츠키미츠는 진지한 편이지만 의외로 농담을 자주 하니까.

하지만…….

""윽……?!""

컴퓨터 모니터에 뜬 영상을 본 순간, 두 사람은 말문이 막혔다.

대국실은…… 오로라처럼 불가사의한 빛에 휩싸여 있었다.

"……디지털 노이즈, 겠……죠?"

"…………아마도요…….."

쿠구이와 오가는 망연자실한 표정으로 그 영상을 지켜봤다.

바로 그때, 야이치의 제한시간이 한 시간 이하로 줄었다.

▲ 클라이밍 드래곤

심장 박동이 빨라졌다.

사고회로가 가속됐다.

감각이 무시무시할 정도로 날카로워지더니, 방 밖에서 들려오는 희미한 소리까지 들렸다.

"…………이만큼이나 보일 줄이야…….."

자신의 힘이 엄청난 기세로 강해지는 게 느껴졌다.

머릿속 장기판은 현실의 시야에 비친 장기판보다 훨씬 선명했으며, 연산속도는 그야말로 빛을 방불케 했다. 장기말과 장기말의 연계를 수읽기를 하지 않아도 알 수 있으며, 장기판의 구석구석까지 완전히 지배하고 있는 듯한 전지전능한 감각이 마약처럼 나를 도취시켰다.

생각의 동조.

강자와 장기를 두다 보면, 그 행동과 시간 분배를 체감하며 상대가 뭘 생각하고 있는지 흡수한 후, 일시적으로 급격하게 강해질 때가 있다.

배팅센터에서 160킬로미터 강속구를 체험한 후에는 그 어떤 공도 멈춘 것처럼 느껴지는 것과 마찬가지다.

그리고 명인의 수는 시속 300킬로미터, 400킬로미터처럼도 느껴졌다.

첫날에 명인과 같은 리듬으로 정석을 따라 수를 뒀고, 최선의 수를 추구하면서, 나는 명인의 초인적인 감각을 공유했다.

——신의 영역.

『장기의 신과 싸우게 됐을 때, 상대가 몇 수 접어주면 이길 수 있을까?』라는 질문을 들은 적이 있다.

전지전능한 신이란, 장기를 완전하게 해명한 존재다.

그런 신이 두는 수는 전부 최선의 수가 틀림없으리라.

그렇다면, 항상 최선의 수를 두고 있는 이 명인은 장기의 신이라고 해도 과언이 아닐지도 모른다. 적어도 신에 가장 가까운 존재일 것이다.

"⋯⋯⋯⋯신과 맞장기를 두다니, 완전 벌칙 게임이잖아⋯⋯."

장기판 너머에 앉아 있는 이가 같은 인간이라는 게 믿기지 않았다.

하지만 신이나 천사 같은 신성한 존재처럼 느껴지지도 않았다.

바닥을 알 수 없는 검은 구멍 같은 것이 호흡을 하고 있다. 딱 그런 느낌이다.

──⋯⋯신이 아니야. 같은 인간이라고.

명인도 질 때가 있다.

그럼 내게도 승산은 있을 것이다. 지금까지도 나는 불가능에 도전한 끝에, 절대로 이길 수 없다고 여겼던 상대를 이겼다.

나는 나타기리 씨의 초급전을 깬 대국을 이미지했다.

그때 나는 명인이 내린 결론을 뒤집는 데 성공했다.

──그때와 똑같은 일을 해낸다면⋯⋯ 이길 수 있어!!

나는 장기판에서 눈을 떼지 않은 채 기록 담당에게 물었다.

"이번 수에 제한시간을 얼마나 썼죠?"

"1시간 8분입니다."

"지금까지 제한시간을 얼마나 썼나요?"

"7시간 17분 쓰셨습니다."

쿵! 소리가 나게 두 주먹으로 다다미를 내려친 나는 자세를 낮추면서 장기판을 향해 몸을 내민 후, 최고속도에 도달하기 위한 가속 태세를 취했다. 내가 가진 모든 힘과 시간을 쏟아부어서, 장기라는 암흑우주의 심연에서 찾아낼 것이다!

신을 죽일, 수단을……!

"크아아아아아아아아아아아아아아아아아아아아아
아아아아아아아아아아아아!!"

나는 어금니가 부러질 정도로 세게 깨물었다.

——더! 더 빠르게!!

시야가 새빨간 색으로 물들었다. 사고 속도가 빨라지고 뇌에
피가 대량으로 흘러들면서, 안구의 모세혈관이 소리를 내며 끊
어지는 게 느껴졌다. 급격하게 상승한 체온 탓에 고막 안쪽의
공기가 팽창하더니, 귀 안에서 통증이 느껴졌다. 결국 코 안의
혈관이 터지면서, 뜨거운 피가 코에서 흘러나왔다.

신에게 다가가면 갈수록, 약해빠진 육체가 붕괴되어 갔다.

——조금만……!! 조금만 더 버텨……!!

"아아아아아아아아아아아아아아아아아아아아아아
아아아아아아아아아아아아아아아아아아아아아아아
아아아아아아아아아아아아아아아아아아아아아아아
아아아아아아아아아아아아아아아아아아아아아아
아아아아아아아아아아아아아아아아아!!!"

읽는다.

읽는다. 읽는다. 읽는다.

읽는다, 읽는다, 읽는다, 읽는다, 읽는다, 읽는다, 읽는다, 읽
는다, 읽는다, 읽는다, 읽는다, 읽는다, 읽는다, 읽는다, 읽는
다, 읽는다, 읽는다, 읽는다, 읽는다, 읽는다, 읽는다, 읽는다,

읽는다, 읽는다.

그리고 시간과 몸이 한계에 도달하기, 직전…….

"————거기닷!!!!!"

겨우 발견한 한 수를 장기판 위에 뒀다.

한계를 뛰어넘은 힘으로 두 시간 가량 극한까지 수를 읽고 읽어서 찾아낸, 궁극의 한 수를. 최선의 수를 뛰어넘는 최선의 수를.

——해냈나?!

제대로 한 방을 먹인 듯한 느낌은 들었다. 나는 손등으로 코피를 훔치며 고개를 들었다. 그리고…….

명인은 노타임으로 내가 둔 수를 상회하는 수를 뒀다.

"…………어?"

한 순간, 영문을 알 수가 없었다.

몇 초 후, 충격파 같은 놀라움이 머릿속에 꽂혔다.

"이……럴 수, 가…….."

그 충격은 한계를 넘어선 내 마음과 몸을 부러뜨렸다.

죽을힘을 다해 시속 500킬로미터의 공을 던졌더니, 상대방은 노모션으로 시속 1000킬로미터의 공을 던졌다.

그 정도로 어마어마한 충격을 받았다.

————…………이 사람은…… 진짜로, 신……인가…………?

같은 인간이라는 게 믿기지 않았다.

 그리고 명인이 이렇게 노타임으로 수를 두는 것 자체가 매우 드문 일이다.

 이 선승제 승부를 통해 그걸 깨달았다. 명인은 1분 장기에서도 최대한 고심한다. 생각하는 것을 좋아하며, 그게 버릇이 된 것이다.

 하지만 이 수는 주저 없이 뒀다.

 그 점에 의미를 부여한다면………… 내가 둘 수를 예측했던 것이리라.

 "…………아아…………."

 나는 무심코 한숨을 내쉬었다.

 고개를 푹 숙였다. 두 손으로 머리를 감싸 쥐었다.

 ──이걸로도 안 된다면………… 이젠 무리야………….

 만약 명인이 방금 내 수를 예측했던 거라면, 나는 방금 둔 수를 능가하는 수를 둬야만 이길 수 있겠지만…….

 그런 수를 둘 힘도, 시간도…… 나에게는 없다…….

 ──…………졌……어.

 아무리 노력해도, 도달할 수 없는 존재가 있다.

 방금 명인이 둔 수를 통해 그 사실을 깨달았다. 실력의 차이를 통감했다…….

 ──…………그래도, 꽤 접전을 벌이긴 했지?

 한심하기 그지없었던 세 번째 대국에서 졌을 때, 타이틀을 빼앗기는 것은 각오했다.

그러니 이번 대국에서는 체면치레를 하는 것만이 목표였지만…… 어제 열띤 보도 열기를 체험하고, 세간이 뭘 원하는지 이해했다.

 왠지 달성감이 들었다.

 그렇게 동경했던 위대한 장기 기사와 싸웠고, 그의 최후이자 최고의 위업 달성을, 당사자 중 한 명으로서 경험할 수 있다.

 기사로서, 이것은 명예로운 일이 틀림없다. 설령 패배자로서 영원히 기록될지라도…….

 ──체면치레는 했어……. 장기계에는 조금이나마 공언했을 거야…….

 용왕전 이틀째에는 저녁 휴식 시간이 없다.

 이미 저녁이 됐으니, 투료를 하기에는 딱 좋은 시간이었다. 이쯤에서 투료를 하면, 오늘 밤의 뉴스와 내일 아침 신문에 이 대국의 결과가 딱 보도될 것이다.

 역사적인 대국.

 그 대국의 패배자로서 내가 할 수 있는 마지막 일은────
아름다운 기보를 남기는 것이다.

 ──자아…… 마지막을 아름답게 장식해 볼까.

 기보 꾸미기를 하려고 한 바로 그때였다.

『보답받지 못하는 노력은 없다. 나는 그걸 증명했어.』

 "어."

나는 누군가의 목소리가 들린 듯한 느낌을 받으며 방 안을 둘러보았다.

방금 그 목소리는…… 분명…….

"……………케이카 씨……?"

모습은 보이지 않았다. 대국실에는 나와 명인, 그리고 기록 담당밖에 없다.

하지만 또 목소리가 들렸다.

『실적도, 재능도 비교조차 안 될 만큼 뛰어난 상대한테도 이겼어. 야이치 군도 봤지?』

"…………케이카…… 씨……."

그것은 케이카 씨의 목소리가 분명했다.

물론 대국실 안에는 없었다.

한계를 뛰어넘은 내 뇌가 자아낸 환영일지도 모른다.

하지만…… 만약 이 자리에 케이카 씨가 있다면, 분명 방금 같은 말로 나를 격려해 줬을 것이다.

나는 그런 확신을 가질 수 있었다.

왜냐하면 케이카 씨는, 나를 위해——.

"……그렇게 뜨거운 장기를 보여줬잖아……."

나는 기보 꾸미기를 하기 위해 내밀었던 손을 말아 쥐었다.

아주 약간이지만, 몸에 힘이 돌아온 것 같았다……. 나는 아직 싸울 수 있다.

내가 투표를 포기하며, 다음 수를 두려고 한 순간——.

『흥! 그딴 수를 두려고? 쓰레기에게 어울리게 한심한 수네!』

또 다른 목소리가 들려오자, 나는 장기판을 향해 내밀었던 손을 뺐다.

다른 수를 검토한 후…… 머뭇거리며 물었다.

──……이 수는 어때?

『뭐, 괜찮은 것 같네. 아까 그 수보다는 훨씬 나아.』

검은 옷을 입은 소녀가 팔짱을 끼더니, 고개를 빳빳이 치켜들며 빈정거리는 듯한 어조로 그렇게 말했다.

『하지만 더 좋은 수가 있을걸? 잘 생각해봐.』

"……………야샤진 아이…………."

내가 충동적으로 수를 두려 하자, 야샤진 아이가 말렸다.

확실히 남은 시간은 적다.

하지만 이럴 때야말로 당황하지 않으며, 최선을 다해 수를 읽어야만 한다.

무릎을 움켜쥔 오른손에 왼손을 포갠 후, 나는 더욱 깊이 수를 읽었다.

내가 두려던 수 이외에도, 또 하나의 수가 생각났다.

"두 개…… 두 개야. 어느 게 옳지……?"

내가 망설이고 있자…….

『빨리 결정해, 야이치.』

얼음처럼 차가운 목소리가 들렸다.

하지만 나는, 나만큼은, 그 목소리에 숨겨져 있는 온기를 느낄 수 있었다.

그 누구보다도 강한 인연으로 나와 이어진…… 남매의 목소리인 것이다.

『지면…… 평생 말도 안 섞을 거야…….』

내 파카를 걸친 사저는 안타까운 시선으로 나를 쳐다보며, 어린애처럼 볼을 부풀렸다.

나는 그 모습을 보고 가슴이 뛰었다. 상대는 사저인데도.

"…………단순하네."

나는 자신이 얼간이라고 생각하며 쓴웃음을 지었다. 이 중요한 상황에서 여자 생각이나 하며 기운을 내고 있으니까 말이다.

나에게는 명인에게 버금가는 재능이, 없다.

순간적인 판단력도 없다.

초인적인 장기 체력도 없다.

대국관도 엉망진창이다.

근성 또한 모자랄 것이다.

경험의 차이는 그야말로 절망적이며, 실적의 차이는 아예 절망적일 정도다.

장기 기사로서, 인간으로서, 모든 면에서 밀렸다.

앞서는 요소가 단 하나도 없었다.

명인은 내가 가지지 못한 것을 전부 가지고 있다.

장기에 이기기 위한 모든 것을 말이다.

하지만, 나에게는…….

© shirabii

모자란 게 뭔지는 이제 따지지 말자.

남보다 못한 이유를 찾는 것도 관두자.

적의 숫자를 세기보단, 응원해 주는 이의 목소리를 떠올리자.

지는 것은 무섭지 않다.

분하지만…… 엄청 분하지만, 무섭지는 않다.

자신이 부정당하는 것도 견딜 수 있다.

하지만.

자신의 버팀목이 되어주는 사람들이 부정당하는 것은 싫다.

나를, 이렇게 못난 나를 믿어 주는 사람들의 마음은 배신하고 싶지 않다.

그러니, 나는 노력할 수밖에 없다.

자신의 힘을, 재능을 믿을 수 없을지라도…….

최후의 최후의 최후까지 승리를 포기하지 말고, 나를 믿어 주는 사람들의 말을 믿으며 싸워나간다. 기보를 더럽히는 짓이라 비난당하더라도, 내가 믿는 수를 계속 두자.

"그게 바로—— 노력이라는 거잖아!!!!!"

'이만큼 버텼으니 져도 명예롭다.' 같은 한심한 생각이나 하던 몇 분 전의 나를 두들겨 패듯, 나는 힘차게 치켜든 장기말로 장기판을 내려치듯 수를 뒀다!

그 모습을 본 명인은…….

"어? ……웃었어…………?"

부채로 입가를 가렸지만, 명인은 장기판 너머에서 분명 웃고 있었다.

내 생각을 읽고, 그 풋내 나는 결의를 비웃은 것일까? 이 사람은 내 마음속 깊은 곳까지 꿰뚫어 보고 있는 것 같은 느낌이 들었다.

하지만 부끄럽지는 않다.

얼음장처럼 차갑던 손가락 끝이, 지금은──.

"뜨거워."

가슴속에서 불꽃이 타오르고 있었다.

제아무리 차가운 말을 듣더라도, 현실이라는 혹독한 폭풍에 휘말리더라도, 절대 사라지지 않을 불꽃이다.

불가사의하게도 마음속에서 불꽃이 타오르기 시작한 순간부터, 패색이 짙다고 여겨졌던 국면이 어찌 된 영문인지 『아직 해볼 만한 것 같은데?』라고 느껴지기 시작했다.

명인은 생각에 잠기며 수를 두고 있었다.

제한시간을 계속 소모하면서, 끊임없이 최선의 수를 두고 있다.

형세도 위태로운 데다, 남은 시간도 적은 나에겐 선택지가 거의 없다. 아무튼 더 뒤처지지 않도록 필사적으로 물고 늘어졌다.

──포기하지 마……! 포기하지만 않으면 기회가 있어……!!

그리고 드디어 최종 국면.

명인도 제한시간이 바닥나서, 서로가 1분 장기에 돌입한 상황.

"여기다……!!"

반격을 할 수 있는 최후의 타이밍에, 나는 옥(玉)을 적진으로 돌격시켰다!

서로의 옥(玉)을 보호하는 방벽이 얇은 데다, 중앙에 위치해 있는 서로걸기 대결에서는 마지막에 가면 이렇게 서로의 옥(玉)과 옥(玉)이 일대일로 대결을 펼치려는 것처럼 접근하게 된다.

"뜨거워…… 뜨거워……!!"

온몸이 타들어 가는 것처럼 뜨거웠다.

긴장과 흥분 탓에 목이 말라 들어갔다.

심장이 늑골을 부술 것만 같을 정도로 뛰고 있었다.

내 옥(玉)은 거의 단독으로 장기판을 내달리며, 공중유영을 하듯 명인의 공세를 피했다!

"크아아아아아아아아아아아아아아아아아아아아아아아아아아아아아!!!!!"

한 걸음이라도 잘못 디뎠다간 그 자리에서 목숨을 잃고 마는 위험한 댄스.

방어하지도 않고 상대의 품속으로 파고든 후, 반사 신경에만 의지하며 난타전을 펼쳤다.

하지만 서로 걸기가 특기 전법인 나에게 있어 이것은 가장 익숙한 종반의 형태! 서로가 1분 장기라면 내가 더 유리할 거야!!

하지만…….

"큭……! 강해!!"

내가 파고들면서 시작된 이 댄스에서, 명인이 점점 리드하기 시작했다.

장기의 신은 발을 헛디디는 것은 고사하고 1밀리미터의 오차도 없이, 제로 거리에서 날아오는 총탄에 총탄을 맞추는 듯한 초절정의 기술을 선보였다!

"10대의 반사 신경에, 어떻게 40대 중반의 장기 기사가 대응하는 건데?!"

나는 또 위험을 감지하며 몸을 떨었다. 인간이 아니야…….

긴장과 절망과 승리를 향한 갈망. 생각과 감정이 제어불능 상태가 될 정도로 뒤엉켜 있는 내 뇌는 한계에 도달하려 하고 있었다.

내 특기 전법인데, 몇 만 번이나 이런 장기를 뒀는데…….

승리
수가…… 없어!!!

"젠장! 어째서야?! 조금만…… 조금만 더 하면 돼!! 조금만 더 하면 된다고! 지금이야말로 죽을힘을 다해야 할 때잖아!"

오른손으로 무릎을 움켜쥐고, 왼 주먹으로 관자놀이를 때리면서, 나는 고장 난 텔레비전처럼 중요한 장면이 나오지 않는 뇌를 질책했다.

비춰! 비추라고!!

"이 장기는! 이 대국만은!! 반드시 이겨야 한단 말이야!!!!!"

그 순간.

시야에서 장기판이 사라졌다.

『사부님! 누가 더 빨리 푸는지, 경쟁해요!』

"…………아이?"

눈에 익은 광경이 눈앞에 펼쳐졌다.

내 방.

대국실도, 숙박실도 아닌, 오사카의 내 방.

후쿠시마의 상점가에 있는 방 두 개짜리 낡은 아파트.

그곳에서 우리는 함께 바닥에 드러누운 채, 뭔가를 했다. 아이는 내 옆에 엎드린 채, 가슴이 두근거리는 듯한 표정으로 얇은 책자를 펼쳤다.

그것은——.

"…………장기 묘수풀이?"

생각이 끊겼다.

둑이 무너진 것처럼, 머릿속의 탁류가 장기판을, 아파트를, 모든 것을 집어삼켰다.

——알고 있을 거야! 분명 어딘가에 있을 거라고……!!

생각났다.

나는 답을 알고 있다. 분명 어딘가에 열쇠가 있을 것이다. 그렇게 옛날 일도 아니다. 분명 어딘가에서 봤을 것이다!!

떨어뜨리고 만 소중한 무언가를 찾듯, 나는 과거의 기억을 되짚어보았다.

압축된 기억이, 겨우 몇 초 동안 몇 달을 재생했다.

전야제의 광경이, 저녁노을이 드리워진 상점가, 어둑어둑한 방 안에서 빛나고 있는 컴퓨터 모니터가, 텐도 시내가, 한밤의 모래사장이—— 필름을 되감는 것처럼 흘러가더니——.

내 머릿속에, 하와이로 향하는 비행기 안에서 아이가 입에 담앴던, 명인의 예언 같은 발언이 떠올랐다.

——『타보 외통이 없으면 선수 필승.』

"보였어!!!"
그 말이 방아쇠가 된 것처럼, 나는 단숨에 결론에 도달했다.
이거다.
이게 대답이다. 지금까지 나는 그 말의 의미를 완전히 착각하고 있었다. 하지만 지금, 명인이 한 말의 의미를…… 신이 인간에게 낸 수수께끼의 답을 이해했다.
"……하지만 진짜로, 진짜로 이게 맞는 거야……?! 이건……이건————."
내가 찾아낸 결론은 상식 밖의 한 수 같은 게 아니다.
그 수를 둔 순간, 질지도 모른다.
분명 논란의 대상이 될 것이다.

왜냐면 그것은———— 스스로 반칙을 범한다고 하는, 자살행위나 다름없는 것이다.

"윽…………!!"
장기말에 손을 댄 순간, 내 마음속에 또 망설임이 생겨났다.
그때의 굴욕이 다시 떠오르고…… 마음에 난 상처에 손가락을 집어넣고 헤집는 듯한 그 행위 때문에 마음이 무너질 것 같았다.

남은 시간은 10초도 채 되지 않았다. 기록 담당은 이미 마지막 초읽기를 하고 있었다.

──……정말, 괜찮은 거야?

그저 창피만 당할지도 모른다.

다른 수를 둔다면, 타이틀을 잃더라도 전대 용왕으로서의 체면은 유지할 수 있을지도 모른다.

하지만…….

"……두지 않고 후회할 바에야, 두고 후회하는 편이 나다워. 그렇지?"

『『『응!!』』』

마음속에서 내 버팀목이 되어주고 있는 이들이, 일제히 고개를 끄덕였다.

만장일치였다.

『사부님! 아이가 곁에 있어요!!』

장기말을 쥔 손에서, 불가사의한 온기가 깃들었다. 누군가가 나와 손을 포개고 있는 듯한 느낌이 들었다.

조그마한 제자에게 인도받듯──── 나는 그 변화에 몸을 던졌다.

⌂ 특이점

"""천일수?!"""

대기실이 소란스러워졌다.

현재, 대국실에서는 동일수순이 반복되고 있었다.

이것이 네 번 반복되면 천일수가 되면, 그 시점에서 대국은 무승부—— 그리고 선후수를 바꿔서 다시 두게 된다.

하지만 이번에는 그렇게 될 수 없는 특수한 이유가 있었다.

"이 수순 안에서 용왕은 장군을 걸고 있어! 이대로 나아가다간 『연속 장군의 천일수』가 되어 명인이 승리해!!"

"아니, 아직 몰라! 세 번째 대국 때처럼 용왕은 시간을 벌 생각으로 천일수를——."

"그럼 어딘가에서 변화하는 걸까?! 대체 어떻게 되는 거지?!"

대기실에 모여 있던 장기 관계자들은 이 국면을 분석하려 했지만, 컴퓨터 소프트도 판단을 내리지 못할 만큼 난해한 국면이다. 장기 묘수풀이의 명수이자, 누구보다 빠르게 외통장군을 파악한다는 츠키미츠 회장조차도 아직 답을 내놓지 못했다.

하지만…….

그런 대기실의 구석에서——.

"……………………………이렇게."

한 소녀가 전후로 몸을 흔들고 있었다.

"이렇게………… 이렇게………… 이렇게…… 이렇게…… 이렇게…… 이렇게…… 이렇게…… 이렇게, 이렇게, 이렇게, 이렇게, 이렇게, 이렇게, 이렇게이렇게이렇게이렇게이렇게이렇게이렇게——."

크게 치켜뜬 그 소녀의 눈동자에는 현실 세계가 비치지 않았다.

그 소녀는 머릿속에 있는 열한 개의 장기판을 구사해, 무한히 펼쳐져 있는 가능성을 전부 조사하고 있었다. 정좌를 한 채 앞으로 몸을 숙인 그녀는 누구보다도 빠르게, 누구보다도 먼 곳까지, 나아가고 있었다.

"이렇게——————."

"알겠어!"

장기판으로 검토를 하고 있던 젊은 장기 기사 중 한 명이 이렇게 외쳤다.

"용왕이 어떤 식으로 변화를 하든, 명인의 옥을 잡을 순 없어! 게다가 변화를 했다간 용왕의 옥이 잡힐 거야! 명인의 승리야!! 영세 7관 탄생이라고!!"

보도진이 그 말을 듣고 일제히 흥분했다.

하지만…….

"그렇지 않아요."

부정한 사람은, 이 대기실 안에서 가장 작은 여자아이였다.

"뭐?"

젊은 기사는 깜짝 놀라며 그 말을 한 사람을 찾았지만…… 이미 그 소녀는 모습을 감췄다.

아이는 방 밖으로 뛰쳐나간 것이다.

"아이 양?! 어디 가는——."

긴코와 해설을 교대하고 대기실로 돌아오던 케이카는 방에서 뛰쳐나온 아이에게 말을 걸었다.

하지만 아이는 뒤도 돌아보지 않으며 어딘가로 뛰어갔다. 대국실 쪽이 아니라 다른 곳을 향해——.

그리고, 몇 초 후…….

"…………설마?"

눈을 감은 채 조용히 수를 읽고 있던 츠키미츠가 뭔가를 눈치 채며 얼어붙었다.

그런 츠키미츠의 옆에 있던 오가가 걱정스러운 목소리로 말을 건넸다.

"회장님? 왜 그러시죠? ……회장님?"

하지만 츠키미츠는 오가의 말이 들리지 않는다는 듯한 어조로 말을 이었다.

"서, 설마……?! 그런…… 그런 국면이………… 저, 정말 로……?!"

얼굴이 창백해진 츠키미츠가 부들부들 떨기 시작했다.

츠키미츠의 그런 모습을 처음 본 오가는 말도 안 되는 사태가 벌어졌다는 사실을 이해했다. 영세 7관 탄생보다도 희귀한, 그리고 국민영예상 같은 건 문제도 아닐 만큼, 말도 안 되는 사태가…….

그와 동시에, 대국실에서 기묘한 사태가 발생했다.

"어떻게 된 거야?! 왜 모니터에 화면이 안 나오는 거지?!"

"모르겠어! 아까부터 화면에서 이상한 빛이……!"

대국실을 비추고 있던 모니터의 화면은 불가사의한 디지털 노이즈 때문에, 마치 빛을 뿜고 있는 것처럼 빛나고 있었다.

이제 대국실 안을 볼 수가 없다. 기록 담당의 초읽기 소리 또한, 노이즈 때문에 잘 들리지 않았다. 하지만 전파가 미약한 곳에서 켜놓은 라디오에서 흘러나오는 듯한 그 목소리만이 대국실 안의 상황을 알 수 있는 유일한 수단이다. 대기실 안에는 정적이 흐르고 있으며, 누구나 그 소리에 귀를 기울였다.

바로 그때, 보도진 중 한 명이 중얼거렸다.

"……어이. 명인이 수를 두지 않잖아."

55——.

56——.

"이제 5초밖에 남지 않았어. 괜찮은 거야?"

"왜 저러지? 다 이겼잖아? 그런데 왜 안 두는 거냐고."

"시간을 들여서 확인하고 있는 걸까? 그렇지만……."

57——.

58——.

"어이! 이거, 위험한 거 아냐?!"

"이제 몇 초 남았지!? 1초?!"

59————————그 목소리는 노이즈 때문에 들리지 않았다.

"⋯⋯⋯⋯⋯어떻게⋯⋯ 됐지?"

쥐 죽은 듯이 조용한 대기실 안에서, 누군가가 망연자실한 목소리로 그렇게 중얼거렸다. 그 말만이 방 안에서 크게 울려 퍼졌다.

다음 순간⋯⋯.

대기실에 설치되어 있던 전화가 울렸다.

"대국실에서 연락이 왔습니다!"

수화기를 쥔 오가는 믿기지 않는다는 듯이 눈을 크게 치켜뜨더니⋯⋯.

"며, 명인이⋯⋯."

그녀는 떨리는 목소리로 외쳤다.

"명인이⋯⋯⋯⋯ 대국 중단을 요청했습니다!!"

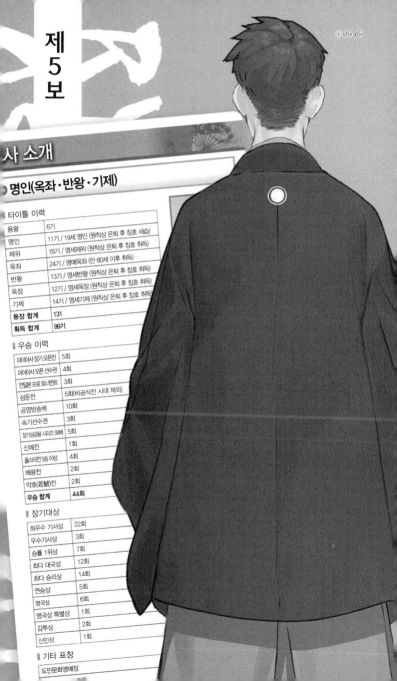

제 5 보

© shirabii

사 소개

◎ 명인(옥좌·반왕·기제)

타이틀 이력

용왕	6기
명인	11기 / 19세 명인 (원칙상 은퇴 후 칭호 세습)
제위	18기 / 영세제위 (원칙상 은퇴 후 칭호 취득)
옥좌	24기 / 명예옥좌 (만 60세 이후 취득)
반왕	13기 / 영세반왕 (원칙상 은퇴 후 칭호 취득)
옥장	12기 / 명예옥장 (원칙상 은퇴 후 칭호 취득)
기제	14기 / 영세기제 (원칙상 은퇴 후 칭호 취득)
등장 합계	**131**
획득 합계	**99기**

우승 이력

마이아사장기 오픈전	5회
마이아사 오픈 선수권	4회
전일본 프로 토너먼트	3회
성운전	5회 (비공식전 시대 제외)
공영방송배	10회
속기선수권	3회
장기상금왕 시리즈 SB배	5회
신예전	1회
올스타전 5승 이상	4회
해왕전	2회
약호(若鯱)전	2회
우승 합계	**44회**

장기대상

최우수 기사상	22회
우수기사상	3회
승률 1위상	7회
최다 대국상	12회
최다 승리상	14회
연승상	5회
명국상	6회
명국상 특별상	1회
감투상	2회
신인상	1회

기타 표창

도민문화영예장	

♟ 최후의 심판

"누가…… 누가 이긴 거죠?!"

숨이 턱까지 찬 나는 방 안에 쏟아져 들어온 보도진들이 외치는 목소리를 멍하니 듣고 있었다.

누가 이겼나…….

"명인의 타임 오버였나요?!"

"어이, 장기판을 봐! 명인은 마지막에 수중에 있는 보를 뒀어!"

"기록상으로는 제한시간 안에 둔 걸로 되어 있다고!"

"그럼 뭐가 문제인 거야?! 왜 중단한 거지?!"

명인은 제한시간이 끝나기 직전에 수를 뒀다. 내 옥(玉)의 앞에 자신이 딴 보(步)를 둔 것이다.

그리고 그 보(步)를 둔 직후…… 기록 담당에게 입회인을 불러 달라고 말했으며, 나도 동의했다.

투료를 하지도 않았고, 반칙을 하지도 않았지만, 이대로 대국을 계속할 수는 없다.

왜냐면——.

"방금 장기에 대해 입회인께서 설명하시겠습니다."

오가 씨가 그렇게 말하자, 그녀의 뒤를 이어 츠키미츠 회장이 모습을 드러냈다.

대국실 안이 순식간에 정적에 휩싸였다.

보도진은 이 맹인 장기 기사를 향해 마이크와 녹음기를 내밀었다.

회장의 표정은 평소와 마찬가지로 태연했지만, 목소리에는 약간 긴장이 어려 있었다.

"간단히 설명하겠습니다. 보도진 여러분도 이 대국에서 동일 국면이 세 번 반복됐다는 것은 이해하고 계실 겁니다."

보도진은 침묵에 잠긴 채 회장에게 재촉을 했다. 그 중에는 고개를 끄덕이고 있는 기자도 있었다.

"장기에서는 동일수순이 반복되는 것을 『천일수』라 부르며…… 같은 국면이 네 번 반복된 시점에서 대국을 종료한 후, 선후수를 바꿔서 다시 두도록 되어 있습니다."

천일수라는 장기의 룰에 대해서도 미리 조사를 했는지, 보도진들은 설명을 듣고도 아직 동요하지 않았다.

"하지만 그 천일수의 과정에 장군이 포함되어 있을 경우, 장군을 건 쪽의 패배…… 이것이 『연속장군 천일수』라는 반칙입니다."

그제야 보도진이 동요하기 시작했다.

"장기판을 보십시오. 이 국면에서 용왕이, 명인이 마지막으로 둔 보를 잡으면—— 동일국면이 네 번 반복되는 것과 동시에 명인의 옥에 장군을 걸면서, 연속장군 천일수가 성립되고 맙니다."

"앗……!!"

"그, 그럼…… 명인이 이긴 건가요?!"

"그전에 우선 이 국면을 다시 한번 잘 살펴봐 주십시오."

회장이 장기판을 보라고 말을 하자, 카메라가 일제히 장기판을 향했다.

"용왕이 이 국면에서 살아남기 위해서는, 명인이 둔 보를 잡을 수밖에 없습니다. 하지만 그것은 반칙이니 할 수 없죠. 그렇다면 명인은 보를 둬서 용왕의 옥을 잡는 셈이며—— 그것은 『타보 외통』이라고 하는 반칙입니다."

"""…………아앗?!"""

경악에 찬 목소리가 시간차를 두며 들려왔다. 보도진은 그제야 이 국면이 지닌 진정한 의미를 눈치챘다.

나는 『연속장군 천일수』라는 반칙을 했다.

명인은 『타보 외통』이라는 반칙을 했다.

서로의 반칙이 뒤엉킨 것이다.

"하지만, 명인이 둔 보가 『타보 외통』에 해당한다고 명확하게 단정하기는 어렵습니다. 설령 『연속장군 천일수』가 얽혀 있지 않은 상황이라면, 이 보를 잡을 수 있을 테니까요."

회장의 목소리에는 점점 열기가 어렸다.

그 이유는 이 사람이 장기 기사임과 동시에, 장기 묘수풀이 작가이기 때문이리라.

"이것은 장기라는 게임이 지닌 유일한 흠이며, 오랫동안 해결되지 않은 채 방치되어 왔습니다. 즉, 장기는 완벽한 게임이 아닌 거죠."

보도진 중 한 명이 떨리는 목소리로 물었다.

"어, 어째서…… 여태껏 방치된 거죠……?"

"이런 일이 실전에서 벌어질 거라고는 그 누구도 진심으로 생각하지 않았기 때문입니다."

회장은 미소를 지으면서 대답했다. 이 기묘한 사태를 즐기고 있는 것처럼도 보였다. 어이없을 정도로 기적적인 사태를 말이다…….

그렇다. 누구도 진심으로 생각하지는 않았다.

아니, 생각으로는 해 봤을지도 모르지만…… 해답을 찾지 못했다.

그래서 방치됐다. 귀찮으니까 말이다.

『실전에서 발생하면, 그때 정하면 돼!』

……같은 느낌이다. 장기계에는 조금 그런 풍조가 있다. 장기에서는 앞날을 읽지만, 현실에서는 앞날에 대해 그다지 생각하지 않는다. 뭐, 그러니까 바보처럼 장기에 인생을 거는 거겠지만 말이야…….

하지만 발생률이 제로인 것은 아니다.

제로에 한없이 가깝지만, 장기 관계자라면 누구나 그런 상황이 장기판 위에서 발생할 수 있다는 것을 알고 있다.

"왜냐하면…… 장기 묘수풀이의 세계에서는 이미 그게 존재하기 때문입니다. 타보 외통과 연속장군 천일수, 두 반칙이 뒤엉킨다는 테마는 현재도 미해결 상태이며── 그렇기 때문에 누구도 진정한 해답에 도달하지 못한 문제죠."

회장은 숨을 삼키더니, 그 궁극의 문제를 언급했다.

"그 문제의 이름은————『최후의 심판』."

"""최후의…… 심판……."""
　그 장엄한 명칭은 이 상황에 잘 어울린다는 느낌이 들었다.
　"이러한 규칙상의 문제가 『*최후의 심판 문제』라 불리며, 문제가 제기됐는데도 불구하고 오랫동안 그 답을 찾지 않았습니다. 하지만 슬슬 답을 내놓아야 할 때인 것 같군요."
　명인이 회장의 그 말을 듣고 몸을 경직시키는 게 느껴졌다.
　나도 심장이 미친 듯이 뛰었다.
　드디어 심판이 내려지는 것이다.
　"개인적인 의견을 말씀드리자면——."
　회장은 딱 잘라서 말했다.
　"저는 장기 묘수풀이의 작가로서, 이 문제는 타보 외통에 해당하지 않는다고 생각합니다."
　"으……!"
　회장의 말을 들은 순간, 내 등에서 식은땀이 뿜어져 나왔다.
　그 말은———— 내 패배를 의미한다.
　"……하지만, 현행 룰에 근거에서 본다면 그렇게 처리하는 것은 불가능하다고 생각합니다. 그리고 현존하는 룰을 적용할 수 없으니, 승부는 무효 처리를 할 수밖에 없습니다. 천일수와 동일하게 처리해야 한다고, 저는 입회인으로서 용왕전 실행위

---

* 『최후의 심판』 : 누이다 코지가 1997년에 발표한 묘수풀이 문제. 장기의 규칙상 반칙에 해당하는 '연속장군 천일수'와 '타보 외통'을 테마로 삼는다. 규칙의 허점을 노린 까닭에 현재도 논의 중인 문제작.

원회에 제안할 생각입니다."

"""무승부다!!"""

오오오오오오오오오!! 하고 보도진은 흥분에 휩싸였지만, 나는 그저 안도의 한숨을 내쉬었다.

——사…… 살았어…….

아까 패배를 각오했었던 만큼, 죽다 살아난 심정이었다.

"대단해…… 진짜 대단하다고!!"

"장기 역사상, 전대미문의 결판이야!!"

"아냐! 아직 결판이 나진 않았잖아?!"

"이 두 사람은…… 장기의 룰조차 초월한 건가……?"

"시, 신이시여……."

보도진은 누가 이겼다는 것보다, 지금 이 자리에서 벌어진 기적에 대해 보도하기 위해 허둥대기 시작했다.

한편, 충격에서 벗어난 장기 관계자들도 허둥대는 건 마찬가지였다.

"용왕전의 이틀째에 천일수가 발생했을 때의 규정은 어떻게 되지?!"

"당일에 다시 두던가?!"

"아니, 역시 다음 날에 미뤄서……."

"일정상 그건 무리 아냐? 특히 이번에는 국민영예상이——."

이 판단을 내리는 건 쉽지 않을 것이다.

만약 당일에 다시 두게 되는 경우, 이제부터 대국을 다시 둬야 한다. 제한시간이 각자 한 시간밖에 안 되는 속기 장기를 두더라도 결판은 다음 날 아침은 되어야 날 것이다.

결국 대국 일정이 하루 늘어나는 것이다. 이 여관에는 객실 예약이 잡혀 있을 테니, 그런 결정을 급하게 내리는 것은 불가능하다──.

다들 그렇게 생각하고 있던 바로 그 순간…….

"그런 걱정은 하실 필요 없습니다!!"

등장한 사람은 바로 이 대국장의 주인── 아이의 어머니였다.

아이의 어머니는 이 자리에 있는 모든 이들의 주목을 한 몸에 받으면서 당당한 목소리로 선언했다.

"저희 『히나츠루』는 일본 제일의 여관입니다. 관계자 및 기자 여러분은 물론이고, 해설을 위해 와 주신 모든 손님 여러분에게 방과 식사를 무료로 제공해드리겠습니다!"

<u>오오오오오오오오오오오오오오오!!</u>

무승부가 결정됐을 때보다 더 큰 환성이 대국실을 뒤흔들었다. 다들 텐션이 상승했는지 한밤중인데도 불구하고 '안주인'을 연호하며 야단법석을 떨고 있었다.

아이의 어머니는 그런 반응을 만족스러운 눈길로 쳐다보며 말을 이었다.

"물론 대국이 끝난 후에도 여러분을 바로 쫓아내지는 않을 겁니다. 피로가 풀릴 때까지 저희 여관이 자랑하는 온천과 마사지를 느긋하게 즐겨 주셨으면 합니다."

『그 대신…… 알죠?』

아이의 어머니가 그런 의미가 담긴 시선을 블로그 중계를 담당하는 쿠구이 씨에게 보내자, 그녀는 연이어 고개를 끄덕였다. 이 여관 안주인의 호의를 미담으로 꾸며 즉시 블로그에 올려야만 한다. 그리고 안주인의 사진도 예쁘게 찍지 않았다간 클레임이 들어올 것이다. 중계기자는 정말 고생이 많네……

회장은 묵직한 목소리로 선언했다.

"이제부터 입회인을 비롯한 용왕전 실행위원회가 앞으로의 대응에 대해 검토하도록 하겠습니다. 두 대국자는 결론이 날 때까지 각자의 방에서 휴식을 취해 주십시오."

◌ 아르카나

숙박실로 돌아가 보니, 강아지 같은 제자가 방 안에서 뛰어나왔다.

"사부님~!!"

아이는 피로 때문에 비틀거리고 있는 내 허리를 꼭 끌어안더니, 그대로 부축을 하며 나를 방 안으로 옮겼다.

"사부님! 기모노를 벗으시겠어요?!"

"아냐. 하의만 벗고 띠만 좀 느슨하게 할래. 도와주겠니?"

"예!!"

아이는 손가락에 힘이 들어가지 않는 나를 대신해 띠를 느슨하게 풀어줬다.

나는 선 채로 방금 둔 장기를 잊기 위해 노력했다.

만약 이번 경우가 천일수와 동일하게 처리된다면, 휴식 시간은 30분 정도다.

아까 둔 장기를 머릿속으로 질질 끌면서 싸웠다간 절대로 이기지 못할 것이다.

띠를 느슨하게 한 후에야 겨우 한숨을 돌린 내가 방석에 앉자, 아이는 곧 요리가 놓인 쟁반을 나에게 내밀었다.

"주먹밥이에요! 사부님이 좋아하는 연어가 든 거예요! 달걀말이도 있어요!!"

"땡큐. 정말 기쁜걸."

주먹밥과 달걀말이는 금방 만든 것인지 아직 김이 나고 있었다. 아이가 직접 만든 것이리라.

입에 넣어보니, 믿기지 않을 정도로 맛있었다.

평소 이런 상황에서는 뭘 먹어도 맛을 못 느꼈었는데…… 아이가 만들어 준 이 요리는 정말 맛있어서 얼마든지 먹을 수 있었다.

나는 나무 사이로 따뜻한 햇볕이 쏟아지는 공원을 떠올렸다.

나와 아이가 항상 함께 점심을 먹던, 그 장소를 말이다.

"……잘 먹었어."

내가 음식을 깔끔하게 먹어치우자, 아이는 약간 아쉬운 듯한 반응을 보였다.

"실은 카레를 만들고 싶었지만…… 시간이 없었어요……."

"아…… 괜찮아. 그 마음만으로도 충분해."

나는 아쉬워하는 아이를 향해 그렇게 말했다.

그 카레, 정말 맛있지만…… 의식이 날아가 버리거든…….

그것보다 신경 쓰이는 점이 있었다.

아이는 미리 이 방으로 돌아와서 나를 맞이할 준비를 했을 것이다. 방 안은 난방을 켜둬서 적절하게 따뜻했고, 욕조에는 따뜻한 물도 받아뒀다.

준비가 잘되어 있었다. ……아니, 너무 잘되어 있었다.

"아이. 혹시…… 그 국면에서 어떻게 될지, 예측한 거야?"

"저, 저기……………… 예."

역시 그랬구나…….

"하지만, 타보 외통이 성립할지 안 할지는 몰라서…… 어쩌면 다시 두게 될지도 모른다고 생각했어요. 그래서 우선 이 방에 와서 욕조에 물을 받아둔 후, 주방에 가서 야식을 만든 다음, 다시 이 방에 와서 사부님을 기다렸어요……."

"그랬구나……. 고마워."

나는 그렇게 말하면서 아이의 머리를 몇 번이나 쓰다듬어 줬다. 아이는 행복한 표정을 지었다.

아이는 사랑스럽고 아직 어린 제자다. 하지만…… 이 아이는 나보다도, 아마 명인보다도 먼저 최후의 심판 문제에 도달했을 것이다. 무시무시한 마물 같았다. 그야말로 나의 사랑스러운 장기 악마다.

아이는 내 손길을 느끼면서 불쑥 이렇게 말했다.

"……어떻게, 될까요?"

"몰라."

그것만큼은 진짜로 모른다.

"무턱대고 내가 진 걸로 하지는 않을…… 거야. 회장님은 그런 투로 말했었고, 용왕전 실행위원회도 입회인의 판단을 존중할 거야.”

문제는 언제 다시 재대국을 할 것이냐, 지만——.

“오늘 바로 재대국을 할 가능성도 충분히 있어.”

전투태세를 풀 수는 없다. 하지만 휴식을 취할 필요는 있었다.

자신의 한계를 아득히 초월한 레벨에서 이틀 동안 싸운 탓에 뇌와 몸이 비명을 지르고 있었으며, 기운이라고는 눈곱만큼도 남아 있지 않은 상황이었다.

아이가 불안을 느낄 것 같아서 말하지는 않았지만, 실은 앞도 잘 보이지 않았다. 코피는 멎었지만, 1분 장기를 두면서 혈압이 올라가면 또 피가 날 가능성도 있었다. 그러니 조금이라도 휴식을 취해야만 한다…….

“판정이 나올 때까지 좀 누워 있을게. 연락이 오면 깨워 줘.”

“아…… 예!”

내가 눈을 감은 채, 안약이 스며들기를 기다렸다.

그리고 눈을 뜬 순간…… 각오를 다진 듯한 표정으로 무릎을 꿇고 앉아 있던 아이가 이렇게 말했다.

“저기………… 사부님?”

“응?”

“아이의 무릎을…… 써 주세요!”

무릎?

무릎을 써달라고? 어떻게? 아, 베개로 삼으라는 거야?

……초등학생의 무릎베개…….

"응. 고마워. 그 마음만이라도 충분히 기뻐."

솔직히 그건 위험하다. 초등학생의 무릎베개는 진짜로 위험하단 말이다. 남들이 보기라도 하면 변명을 할 여지가 없다. 장기를 둘 때가 아닌 것이다. 보도진이 몰려 있는 이 상황에서 여초딩 무릎베개는 너무 위험부담이 크다. 설내로 안 된디.

장기에는 재대국이 있지만…… 인생에는 재대국이 없으니까 말이다……

"그럼 나는 이 방석을 베개 삼아 누워 있을게."

"에잇~!"

"앗?! 왜 방석을 내던져버리는 거야?!"

"자아, 베세요♡"

아이는 자신의 무릎을 조그마한 손으로 두드렸다.

"…………."

"자요♡"

아이는 무릎을 꿇은 채 서서히 나에게 다가왔다.

그 미소와 동작에서는 '절대로 놓치지 않을 거예요.' 라는 결의가 담겨 있었으며…… 나는 도망칠 곳이 없다는 사실을 깨달았다. 이건 완전 외통수군요.

"…………………그럼……."

갈등은, 했다.

하지만 지금, 내가 가장 우선해야 하는 것은…… 1초라도 더 휴식을 취하는 것이다.

제자와 다투면서 귀중한 시간과 체력을 낭비하는 것은 악수다. 베스트 퍼포먼스를 유지하면서 최고의 장기를 보여주는 것이야말로 프로 기사의 사명이다. 그 사명을 위해서라면, 초등학생과 스킨십을 나누다 경찰에 체포되는 위험부담 정도는 감수할 수밖에 없다.

아니, 딱히 나쁜 짓은 하는 건 아니거든? 그냥 무릎을 베고 눕는 것뿐이거든? 합의도 했거든?

나는 그런 변명을 늘어놓으면서 아이의 무릎에 머리를 얹어놓았━━.

말랑♡

"우와……?!"

초등학생의 무릎은…… 작고, 따뜻했다. 무심코 탄성을 터뜨릴 정도로 말이다…….

어린아이 특유의 높은 체온이 스며들면서 내 몸을 치유해 주고 있었다. 부드럽고 탄력적인 감촉은 그 어떤 고급 베개를 벴을 때도 느끼지 못했던, 고도의 힐링 효과를 실현하고 있었다.

"사부님……."

아이는 자신의 무릎 위에 놓인 내 머리를 손으로 감싸더니, 단단하게 굳은 부분을 가녀린 손가락으로 주물러줬다. 눈꺼풀 너머로 내 눈을 살며시 눌렀고, 관자놀이와 미간, 정수리도 마사지해 줬다.

기…… 기분………… 좋아……♡

"괜찮아요……. 사부님은 이길 수 있어요……."

나는 제자의 속삭임을 들으면서 천천히 옅은 잠에 빠져들었다.

조그마한 무릎과 손바닥에서 느껴지는 온기가 기분 좋았다.

아이에게 닿은 부분을 통해 피로가 점점 빠져나가더니——.

"윽?! 눈이……?!"

기적이 일어났다! 아까만 해도 앞이 보이지 않았는데…… 이제는 보여!! 보인다고!!

여초딩이라는 신비가 내게 한계를 초월하는 힘을 준 걸까……?!

——지금이라면…… 이길 수, 있을지도 모른다…….

나는 제자의 온기에 감싸인 채, 명인에게 이긴 후의 인터뷰를 상상했다.

『재대국의 승리 요인은 뭔가요?』

『휴식 시간 동안 초등학생의 무릎을 베고 누워 있었죠. 그게 정말 효과가 끝내주더라니까요, 핫핫핫.』

그딴 소리를 했다간 인생이 쫑날 거라고.

"저기…… 아이 양? 슬슬 일어나서 준비를——."

누가 보기라도 하기 전에 일어나야만 한다.

내가 그렇게 생각하며 몸을 일으키려고 한 바로 그때였다.

"야이치! 재대국을 하기로 결정…………됐…………어?"

내 방에 뛰어 들어온 사저는 하던 말을 도중에 멈추더니 그대로 딱딱하게 굳어버렸다.

그리고 뒤이어 이 방에 온 케이카 씨도…….

"어머나."

……하고 말하면서 약간 놀란 듯한 반응을 보였다. 그리고 케이카 씨를 따라 방 안에 들어온 쿠구이 씨는 "특종이다~!!" 하

고 외치면서 사진을 찍어댔다. 어이, 관둬! 이런 걸 보도했다간
진짜로 큰일 난다고!!

"오해하지 마세요!! 딱히 엉큼한 짓을 하고 있었던 게 아니라,
그냥 휴식을 취하고 있었——."

나는 오해를 풀기 위해 벌떡 일어섰다.

하지만 허리띠를 느슨하게 푼 상태에서 허겁지겁 벌떡 일어서
자, 그대로 허리띠가 완전히 풀어지면서—— 훌러덩 드러나고
말았네.

뭐가? 그야 물론 내 팬티지.

"꺄아————————————
————————————!!!!!"

사저는 웬일로 비명을 꺅 질렀다.

"어버버…… 어버버버버……."

허둥지둥 옷을 여미려고 하지만 오히려 더 옷을 풀어헤치고
있는 나에게서 눈을 뗀 사저는 고함을 질렀다.

"야이치, 하의! 왜 하의를 벗고 허리띠를 느슨하게 한 건데?!
그 상태에서 초등학생한테 무슨 짓을 했어?! 서, 설마…… 신
성한 대국 도중에——."

"아무 짓도 안 했어요!!"

"그럼 왜 반라 상태인 건데?! 게다가 코피도 흘리고 있잖아!!"

"그야 최대한 휴식을 취하기 위해서죠! 사저도 기모노를 입은
적 있으니까 알잖아요! 하의 착용 상태에서는 허리띠도 풀 수
없고, 갑갑해서 쉴 수가 없단 말이에요!! 나는 휴식을 취했을 뿐

이에요!! 그리고 코피는 대국 도중에 흘렸던 거예요!!"

쿠구이 기자는 기회를 잡았다는 듯이 바로 질문을 던졌다.

"그 말은 여초딩과 그렇고 그런 의미의 휴식을 취했다는 의미인가요?!"

"너는 영원히 닥치고 있어!!"

내가 화를 내도 쿠구이 씨는 아무렇지도 않은 듯이 히죽거리고 있었다. 완전히 노 대미지였다.

"아, 참. 제 여동생한테서 용왕에게 응원 메일을 전해달라는 부탁을 받았어요."

"여동생? ……아, 사매 말이군요."

쿠구이 씨의 사매——즉, 아야노 양한테서 온 응원 메일이다.

"오늘은 친구들과 모여서 이 대국을 보고 있나 봐요. 실은 대국장까지 와서 용왕을 응원하고 싶어 했답니다."

여초연 멤버들은 뜬눈으로 밤을 지새우며 나를 응원하고 있는 것 같았다.

쿠구이 씨는 자신의 스마트폰을 나에게 건네주더니, 사진을 보여줬다.

갓 목욕을 마쳤는지 속옷 차림인 여초딩들이 손으로 하트 마크를 만들고 있는 셀카 사진이었다.

『섹시 사진이야! 이거 보고 기운 내!』(미오 양)

『힘내세요!』(아야노 양)

『싸우~, 싸랑애~♡『(샤를 양)

그런 메시지가 적혀 있었다.

그것을 본 순간, 눈시울이 뜨거워졌다.

"애들아……."

귀엽고, 가륵한…… 이 아이들의 솔직한 호의가 정말 기뻤다. 가슴속에 달콤한 기운이 퍼져나가더니, 무심코 미소를 지었다.

하지만 목욕을 마친 여자 초등학생의 사진을 보며 히죽거리는 것은 객관적으로 볼 때 꽤 문제가 되는 상황이고…… 감동을 한 탓인지 코피도 줄줄 쏟아지고 있었다…….

"사부님. 정말 잘됐네요."

아이는 친구들의 사진을 보며 미소를 지었지만, 왠지 그 미소가 무시무시해 보였다.

사저의 목소리는 차갑기 그지없었다. 어는점 이하였다.

"……흥. 이런 사진을 보내라고 시킨 거야? 그리고 이딴 걸 보면 기운이 나나봐?"

"아, 시킨 적 없어요. 이 애들이 멋대로 보낸 거라고요."

"죽어! 이 자리에서 확 돈사해버려!!"

"사, 사저, 그런 재수 없는 말은──."

"확 담가버린다?!"

사저는 바닥에 있는 거대한 항아리를 들더니, 그걸로 나를 두들겨 패려 했다. 안 돼애애애애! 죽기 싫어어어어어어!!

"둘 다 그만해. 지금은 사랑싸움을 할 때가 아니잖니? 야이치 군, 빨리 옷 입어. 그리고 손가방 안도 체크해 봐. 빠뜨린 건 없어? 손수건은 챙겼지?"

케이카 씨가 끼어든 덕분에, 나는 명인과 싸우기 전에 사저에게 살해당하는 사태를 면했다. 역시 성모(聖母)님이라니깐. 하지만 사랑싸움을 한 적 없거든? 살해당할 뻔했을 뿐이거든?

"…………."

내가 몸단장을 하는 사이, 사저는 항아리를 들었다 내려놓기를 반복하며 이 분노를 어떻게 풀지 고민했다.

하지만 최종적으로는 항아리를 내려놓으면서 이렇게 말했다.

"……대국을 마친 후에 나와 할 이야기가 있다고 했지?"

"아, 예……."

"그럼 내가 할 말도 그때 이야기하겠어. 그러니까——."

벌레라도 씹은 듯한 표정을 지으며 그렇게 말한 사저는 손을 치켜들더니……

그대로 내 등을—— 힘껏 때렸다.

"빨리 가서 결판을 내고 와!"

♟ 도룡(濤龍)

"즉, 국민영예상이 문제가 되고 있는 거예요."

나와 함께 대국실로 향하며 복도를 걷고 있던 오가 씨가 걸음을 옮기며 나에게 귓속말로 그렇게 말했다.

"이미 관계자가 도쿄의 수상 관저에 모여 발표 준비를 마친 상황이에요. 그런데 다른 날에 재대국을 하게 된다면 앞으로의 식전 일정에 차질이 생기죠. 그러니 오늘 밤 안에 전부 결판을 내 줬으면 한다는 요청을 받았습니다."

"그렇군요."

나는 걸음을 계속 내디디며 물었다.

"그래서요? 나한테 지라는 건가요?"

"천만에요. 오가는 사실을 전했을 뿐입니다."

오가 씨는 그렇게 말하면서 어깨를 으쓱한 후, 이렇게 말했다.

"그리고 개인적으로 그런 약아빠진 어른들의 꿍꿍이를 박살 내줄 만큼 패기가 있는 남성을 좋아하죠."

"사랑합니다."

"죄송하지만, 오가는 이미 마음에 정한 분이 있답니다."

오가 씨는 그렇게 말한 후, 모습을 감췄다.

회장이 보낸 걸까? 중립에서 공명정대해야 하는 입회인이 이래도 되느냐 싶지만…… 이 나라 전체가 명인의 응원단인 상황이니, 나를 좀 독려해 줘야 공평하다고 회장은 생각한 걸지도 모른다. 그 사람의 생각은 너무 심오해서 좀처럼 이해할 수가 없다니깐.

하지만 덕분에 기합은 바짝 들어갔다.

"국민을 절망에 빠뜨리는, 악의 용왕……이라. 내 포지션이 정해졌는걸."

10대 남자애들이 환장하는 다크 히어로잖아. 의욕이 불끈 솟는다고.

대국실에 들어가자, 나 이외의 관계자들이 전부 모여 있었다.

"기다리게 해서 죄송합니다."

나는 그렇게 말하면서 장기판 앞에 앉았다.

"용왕전 실행위원회의 검토 결과를 간단히 전하겠습니다."

입회인인 회장이 입을 열었다.

"지난 대국의 결과는 '천일수의 규정에 준한다' 는 것으로 보며, 선후수를 바꿔서 재대국을 해 주셨으면 합니다. 또한, 재대국은 지금 바로 개시해도 됩니다만, 대국자의 체력을 고려해 다시 날을 잡아 진행할 수도 있습니다. 이 점에 대한 두 대국자의 의견을 확인하고 싶습니다."

회장은 거기까지 단숨에 말하더니, 앞이 보이지 않는 눈으로 나를 쳐다보았다.

"용왕. 어떻게 하겠습니까?"

"저는――."

나는 회장이 아니라 명인의 눈을 쳐다보며 말했다.

"지금 바로 두고 싶습니다."

아이 덕분에 피로가 사라졌다. 사저 덕분에 졸음도 사라졌다. 여초연 아이들도 잠을 자지 않으며 나를 지켜봐 주고 있다. 그러니 지금의 나는 베스트 컨디션이다.

명인도 내 의견에 동의했고, 그걸로 지금 바로 재대국을 하기로 결정됐다.

"두 대국자는 지난 대국에서 제한시간을 전부 사용했으니, 제한시간을 한 시간씩 추가해서 대국을 진행하겠습니다."

회장이 재대국 시작을 선언했다.

"누가 이기든, 이 대국은 장기 역사에 길이 남을 대국이 될 것입니다. 그에 걸맞은 대국을 보여주십시오."

"잘 부탁드립니다!"

나는 그 멋진 대사를 듣고 전율하면서, 명인과 인사를 나눴다. 그리고 보도진의 플래시 세례 때문에 대국실 안에서는 눈을 제대로 뜰 수도 없었다.

선수는 나다.

"자아······."

어떤 수를 둘까? 지금이라면 뭐든 다 둘 수 있을 것 같았다.

아까 대국을 통해 지금까지 한 번도 올라서지 못한 경지까지 올라선 채, 장기판을 내려다보고 있다······. 그런 느낌이 계속 들었다.

모든 장기말이 연결된 것처럼 느껴졌다.

장기판이 좁게 보이고, 동시에 그 깊이를 비로소 깨달았다.

──······이대로 빨려들 것 같네······.

이렇게 초기 배치 상태인 장기판을 보고 있기만 해도 순식간에 시간이 흘러버릴 것만 같았다. 2일제의 시간감각인 상태로는 지고 만다. 의식을 뜯어고칠 필요가 있다.

장기의 심연을 들여다보는 이미지에서, 다른 이미지로······.

──나는 마음속에 떠오른 수를 그대로 뒀다.

한결같고, 올곧으며, 조그마한 제자의 모습을 장기판 위에 그렸다. 그 순수하기 그지없는 모습을 마음속에 그리기만 해도, 내가 두고 싶은 수를 찾아낼 수 있었다.

"하앗······!"

나는 기합이 담긴 손길로 비차(飛車) 앞의 보(步)를 전진시켰다.

수많은 플래시 때문에 눈이 부셨다.

눈을 감고 있던 명인도 두 눈을 뜨더니, 나와 마찬가지로 비차(飛車) 앞의 보(步)를 전진시켰다.

또 수많은 플래시가 터져 나왔다.

"……그럼 여러분, 대국실에서 나가 주시죠——."

회장이 그렇게 말하자, 보도진과 관계자가 일제히 이 방에서 나가려 했다.

원래는 전원이 밖으로 나갈 때까지 다음 수를 두지 않고 기다린다.

하지만 나는 멈추지 않았다. 제한시간도 짧고, 몸 안에서 꿈틀거리고 있는 충동에 휩쓸리고 있었다.

"하앗…………!!"

방금 전진시켰던 보(步)를 쥔 후, 더욱 전진시켰다. 손가락 끝에서 튀어나온 용이 장기판 위를 내달리는 것만 같았다.

내가 선택한 전법은———— 서로걸기.

그 한 수에 담긴 결의는 명확했다.

『한 번 더 천일수가 되는 것도 무섭지 않아요. 몇 번이든, 몇백 시간이든 계속 두겠어요. 절대 무너지지 않을 거예요!』

그런 의지를 강조하듯, 나는 비차(飛車) 앞의 보(步)를 있는 힘껏 장기판 위에 뒀다.

그러자 명인은——.

"……."

희미하게 웃음을 머금더니, 나와 마찬가지로 비차(飛車) 앞의 보(步)를 전진시켰다. 가벼운 손길로 말이다.

그렇게 우리는, 역사에 영원히 남을 장기를 시작했다.

⌂ 반상(盤上)의 판타지아

제한시간은 순식간에 바닥났다.

"오십 초…… 하나, 둘, 셋, 넷, 다섯, 여섯, 일곱——."

"큭!!"

나는 기록 담당의 초읽기에 쫓기듯, 장기말을 옮겼다.

아까 천일수로 끝났던 대국에서 장기판 위의 진리를 추구하는 자세를 취했던 명인이 이번에는 철저하게 승리를 좇고 있었다.

"……뭐가 기록을 의식하지 않는다는 거야. 이기려고 발악을 하고 있잖아……!"

그리고, 무시무시하게도…….

명인은—— 시간이 없을수록 강했다.

30분간의 휴식을 통해 기어를 바꾼 명인의 장기는 그야말로 속기 장기를 특기로 삼는 기사의 장기를 방불케 했다.

——아까와 같은 사람과 장기를 두고 있다는 느낌이 들지 않아! 진짜로 신이 맞는 거야?!

한편, 나는 그렇게 완벽하게 기어를 바꾸지 못했다.

——수가 너무 잘 보여! 수읽기 속도를 제어할 수 없다고……!!

기어를 올린 상태라, 긴장을 풀었다간 바로 수읽기에 몰입하고 만다. 그 결과, 제한시간을 순식간에 다 쓰고 말았다…….

내 제한시간은 이미 바닥나서, 이미 1분 장기를 두고 있었다.

하지만 명인은 아직 3분이나 남아 있었으며, 어떤 수든 1분 이내에 둬서 남은 제한시간을 아끼며 싸움을 펼쳐가고 있었다.

——이 차이는 커…….

겨우 3분.

하지만 그 3분 덕분에, 최후의 순간에 나보다 세 배나 되는 시간 동안 수읽기를 할 수 있다. 최후의 직선 승부에서 나보다 3배로 가속하는 것이나 마찬가지다……!

"……나는 겨우겨우 쫓아가고 있는데 말이야!!"

경험의 차이를 실감한 탓에 마음이 꺾일 것 같았지만, 후회할 여유조차 없었다. 1초도 지나기 전에 장기판에 다시 몰입됐다.

한계는 옛날 옛적에 뛰어넘었다.

시간 감각을 완전히 상실했고, 1초 동안 무한에 가까운 변화를 읽었으며, 반대로 한 시간이 한순간처럼 느껴졌다. 피로 탓에 눈앞의 장기판이 현실의 장기판인지 머릿속 장기판인지 애매했다.

후우………….

내 안의 집중력이 바닥나서, 한숨 돌리려는 듯이 장기판에서 얼굴을 뗀 바로 그때였다.

"이 사람……."

장기에서 멀어진 내 의식은 장기판을 사이에 두고 나와 마주 앉아 있는 명인을 향했다.

——이 사람…… 이렇게 생겼었나……?

지금까지는 다른 세계에 사는 사람 같아서 제대로 쳐다보지 못했던 명인의 얼굴을, 제4국의 재대국 때에야 비로소 처음으로 제대로 쳐다보았다.

한밤중까지 이어진 대국 때문에 꺼끌꺼끌한 수염이 났고, 머리도 희끗희끗한, 피곤해 보이는 중년 남성의 얼굴이 눈에 들어왔다.

눈가는 움푹 파여 있으며, 그 주위에는 다크서클이 있었다. 안구는 충혈되어 있었으며, 반쯤 벌어진 입에서는 낮은 신음마저 흘러나오고 있었다.

츠키미츠 회장처럼 젊음과 늠름함이 느껴지지는 않았다.

오이시 씨처럼 와일드한 매력을 지니지도 않았다.

그는 신이 아니다. 그저 평범한 외모를 지닌 인간에 불과했다.

그런 명인의 모습을 보고…….

——멋지다.

나는 진심으로, 그렇게 생각했다.

어린아이가 애니메이션이나 게임의 주인공을 동경하듯, 나도 이 사람을 동경했다. 이렇게 장기판을 사이에 두고 앉아 있으면서도, 그 마음은 수를 둘 때마다 강해지고 있었다.

특별한 핏줄을 타고 태어난 것도 아니다.

기괴한 운명을 짊어지지도 않았다.

하치오지(八王子)의 신흥 주택가에서 태어나, 공립학교를 다닌, 지극히 평범한 소년. 그저 장기를 너무나도 좋아했을 뿐인, 지극히 평범한 소년. 지금도 장기회관을 오갈 때 열차를 이용하고 있다. 딸이 둘 있으며, 최근에 아내가 시작한 트위터에 따르면 집에서는 반바지 차림으로 포켓몬G●를 하는 것 같았다.

완전히 평범한 아저씨다. 상냥한 아버지다.

하지만————— 그런 그야말로 진정한 『용사』였다.

질리지도 않고, 싫증내지도 않고, 해이해지지도 않으며, 전력을 다해 싸워온 사나이.

제아무리 중요한 승부에서도 겁도 없이 상대의 특기 전법을 받아주며, 그 용기로 승리라는 운명을 자신의 것으로 만들어온, 사상 최강의 장기꾼.

이렇게 가까이에서 얼굴을 보고, 처음으로 이 사람과 정면에서 시선을 마주하고…… 나는 다시 이 사람을 동경했다.

자신이 명인보다 강하다고 생각하지는 않는다.

이 사람보다 재능이 뛰어나다고 생각하지도 않으며, 이 사람처럼 되고 싶지도 않다.

하지만, 그래도 괜찮다.

명인이 명인인 것처럼, 나는 나다.

그러니 나는 내 장기를 둘 것이다. 이 아슬아슬한 국면에서 대국 상대의 얼굴을 바보처럼 멍하니 쳐다본 끝에 이런 당연하기 그지없는 결론만 내놓는 나 자신이 바보라고 생각하지만, 그래도 어쩔 수 없다.

"바보는 죽을 때까지 바보라잖아……."

내가 자조 섞인 미소를 지으며 그렇게 중얼거린 순간이었다.

명인의 손이 떨리더니, 내가 전혀 예상하지 못한 장소에 장기 말을 뒀다.

"윽?! ⋯⋯매직!!"

그 광경을 본 순간, 나는 그것이 지극히 이질적인 수라는 것을 깨달았다.

『마술』이라 불리는 그 곡선적인 수순을 통해, 최종 국면에 등장하는 수많은 마경을 아무렇지 않게 오갈 수 있다. 그것은 명인의 특권이다.

어린아이가 호기심을 충족시키기 위해 취하는 느닷없는 행동과 비슷한, 지금까지 고생해서 함께 쌓아올린 나무 블록으로 된 성을 한 치의 주저도 없이 무너뜨리는, 그리고 다른 성을 처음부터 다시 세우려 하는 듯한 행위다.

그야말로 돌로 만든 공양탑으로 뒤덮여 있는 삼도천이다. 이 장기를 영원토록 이어가려 하는 지옥의 귀신이다.

"이 악마 안경!! 대체 체력이 어떻게 되어 먹은 거야⋯⋯!!"

모든 것을 파탄 내는 듯한 수를 이런 종반에 보여준다면, 그 누구라도 마음이 꺾이고 말 것이다.

하지만⋯⋯.

"⋯⋯좋아. 어디 한번 해 보자고!"

명인이 둔 기묘한 수를 본 순간, 내 마음속의 불길이 더욱 거세게 타올랐다.

매직에 대항할 유일한 무기. 나는 그것을 가지고 있다.

이가 갈리는 소리가 들릴 만큼 어금니를 깨물며 최대한 수를 읽은 후, 한계까지 읽었는데도 완전히 파악하지 못한 변화를 그대로 장기판 위에 펼쳤다!

"이거나—— 받아라!!"

나는 기백을 불태우며 말을 움켜쥔 후, 그 무기를 휘둘렀다.

나의 유일한 무기—— 촌스럽고 끈질긴, 칸사이 장기.

매직 같은 멋들어진 이름으로 불리지는 않지만, 칸사이 기사도 괴상한 수를 두는 데는 일가견이 있다.

정석 따위는 개나 줘라. 돈사를 각오한 변태 장기다. 꼴사납게 죽어 나뒹구는 한이 있더라도, 나는 계속 발버둥을 칠 것이다. 진흙투성이가 된 채 말이다. 근성이라는 이름의 촌스러운 불꽃으로 이 몸을 불태우면서 말이다. 이 가슴 안의 고동이 멎는 순간까지, 장기를 계속 두겠어!

"…………뜨거워……!"

나는 기모노의 옷깃을 벌리며 쉴 새 없이 부채질했다. 과열된 뇌는 금방이라도 터져버릴 것 같았다. 숨을 헐떡이며 물을 마신 후, 손등으로 입가를 닦았다. 아드레날린 덕분에 코피가 멎었다.

명인은 내가 둔 수를 보며 눈을 가늘게 뜨더니, 오른손으로 앞머리카락을 쓸어 올린 후, 그 손을 허리에 대며 고통에 찬 신음을 흘렸다.

"50초——."

기록 담당이 그렇게 말하자, 초조해진 명인은 허공에서 손가락을 열십자 형태로 몇 번이나 움직였다. 마치 신에게 기도를 드리는 것만 같았다.

"……일곱, 여덟, 아홉——."

명인은 아슬아슬한 타이밍에 수를 뒀다. 그의 손은 쉴 새 없이 떨리고 있었다. 오른손만이 아니라 목덜미에 댄 왼손도 떨리고 있었다. 그 떨리는 손으로 마술을 펼쳐, 장기판 위를 겁화(劫火)로 아름답게 불태우고, 나를 연옥에 집어넣으려 했다. 영원히 끝나지 않는 1분 장기라는 고문에 빠뜨리려는 것이다.

"뜨거워!!"

나는 명인이 날린 불꽃에 타들어 가면서도, 장기판 위를 진흙탕으로 만들기 위한 끈질긴 수를 놔서, 자기 발로 마경에 발을 들였다.

반상의 판타지아^{환상세계}에 말이다.

🔔 섬섬산화(閃閃散華)

야샤진 아이는 별을 보고 있었다.

자택 툇마루에 앉아, 넓은 정원을 향해 발을 까딱이며, 아이는 심야 세 시의 밤하늘을 올려다보고 있었다.

"아가씨. 이제 그만 방으로 돌아가시죠."

아키라가 수십 번이나 한 말을 또 했지만, 아이는 '그래…….'

라고 대답만 할 뿐, 몸을 일으키지 않았다.

그녀가 유일하게 흥미를 가지고 있는 것은 옆에 놓인 태블릿 뿐이며, 거기에 표시된 장기판의 정보가 갱신될 때만, 부리나케 화면을 향해 고개를 돌렸다.

그리고 현재 국면을 확인한 아이는 다시 밤하늘을 올려다봤다.

이런 행동을 몇 시간째 반복하고 있는 걸까? 아니, 오늘만이 아니다. 아이는 이 행위를 한 달 넘게 계속했다. ……여류기사 신청 차격을 얻은 그날 밤부터.

아키라는 생각했다.

──이렇게 한결같은 마음이 또 있을까?

아이는 쭉 기다려왔다. 야이치의 기보를 보면서 말이다.

『여류기사가 될 테니까, 스승이 되어 줘.』

그 말을 할 타이밍을 쭉 기다려왔다.

기다릴 필요 따위는 없다. 야이치는 이미 자신의 스승이니, 그냥 사무적으로 그의 이름을 신청서에 기입하겠다고 말만 하면 된다.

하지만 아이는 그러지 않았다.

야이치가 괴로워하고 있다는 것을 알기 때문이다.

야샤진 아이는 히나츠루 아이처럼 야이치와 같이 살고 있지는 않다. 하지만 그녀는 누구보다 야이치의 장기를 오래 지켜봐왔다. 장기를 보면, 야이치가 어떤 상태인지 알 수 있다. 그래서 지금은 자신의 일로 야이치를 성가시게 하고 싶지 않았다.

꾹 참으며, 아무도 보지 않는 곳에서, 야샤진 아이는 그저 기다려왔다.

야이치가 회심의 장기를 두며, 자신의 스승이 되어 주는 그때를 말이다.

그리고 지금도 아이는 기다리고 있다.

호주머니에 쭉 넣어둔 채, 몇 번이나 펼쳤다 접었다 하는 바람에 구겨지고 만 신청서를, 아이는 지금도 몸에 지닌 채…… 야이치가 명인에게 이기기만, 기다리고 있는 것이다.

──이 복 받은 놈…… 지면 절대로 용서 안 할 거다.

아키라는 밤하늘을 올려다보고 있는 주인의 곁을 지키면서 마음속으로 그렇게 중얼거렸다.

니코니코 생방송에 나온 칸나베 아유무는 소리치고 있었다.

"이미지해라! 손에 쥔 『용왕(드래곤킹)』처럼 강해진 자기 자신을! 명인을 쓰러뜨리고 정점에 선 자신(신)의 모습을!"

그것은 해설도 무엇도 아닌, 단순한 응원이었다.

벌떡 일어선 아유무는 해설용 대형 보드 장기판을 주먹으로 치면서 고함을 질렀다.

"이미지는 네놈의 힘이 될 것이다!! 그리고 나는, 최강이 된 네놈에게 도전하마! 이제까지와 마찬가지로 성(聖)과 마(魔)의 영원한 싸움을 장기판 위에서 자아내자꾸나!!"

물론 그의 응원이 대국자에게 전해질 리가 없다.

시청자 중에는 이 무의미한 행위를 야유하며, 해설이나 하라고 외치는 이도 있었다.

하지만 대부분의 시청자는 이런 글을 올리고 있었다.

『엄청 뜨겁네!』『그래 쓰레기용, 힘내!』『귀족은 역시 좋은 녀석이구나ㅋ』『너희 둘의 타이틀전이 보고 싶어~!』『절친은 소중한 거야』『왠지 눈물이 날 것 같네……』『뜨거워!!』

야이치, 그리고 아유무를 향한 응원 코멘트가 화면을 가득 채우고 있었다.

전 세계의 시청자들의 마음을 결집하며, 아유무는 대국자에게 전해지지 않을 응원을 계속했다.

"일어서라!! 나의 영원한 라이벌이여!!"

절친을 격려하는 애제자를, 사회를 맡은 샤칸도가 자리에 앉은 채 사랑스러워하는 듯한, 부러워하는 듯한 표정으로 지켜보고 있었다.

이부자리에 들어간 아이들은 스마트폰에 표시된 장기판을 함께 쳐다보며, 승부의 행방을 지켜보고 있었다.

"대단해…… 대단해, 쿠쭈류 선생님……!"

미오는 눈을 반짝이면서 몇 번이나 "대단해." 하고 외쳤다.

샤를은 좀 졸린 것 같지만, 그래도 눈을 비비며 이렇게 말했다.

"싸뿌, 이기게찌~?"

"몰라요……. 하지만 이길지도 몰라요. ……이겼으면, 좋겠어요."

아야노는 부모님에게 들키지 않도록 목소리를 낮추더니, 기도하는 듯한 심정으로 그렇게 말했다.

실은 이미 부모님도 아이들이 깨어 있다는 걸 알지만, 그래도 모르는 척해 주고 있었다. 아이들이 이렇게 열중할 수 있는 무언가를 발견한 게 기뻤기 때문이다.

아야노는 안경을 벗더니, 코가 닿을 정도로 스마트폰 화면을 향해 얼굴을 쑥 내밀면서 말했다.

"어떤 국면인지는 솔직히 모르겠지만…… 쿠즈류 선생님의 장기말이 약동하는 것처럼 보여요. 밀어붙이는 것 같아요……."

"싸뿌, 우리 싸진 보꼬, 힘나쓸까?"

"예, 틀림없어요! 조, 좀 부끄러웠지만…… 그 사진을 보내길 잘했어요. 그렇죠? 미오——."

"아야농! 샤를! 나, 결정했어!!"

미오는 커다란 눈을 반짝이면서 이부자리 안에서 낮은 목소리로 외쳤다.

"미오도…… 미오도 말이지?! 꼭 장기 기사가 될 거야!!"

그날 밤, 수많은 아이가 장기 기사가 되겠다는 꿈을 품게 된다.

현지의 대기실에는 한밤중인데도 불구하고 장기 기사들이 속속 모여들고 있었다.

"오이시 선생님 아니십니까! 게다가…… 따님도 함께 오신 겁니까?!"

"어?! 옥장이?!"

"《휘젓기의 마에스트로》야……!"

관계자들이 깜짝 놀랐다.

외출을 싫어하는 오이시는 대국 때 이외에는 연맹에도 잘 오지 않는다. 그런 오이시가 직접 운전대를 잡아서 현지에 나타난 것이다.

장시간의 운전 때문에 텅 비어버린 담뱃갑을 손에 쥔 오이시가 이곳에 온 이유를 말했다.

"오래간만에 호쿠리쿠의 온천을 즐기고 싶어졌거든. 목욕탕 집을 하기 때문에 수질에는 꽤 엄격하다고."

"시……실례, 하겠습니다……."

아버지의 뒤를 이어 대기실에 들어온 아스카도 방구석에서 열심히 검토를 시작했다. 내성적인 그녀도 장기판에서 결코 눈을 떼지 못했다.

프로도, 여류기사도, 아마추어도 팬도, 차례차례 이곳을 향하고 있었다.

언제 끝날지 모른다. 도착했을 때는 이미 끝났을지도 모른다.

하지만 그들은, 그녀들은, 이 장소를 향할 수밖에 없었다. 그저 이 대국을 보기 위해서 말이다.

왜냐면 그들에게 있어 장기란, 인생의 전부인 것이다.

"……오전 3시 30분, 대기실에 오이시 옥장이 등장. 딸인 아스카 양도 동행. 오이시는 곧 장기판 앞에 앉아서 검토를 주도하기 시작했다. 반대편에 앉아 있는 이는 나타기리 8단. 두 사람은 3단 리그에서 몇 번이나 대전했으며, 마치 장려회 시절로 되돌아간 듯한 광경이다……."

관전기자인 쿠구이는 대기실의 상황을 사진으로 찍고, 프로

기사들의 발언에 귀를 기울였으며, 그 내용을 최대한 블로그에 올렸다. 틀린 부분이 있어도 개의치 않으며 올렸다. 정확성보다 속도와 양, 그리고 현장감을 중시했다.

이 분위기 자체를 기록으로 남기는 것이 기자의 사명이라 믿으며……

츠키요미자카 료는 한밤중인 휴게소에서 뜨거운 커피를 샀다.

"…………젠장……"

지난 대국이 충격적인 결말을 맞이한 순간, 츠키요미자카는 충동적으로 도쿄에 있는 자기 집을 뛰쳐나온 후, 바이크를 타고 대국장으로 향했다.

하지만 이 휴게소에서 기보를 확인한 그녀는 한 걸음도 움직일 수가 없었다.

현지에 있는 쿠구이 마치가 일방적으로 자신에게 보낸 짤막한 메시지와 사진을 보지도 못했다. LINE 알림이 순식간에 쌓여갔지만, 그것을 확인할 수가 없었다.

"……젠장…………"

하지만 갱신되는 기보만큼은, 확인하고 말았다.

츠키요미자카와 야이치는 초등학생 명인전 때 만났다. 그리고 명인전의 결승에서 당시 초등학교 5학년인 츠키요미자카와 초등학교 3학년인 야이치는 처음으로 장기를 뒀다.

그 대국에서는 야이치가 승리했지만, 츠키요미자카는 '다음에는 이길 수 있다.'고 생각했다.

하지만 그 '다음'은 결코 찾아오지 않았다.

야이치가 장려회에 들어갔기 때문이다.

츠키요미자카는 여류기사 자격을 가지고 있었지만, 여류기전 참가를 중단하고, 사부의 반대도 무릅쓰며 장려회에 도전했다.

야이치와 초등학생 명인전에서 싸우고 3년이 지난 후, 중학교 2학년이 된 츠키요미자카는 장려회에 5급으로 입회했다.

그리고 1년 후, 6급으로 탈퇴했다.

츠키요미자카는 처음으로 커다란 좌절을 맛봤지만, 그래도 걸음을 멈추지 않았다. 여류 타이틀을 가지면 프로 기전에도 참가할 수 있다. 언젠가 공식전에서 야이치와 싸우면 이길 수 있을 거라 믿으며 실력을 갈고닦았다. 얼마 전에 야이치의 제자를 자근자근 밟아 주자 가슴이 꽤 후련해졌다.

하지만, 지금…….

장기계의 정점에서 명인을 상대로 펼치는 야이치의 장기를 본 순간, 츠키요미자카는 인정할 수밖에 없었다.

——나는………… 야이치를, 절대로 따라잡을 수 없어…….

"젠장……!"

츠키요미자카는 종이컵을 움켜쥐었다. 뜨거운 커피가 손을 적셨지만, 마음의 고통에 비하면 그 고통은 아무것도 아니었다.

아스팔트에 방울져 떨어지는 커피와 함께, 츠키요미자카의 두 눈에서 흘러내린 눈물이 지면에 얼룩을 자아냈다.

"젠장……!!"

한 걸음 나아갈 때마다 그녀의 마음은 갈가리 찢어지며, 눈물이 쉴 새 없이 흘러나왔다. 춥디추운 한밤중의 휴게소에서 한 걸음도 움직이지 못한 채, 그녀는 그저 젠장, 젠장 하고 중얼거리며 눈물을 흘리기만 했다.

　해설장에서는 기묘한 분위기로 가득 차 있었다.

　"20년 전…… 제가 그에게 마지막 타이틀을 빼앗겼던 밤이 생각나는군요."

　같은 스승을 둔 사제인 키요타키 코스케 9단과 함께 해설장의 무대에 선 츠키미츠 회장은 명인이 7개의 타이틀을 전부 석권한 날을 떠올렸다.

　그것은 장기계의 위대한 전설이자…… 당사자 중 한 명이 하는 말은 그것만으로 신화가 된다. 그래서 천 명이 넘는 관객은 그의 말을 한마디도 놓치지 않으려는 것처럼 몸을 쑥 내밀면서 귀를 기울였다.

　"……그날 밤부터, 그는 본심을 털어놓지 않게 됐습니다. 친구를 만들지 않았고, 개인적인 이야기도 하지 않을 뿐만 아니라, 무슨 말을 들어도 미소를 지으며 얼버무리기만 했죠."

　확실히 『명인어록』이라 불리는 미스터리 발언은 7관 독점 이후로 거의 하지 않게 됐다. 관객은 그 점을 떠올리며 고개를 끄덕였다.

　"장기계의 정점에 선 그의 발언이 큰 영향력을 갖게 되자…… 그가 한 말이 당사자의 취지와 의도에서 벗어나 멋대로 퍼져나가게 됐죠. 그래서 연맹 운영과도 거리를 뒀을 뿐만 아니라, 제자도 두지 않았습니다. 그에게는 그런 행동을 취할 자유가 허락되지 않았으니까요. 장기판만이, 그에게 있어서 유일하게 자유로울 수 있는 장소였습니다. 하지만——."

츠키미츠의 말은 마치 참회 같았으며, 아무도 끼어들지 못했다.

"하지만 그 장기판 위에서도, 그는 고독했습니다. 그와 같은 경지에서 이야기를 나눌 수 있는 상대를, 장기판 위에서도 찾을 수가 없었죠. 그는 지나치게 강해지고 말았고, 장기는 혼자서 둘 수 없는 것이니까요."

하지만—— 하고 말한 츠키미츠는 보이지 않을 터인 해설용 장기판을 향해 고개를 돌렸다.

"그는 지금, 본심을 털어놓을 수 있는 상대를 발견했습니다. 20년이나 지나고서야, 겨우겨우 말이죠."

그리고 덧붙이듯 이렇게 말했다.

"그 사람이 제가 아니라는 점 때문에 샘나는군요."

20년 전…… 아니, 10년 전이었다면 결코 타인에게 밝히지 않았을 그 감정을, 츠키미츠는 쓸쓸하게 웃으며 고백했다.

그리고 대형 장기판을 사이에 두고 맞은편에 서 있는 자신의 사제에게 말을 걸었다.

"그러고 보니 키요타키 씨는 야이치 군을 저에게 맡기려고 한 적이 있었죠?"

"그랬지예……. 노타임으로 거절당해뿟렷지만 말입니더."

관객들이 웃음을 터뜨렸다.

키요타키는 농담 투로 말을 이어나갔다.

"그게 말이지예. 야이치는 재능이 있었다 아닙니꺼. '큰일났대이. 이대로 내가 길렀다간 금방 보은을 당하고 말끼다.' 하고 생각했습니더. 장기계의 보은이란 제자가 스승에게 이기는 겁니더. 하지만 그딴 건 보은과는 거리가 멀지예. 제자에게 지는 건 괴롭다 아닙니꺼. 옛날 장기 기사였으면 바로 은퇴했을 겁니대이. 그래서 츠키미츠 씨에게 떠넘기려고 했습니더. 그런데 역시 영세명인답게 제 꿍꿍이를 다 꿰뚫어 봤지 뭡니꺼."

관객들은 폭소를 터뜨렸다.

그리고 웃음소리가 잦아들었을 즈음, 츠키미츠가 조용한 목소리로 물었다.

"키요타키 씨. 지금도 저에게 그를 맡기고 싶습니까?"

"…………."

키요타키는 한순간, 입을 다물었다.

"……친부모님이 계신 자리에서 이 말을 해도 되는 건지 모르겠습니다만……."

해설장 구석에서 걱정스러운 표정으로 대국을 지켜보고 있는 야이치의 가족들을 향해 살며시 고개를 숙인 후, 키요타키는 단언했다.

"저의 자랑스러운 아들입니더. 아무한테도 넘겨주지 않을 겁니대이."

그리고 눈가가 축축해진 키요타키는 마이크에 들어가지 않을 만큼 작은 목소리로 이렇게 중얼거렸다.

"최고의 보은이대이……. 참말로 고맙구마, 야이치."

소라 긴코는 해설장 대기실에서 부들부들 떨고 있었다.
"…………야이치…….."
추워서 그런 것은 아니다. 오히려 사람들의 열기 때문에 더울 지경이었다.

하지만 긴코는 떨고 있었다.

투명해 보일 정도로 새하얀 피부가, 지금은 진짜로 투명하게, 마치 이대로 사라지는 것은 아닐까 싶을 만큼 새하얗고 덧없어 보였다.

그리고 긴코는 두 손으로 자신의 어깨를 끌어안더니, 추위를 느낀 것처럼 떨고 있었다.

그녀의 눈은 겨울의 밤하늘에 떠 있는 머나먼 별을 쳐다보는 것만 같았다──.

"야이치가………… 또, 먼 곳으로 가버렸어…………."

그녀는 불쑥, 그렇게 중얼거렸다.

갓난아기처럼, 어리광쟁이처럼…….

"……거짓말쟁이. 야이치는 거짓말쟁이. 두고 가지 말라고 했는데. 두고 안 간다고, 했으면서……."

"그럼 긴코도 열심히 쫓아가야겠네."

긴코의 뒤편에서 그녀의 어깨에 손을 얹은 케이카가 위로하듯 그렇게 말했다.

──야이치 군이 명인과 함께 일으키고 있는 기적은, 나 따위

가 일으킨 가짜 기적과는 명백하게 다르다.

저것은 장기라는 게임이 이 세상에 태어난 것에 버금가는, 진정한 기적이다.

그러니 긴코가 쫓아가려 한다면, 기적을 뛰어넘는 기적을 일으켜야만 한다.

그 가능성은 제로에 가까울 정도로 낮을 것이다.

하지만…….

노력하면 분명 따라잡을 수 있다. 그녀의 마음은 분명 그에게 닿을 것이다. 케이카는 그런 확신을 할 수 있었다.

예전에는 무책임하게 그런 말을 했겠지만, 지금은 자신감을 가지고 단언할 수 있다.

케이카는 추위를 느끼는 것처럼 부들부들 떨고 있는 나이 어린 사저를 뒤에서 꼭 끌어안았다.

그리고 그녀의 귓가에 상냥한 목소리로 속삭였다.

"함께 노력하자. 응?"

보답받지 못하는 노력은 없으니까 말이다.

🔔 마지막에 찾아오는 것

1분 장기가 끝도 없이 이어지고 있었다.

"커억……!!"

너무 긴장한 탓에 헛구역질이 계속 났다.

"윽! ……커억! 우에에에에에엑……!!"

영원히 계속될 것 같은 이 대결 속에서, 숨도 제대로 쉬지 못하고 있던 나는 소리 없는 절규를 마음으로 질러대고 있었다.

——시간이…… 시간이 필요해……!!

치명상은 피하고 있지만, 언제까지 계속할 수 있을지 알 수 없다. 엉망진창인 장기판 위는 그야말로 스파게티 면발이 뒤엉켜 있는 모습 같았다.

나만 만신창이인 건 아니다.

명인 또한 피로에 젖은 얼굴을 일그러뜨린 채, 반쯤 벌어진 입으로 낮은 신음을 흘리며 아슬아슬한 대결을 이어가고 있었다.

게다가 명인은 제한시간을 2분 정도 남겨서, 1분 장기가 되는 것을 피하고 있었다. 내가 어설픈 수를 둘 때를 기다리면서 말이다. ……그리고 내가 빈틈을 보인 그 순간, 남은 제한시간을 이용해 최후의 일격을 날릴 속셈이다……!

"쿨럭! 우으으으윽……!!"

그 압박감 때문에 고통스러워하며, 나는 계속 구역질을 했다.

——괴로워! 빨리…… 빨리 끝내고 싶어!! 끝내고 싶어……!!

죽음을 열망하는 부상병처럼, 나는 장기판 위에서 버둥거렸다.

마음이 꺾이기 직전이다.

체력과 정신력은 옛날 옛적에 한계에 도달했으며, 내 장기 실력 또한 한계를 아득히 뛰어넘은 수준에 도달해 있었다. 1분 장기로 자신이 이만큼이나 싸운 게 믿기지 않을 지경이었다.

하지만…….

명인과 대국을 둔 덕분에 내 수읽기는 한계를 뛰어넘은 경지에 도달했다.

──그 힘을 제어할 수가 없어⋯⋯!

수읽기에 몰두하려 하면 시간 감각을 놓치고, 기록 담당의 초읽기를 듣고 현실에 돌아오는 일이 계속 반복되고 있다.

가속 도중에 브레이크를 밟아야만 하는 것이다.

──⋯⋯서로에게 외통수가 있을 것 같은 국면인데!!

아쉽지만, 모든 것을 내던지며 수읽기에 몰두하는 것은 위험 부담이 너무 컸다. 그런 짓을 했다간, 최악의 경우에는 초읽기도 눈치채지 못해서 타임 오버로 질지도 모른다.

타이틀전에서 타임 오버로 지기라도 한다면, 그야말로 전설이 될 것이다. 물론 나쁜 의미에서 말이다. 책임을 지기 위해 은퇴를 해야 할지도 모른다.

제자가 여류기사가 되고 이틀 후에 은퇴한다니──.

"너무 한심하잖아!!"

나는 수를 완전히 읽지 못한 상황에서, 초읽기 소리를 듣고 허둥지둥 말을 옮겼다.

그리고 내 수를 본 직후⋯⋯.

몸을 앞뒤로 흔들며 고통스러운 듯이 얼굴을 일그러뜨리고 있던 명인이──.

스윽⋯⋯.

상체를 일으키면서 움직임을 멈췄다.

그것은 독사가 고개를 빳빳이 쳐드는 듯한⋯⋯ 그런 동작이었다.

사냥감을 해치우기 위한, 마지막 행위를 하려는 것만 같았다.

"으————."

————진, 걸까……?

온몸의 피가 소리를 내며 빠져나가고 있었다.

명인이 나보다 먼저, 외통수를 발견한 걸까? 아니…… 그게 틀림없을 것이다.

————…………끝난, 건가.

나는 목이 부러진 것처럼 고개를 푹 숙였다.

고개를 들 수가 없다. 온몸에서 힘이 빠졌다…….

아무리 투료를 하지 않겠다는 결의를 굳혔더라도, 패배가 코앞까지 다가오자, 마음이 꺾였다. 한계를 넘어선 상태이기에 더욱 그러했다.

————……명인이 수를 두면, 투료하자.

물론 분하기는 했다. 타이틀을 잃는 것은 싫다. 4연패로 지는 것도 한심하기 그지없었다.

하지만…… 드디어 끝낼 수 있다는 생각도 들었다.

이 지옥 같은 1분 장기의 고통에서 해방됐다는 안도감…….

하지만 그 순간, 나는 자신의 눈에 들어온 광경을 보며 뭔가가 마음에 걸렸다.

"…………어?"

명인이———— 옆에 있는 주전자를 향해 손을 뻗었다.

그리고 컵에 물을 따랐다.

나는 그 광경을 멍하니 쳐다보면서……

"…………."

텅 빈 줄 알았던 몸에서, 다시 힘이 차오르는 게 느껴졌다. 뇌의 회전 속도 또한 빨라지는 게 느껴졌다.

심장이 두근거리면서 온몸에 피를 보내고 있었다.

뜨겁다.

입에서 말이 흘러나왔다.

"…………시……간…………."

나는 다시 한번, 중얼거렸다.

"……시간……."

그렇다.

내가 그렇게 원하는 것.

내가 가지지 못한 것.

1분 장기로는 부족한, 내 사고능력을 최대한 가속시키기 위해 필요한 것.

명인만이 가지고 있는, 승리를 향한 최후의 연료.

그것을 지금, 명인이 사용하려 하고 있었다.

2분밖에 안 되는, 최후의 제한시간을 투입하려는 것이다.

즉.

──시간을………… 손에 넣을 수 있어!!!!!

그 순간, 나는 모든 것을 내던지고 생각의 세계에 뛰어들었다.

© shirabii

"하아아아아아아아아아아아아아아아아아아아아아아
아아아아아아아아아아아아아아아아아아아아아아아아
아아아아아아아아아아아아아아아아아아아아아아아아
아아아아아아아아아아아아아아아아아아아아아아!!!!!!"

읽었다. 외통수까지의 모든 수순을 말이다.

그 직후였다.
——따아아악!!
명인이 커다란 마찰음을 내며 승부수를 뒀다.
장기말을 장기판에 박아 넣으려 하는 것처럼, 확신에 찬 손길로 말이다.
하지만…….
나는 그 수를 보고도 마음이 꺾이지 않았다.
나는 숨을 참은 채, 노타임으로 수를 뒀다.
그제야 비로소, 호흡이라고 하는 행위를 해야 한다는 사실을 떠올렸다.
"커억!! ……하아………… 하아…………!!"
금방이라도 터져나갈 것 같은 폐를 위해 산소를 미친 듯이 들이마셨다.
장기판에서 눈을 뗀 나는 천장을 올려다보았다.
"하아………… 하아………… 하아……………… 휴우우ー
ーーーー……."

나는 크게 숨을 들이마셨다.

이미 헛구역질은 멎었다.

장기판 너머에 있는 명인이 이변을 눈치챘다는 게 느껴졌다.

쭉 계속되고 있던 낮은 신음 소리가 한숨 소리로 변했다.

상대가 악수를 뒀을 때 내는 한숨 소리와는 전혀 다른, 자신을 향한 분노와 분한 마음을 토하는 듯한 탄식이었다.

그 한숨을 들은 순간, 나는 내가 이겼다는 확신을 가졌다.

——…………아이러니하네…….

나중에 방송국이 대국 중의 영상을 검증했을 때, 명인이 물을 마시기 위해 쓴 시간은 1분 47초였다고 한다.

1분 47초.

그것이—— 내 뇌가 최고 속도에 도달하는데 걸린 시간이다.

사흘간, 서른 시간쯤 장기를 두고도 결판이 나지 않았던 대결이, 고작 1분 47초 동안에 있었던 행위로 승패가 갈리고 말았다…….

만약, 방금 명인이 물을 마시지 않았다면?

만약 명인이 마지막 순간에 확인을 위해 시간을 소모하지 않았다면, 나는 그가 수를 둔 순간에 투료했을 것이다. 아이러니한 일이지만, 나는 확신을 가지며 단언할 수 있다.

하지만 명인은 물을 마셨다.

최후의 순간까지 차분하게 싸워 나가는 그 진중함이, 서둘러 사냥감의 숨통을 끊으려 하지 않는 그 독사 같은 노회함이, 명인에게 그런 행동을 취하게 했다.

승부에 집착하고, 승리를 추구하며 신중해졌기 때문에……
빈틈이 생기고 만 것이다.

그리고 나는 손에 넣었다.

내가 그토록 갈망하던 시간을.

그리고——.

"30초——……."

명인이 최후의 제한시간을 다 써서 1분 장기에 돌입한 가운데, 기록 담당이 초읽기를 하고 있었다.

명인은 아직도 승부를 포기하지 않으며, 몇 번이나 고개를 흔들며 장기판 위에서 희망의 실마리를 찾았지만——.

"40초——……."

또 크나큰 한숨 소리가 들렸다.

장기판을 향해 몸을 쑥 내밀고 있던 명인이 천천히 상체를 들어올렸다.

"50초——……, 하나, 둘, 셋, 넷, 다——."

명인은 천천히 컵을 쥐더니, 그 안에 남아 있던 물을 마셨다.

하지만 그것은 승리를 확인하기 위해 마셨던 아까 전의 물과는 명백하게 다른 의미를 지니고 있었다.

모든 것을 끝내는 말.

그 한 마디를, 명확하게 발음하기 목을 물로 적신 후——.

그리고 명인은 입에 담았다.

내가 이 사람에게서 처음 듣는 말을…….

"졌습니다."

제30기 용왕전 제4국 재대국은 이 순간, 막을 내렸다.
천일수국과 재대국의 총 대국 시간은 29시간 47분.
승자는 쿠즈류 야이치 용왕.

내가, 이겼다.

♟ Brand New Way

땅울림 같은 소리가 들렸다.

그것은 점점 커지더니, 건물마저 뒤흔들어댔다. 천둥, 혹은 지진…… 아니면 하와이에서 들었던 환청을 연상했지만, 그 중 그 어느 것도 아니었다.

그것은 보도진이 뛰어오는 발소리였다.

"밀지 마십시오! 천천히 들어오세요!!"

기록 담당이 소리치며 제지했지만, 그들을 막지는 못했다.

눈앞이 빛으로 가득 찼다.

기자들의 플래시 세례가 내 시야를 가득 채우고 있었기 때문이다.

——지금까지는 카메라가 명인만 향했는데…….

내가 멍하니 그런 생각을 하고 있을 때, 이번에는 질문 공세가 시작됐다.

"용왕! 지금 심경은 어떻습니까?!"

"처음으로 명인을 이겼습니다만, 이길 수 있을 거라고 생각했습니까?!"

"어느 타이밍에 승리를 확신하셨죠?!"

원래라면 승자에게 가장 먼저 질문을 할 수 있는 이는 그 타이틀전을 주최한 신문사의 관전기자다.

하지만 이번에는 그런 장기계의 관례를 모르는 보도진이 잔뜩 몰려온 데다, 흥분한 상태에서 순서 따위는 개의치 않는다는 듯이 질문 공세를 펼치고 있었다.

나는 쉰 목소리로 대답했다.

"…………이겼다는 실감은, 전혀 들지 않습니다."

그게 내 솔직한 본심이다.

타이틀을 지키기 위해서는 앞으로 3연승을 해야만 한다. 그것도 이 초인을 상대로 말이다.

"겨우 1승을 거뒀을 뿐이니까요. 그저 앞으로도 계속 싸워 나갈 따름입니다."

내가 그렇게 인터뷰를 마치자, 마치 그걸 기다렸다는 듯이 명인을 향해 수많은 마이크가 내밀어졌다.

명인은 피로가 묻어나는 목소리로 담담하게 이번 대국의 반성점과 다음 대국을 향한 포부를 밝혔다.

하지만 보도진이 듣고 싶어 하는 말은 그게 아니었다.

"타이틀 통산 100기와 영세 7관 때문에 부담감을 느끼고 있지 않습니까?!"

"정부가 국민영예상 수여 준비를 하고 있다는 정보를 접했습니다만, 다음 대국에서 대기록 달성을 기대해도 될까요?!"

그 질문을 들은 순간, 지금까지 온화했던 명인의 표정이 변하더니…… 명백하게 분노가 어린 목소리로 반론했다.

명인은 놀라울 만큼 엄격한 목소리로 이렇게 말했다.

"쿠즈류 용왕은 현재, 그 누구보다 강한 기사입니다. 제가 전력을 다하더라도 승리를 장담할 수 없는 상대예요."

그러니 눈앞의 대국에서 전력을 다해 싸울 뿐── 명인은 그렇게 말하면서 인터뷰를 마쳤다.

 ……눈물이 날 정도로 기뻤다.

 방금 그 말만으로 대마 한 개를 얻은 것만큼 강해졌다는 느낌이 들었다.

 촉촉이 젖은 눈동자를 감추기 위해, 떨리는 목소리를 숨기기 위해, 나는 고개를 숙인 채 작은 목소리로 감상전에 임했다. 명인 또한 아까와 다르게 즐거운 표정으로 수많은 변화에 대해 검토하고 싶어 했다.

 ──이 사람은…… 진정으로, 진정으로 장기를 좋아하는구나…….

 나는 그게, 어째선지 정말 기뻤다.

 감상전은 끝도 없이 이어질 것만 같았다.

 하지만 적당한 때를 봐서 아이의 어머니가 끼어들었다.

 "늦은 시간입니다만, 다른 방에 파티를 준비했습니다. 준비가 되신 분부터 와 주셨으면 합니다──."

 대국자들은 감상전을 계속하고 싶었지만, 관계자들의 피로를 생각하면 다른 이들을 대국실에 계속 묶어둘 수는 없었다.

 명인은 아쉬워했지만, 장기말들을 한가운데로 모았다.

 나는 장기말을 넣어두는 함을 열어서 주머니를 꺼낸 후, 장기말을 두 개씩 포개서 그 안에 섬세하게 집어넣었다.

 ──오랫동안 어울려 줘서, 정말 고마워.

 나는 마음속으로 그렇게 중얼거리면서 장기말을 집어넣은

후, 명인과 인사를 나눴다.

명인이 먼저 방을 나서자, 보도진과 관계자들이 그 뒤를 따르듯 줄지어 대국실 밖으로 나갔다.

나는…… 일어설 수 없었다.

하지만 대국 때문에 지쳐서 비틀거리는 모습을 남들에게 보여줄 수는 없다.

"서두르지 않아도 됩니다. 나중에 천천히 오십시오."

입회인인 츠키미즈 회장이 내 상태를 눈치채더니, 기록 담당과 함께 먼저 대국실을 나섰다.

"주인공은 가장 마지막에 등장하는 법이니까요."

회장은 그런 멋진 말을 남긴 후, 장지문을 닫았다.

"…………."

『와룡봉추의 방』이라 이름 붙여진 이 방에 홀로 남겨진 나는 대국 중일 때와 마찬가지로 장기판 앞에 앉은 채, 멍하니 천장을 올려다보았다.

──이겼……구나.

자신이 명인에게 이겼다는 게, 지금도 믿기지 않았다. 이렇게 돌이켜봐도, 실력이 아니라 운이 좋아서 이겼다는 생각만 들었다.

"……하지만…………."

승리를 거둔 덕분에, 지금까지 자신이 걸어온 길이 틀리지 않았다는 확신을 가질 수 있었다.

"보답받지 못하는 노력은 없다……라."

사탕발림일지도 모른다. 보답받지 못하는 노력은 얼마든지 있다. 아무리 끈질기게 버틴들 장기에서 질 때도 있다. 역전하지 못할 때가 압도적으로 많다.

하지만————— 싸우지 않으면 아무것도 얻을 수 없다. 그렇기에 계속 싸워나가야만 하는 것이다.

"으응……!"

나는 기합을 넣으며 몸을 일으켰다. 아직 몸에 힘이 들어가지 않지만, 근성으로 일어섰다.

힘겹게 장지문을 연 나는 대국실을 나섰다.

"하아………… 하아…………."

몸이 납덩이처럼 무겁지만, 벽에 기대며 복도를 따라 걸음을 옮겼다.

엘리베이터에 도착하려면 20미터는 더 가야 하나? 그 거리가 마치 달까지의 거리처럼 멀게 느껴졌다. 땀에 젖은 옷이 납덩이처럼 무겁다…….

"앗……?!"

나는 신발이 벗겨진 바람에 넘어지고 말았다.

나는 몸에 한 줌의 힘도 남아 있지 않았기에 손으로 땅을 짚지도 못한 채 그대로 안면을 바닥에 찧었다. 그 충격에 벗겨진 안경이 바닥을 굴러다녔다.

"큭……! 앗……!! …………하아…… 하아……."

앞으로도 싸움은 계속된다. 그러니 이런 모습을 그 누구에게도 보여줄 수 없다.

──빨리 일어서야 해……!

하지만 초조하면 할수록 몸에 힘이 들어가지 않았고, 머릿속은 깨질 것처럼 아팠다. 긴장을 풀었다간 그대로 의식을 잃을 것 같았다.

──탈수 증상인가? 1분 장기 이후로는 화장실에 갈 시간이 없어서 물도 마시지 않았잖아…….

나는 의식이 흐릿해진 가운데, 그런 생각을 했다.

바로 그때였다.

"저기."

목소리가 들렸다.

그 목소리가 들린 순간…… 나는 꿈을 꾸고 있다고 생각했다. 명인에게 이긴 것도 전부 꿈이며, 현실에서는 아직 대국이 계속되고 있는 거라는 생각마저 들었다…….

그것도 그럴 것이, 그 목소리는 내가 대국을 치르는 동안 계속 마음속에서 들려왔던…… 나를 격려하고, 지지해 준 여자아이의 목소리인 것이다.

하지만 그 목소리의 주인은 바닥을 기고 있는 내 앞에서 무릎을 꿇더니, 이렇게 말했다.

"물 드세요."

© shirabii

내가 그 컵을 향해 얼굴을 내밀자, 그 사람은 내 볼에 손을 대더니 천천히 컵을 기울이며 물을 먹여 줬다.

그날과 똑같이.

차가운 물이 온몸에 스며들자———.

어느새 몸의 떨림과 현기증이 사라졌다. 마치 마법에 걸린 것 같았다.

"……고마워."

내가 그렇게 말하자, 여자아이는 장난기 섞인 미소를 지었다.

이 아이는 분명, 그 누구보다도 나를 지켜봐 줬다. 나를…… 나만을 생각하며, 내가 이길 거라 믿어줬다.

그렇기에, 이렇게 물을 들고 기다리고 있었던 것이다.

그날———— 우리가 처음으로 대화했던 그날처럼…….

이 아이가 내가 사는 아파트에 처음 왔을 때는 까맣게 잊고 있었지만…… 지금, 전부 생각났다.

그것은 우리 둘만의 추억이다. 우리 둘만의 보물이다.

그래서 나는 이렇게 말했다.

예전과 같은 장소에서, 같은 상대에게 말하는 것처럼…….

"답례 삼아 네 부탁을 뭐든 들어줄게."

"정말인가요?!"

여자애는 환한 표정으로 기뻐하더니, 자신의 진심 어린 소망을 입에 담았다.

"그럼———."

그리고 우리는…… 나와 아이는, 약속을 했다.

모든 것의 시발점이 된, 그 약속을 말이다.

"저한테…… 장기를 가르쳐 주세요!"

"좋아."

그것은 영원히 어길 수 없는, 이 세상에서 가장 신성한 맹세.

겨우 보드게임에 평생을 바친다고 하는 어리석은, 하지만 이 세상에서 가장 가슴이 뛰게 하는 서약.

나는 몸을 일으킨 후, 걸음을 옮기기 시작했다.

옆에 서 있는 어린 제자의 손을 잡으며…….

"자아, 장기를 두자."

설령 그것이, 영원히 끝나지 않을 고통스러운 여정일지라도

────.

둘이서라면 분명, 최고의 기보를 남길 수 있을 테니까…….

후기

"5권에서 끝낼까 합니다."

『용왕이 하는 일!』 1권이 발매되고 며칠 후, 담당 편집자님과 추부(中部) 지방의 서점을 돌면서 저는 그런 제안을 했습니다.

편집자 님은 '알았습니다.' 라고 말했습니다. '계속 쓰시죠.' 라는 말은 듣지 못했습니다.

출판 세계에서는 『초속(初速)』이라는 말이 매우 중요하게 여겨집니다. 『출판 직후에 얼마나 팔리느냐』라는 의미입니다. 그게 왜 중요하냐면, 그 기간이 지나면 판매량이 뚝 떨어지기 때문입니다.

『용왕이 하는 일!』의 초속은 좋지 않았습니다.

제가 쓰고 싶은 것은 많았지만, 프로로서 세상이 원치 않는 글을 써봤자 의미가 없다고 생각했다. 그러니 일단 이 5권 안에 제가 쓰고 싶다고 생각했던 것들을 열심히 쓰자고 생각했습니다. 결과적으로 1권 발매 직후에는 상상도 할 수 없을 만큼 많은 분들이 이 책을 읽어주셔서, 진심으로 놀랐습니다.

페이지가 부족하니, 감사 인사는 다음 권에서 하겠습니다.

이런 말을 할 수 있다는 게, 지금은 그저 정말 기쁩니다.

제30기 용왕전 제7국 관전기

『전설에 종지부를 찍은 자』

집필자 쿠구이

장기계는 현재, 전설의 한복판에 있다.

그것은 단 한 명의 남자와, 그 밖의 다른 남자들이 자아내고 있는 이야기다.

1500년에 걸친 기나긴 장기의 역사 속에서, 지금만이 『전설』이라고 불리는 것은 그 한 명의 남자가 신이나 다름없는 존재이기 때문이다.

그것은 마치 신화와도 같은 기적의 연속이었다.

중학생 때 프로 데뷔. 열아홉 살 때 첫 타이틀 획득. 그리고 그 이후로 단 한 번도 무관이었던 적이 없는 그 남자는 그야말로 장기계에 군림해 왔다. 그것은 과거에 그 누구도 해내지 못했던 기적이다.

그렇기 때문에, 현재…….

장기계는 전설의 한복판에 있다.

그런 장기계에 쿠즈류 야이치가 처음으로 조그마한 발자취를 남긴 것은 초등학생 명인전 때다.

당시 초등학교 3학년이었던 쿠즈류는 처음으로 초등학생 명인전에 출전해서 첫 우승이라는 기염을 토했다. 초등학교 3학년이 우승을 한 것은 사상 최연소. 『천재 소년 출현!』이라며, 장기계는 크게 들끓었다.

그 기록은 다음 해, 그보다 어린 사저이자 어릴 적부터 최대의 라이벌이기도 했던 소라 긴코에게 깨지지만, 쿠즈류 야이치의 활약은 그 이후로 본격적으로 시작됐다.

사상 네 번째 중학생 장기 기사.

그리고 사상 최연소 타이틀 획득.

게다가 그가 최고위 타이틀인 『용왕』을 획득하자, 장기계는 드디어 세대교체가 이뤄지는 것이 아니냐는 논의와 기대로 들 끓었다.

——하지만, 장기계는 아직 전설의 한복판에 있었다.

하와이에서 개막된 제30기 용왕전은, 그런 전설의 종착점이었다.

『영세 7관』.

『타이틀 획득 100기』.

누구나가 그 최고의 기적을 목격할 수 있을 거라 기대했다.

각 매스컴은 그 순간을 놓치지 않겠다며 바다를 건넜고, 장기 팬들 또한 순례자처럼 타이틀전을 따라다녔다. 인터넷 중계는 매일 수백만 명의 사람들이 시청했으며, 신문과 뉴스에 용왕전 기사가 실리지 않는 날이 없을 정도로 과열됐다.

"명인이 용왕위를 획득하면 국민영예상을 받았을 테죠. 연맹은 그걸 준비하고 있었고, 7관 획득 때 사양했던 명인도 이번에는 받아 줬을 겁니다."

장기연맹 회장이자 영세명인 자격을 지닌 츠키미츠 세이이치는 기자들에게 그렇게 털어놓았다.

제1국부터 제3국까지는 명인의 압승———.

그 승리를 볼 때만 해도, 명인의 영세 7관 달성은 확실시됐다.

하지만, 제4국에서 기적이 일어났다.

『최후의 심판 문제』——— 장기 규칙의 유일한 결함을 이용해 겨우겨우 명인과의 대국에서 비기는 데 성공한 쿠즈류는 그로부터 30분 후에 펼쳐진 재대국에서 처음으로 명인을 쓰러뜨렸다. 사흘간, 총 29시간 47분에 이른 사투 끝에 말이다.

입회인을 맡은 츠키미츠는 이렇게 말했다.

"저는 장기 기사임과 동시에 장기 묘수풀이 작가이기도 합니다. 뭐, 장기에 비해 장기 묘수풀이 쪽은 그렇게 대단한 편은 아닙니다만…… 하지만 그 국면이 앞으로 절대 출현하지 않을 거라는 것은 단언할 수 있습니다. 장기 묘수풀이의 세계에서도 말이죠."

기자가 그 이유를 묻자, "규정을 바꿨으니까요."라고 말하며 기품 있는 미소를 머금던 츠키미츠는 당시 상황에서 즉시 재대국을 치른다는 결정을 내린 사람이기도 하다.

"제가 그 자리에 없었다면 다른 날에 재대국을 하게 됐겠죠. 확실히 그편이 올바른 판단을 내릴 수 있었겠습니다만, 용왕전 스케줄과 국민영예상과 관련된 다양한 문제 때문에 임시 기사 총회를 열어서 규정을 추가할 시간이 없었습니다. 적어도 이번 문제는 입회인이 처리할 수 있는 범위 안에 있다고 판단하며, 두 대국자의 의견을 확인했죠. 두 사람 다 즉시 재대국을 치르고 싶어 했으며, 저는 그리 하기로 결정했습니다."

결과론이지만, 그가 이런 판단을 내리지 않았다면 명인이 승리했을 가능성도 있다. 40대 중반인 명인에 비해, 아직 10대인 쿠즈류가 체력은 뛰어날 테니까 말이다.

"그렇죠. 그런 극한 상태는 좋은 쪽으로도, 그리고 나쁜 쪽으로도 작용합니다. 하지만 그 장기에서는 좋은 쪽으로 작용했다고 확신합니다. 그것은 기보를 보면 명백하죠. 적어도 제 기억에는 재대국에서 그런 명승부가 펼쳐진 적은 단 한 번도 없습니다."

제5국. 쿠즈류는 지난 대국의 기세를 이어 가며 명인을 압도했다.

제6국. 선수인 명인은 적극적으로 움직이며 맹렬하게 공격했지만, 쿠즈류는 그 공세를 완벽하게 막아냈다. 그의 장기는 강력했다.

그리고 운명의 제7국.

장기말을 던져 선후수를 정한 결과, 후수가 된 쿠즈류는 비장의 카드인 한 수 버리기 각교환을 뽑아 들어, 완패를 했던 제1국을 설욕하려 했다.

최종 국면까지 누가 우세한지 알 수 없었던 그 장기에서, 명인의 손은 세 번 떨렸다.

하지만—— 이긴 사람은 바로 쿠즈류였다.

그런 쿠즈류를 곁에서 지켜봐 온 소라 긴코는 사제의 장기에 대해 이렇게 말했다.

"야이치의…… 쿠즈류 선생님의 장기는 이번 용왕전을 통해 명백하게 달라졌어요."

『야이치』라고 해도 돼요.

기자가 그렇게 말하자, 소라는 "기사를 쓸 때 고쳐 주세요."라고 말한 후, 다시 말을 이어 나갔다.

"강해졌어요. 그저 실력이 늘었다거나, 기술이 세련되어졌다, 같은 수준을 넘어설 정도로 강해졌다고 생각해요. 그야말로 다른 차원에 가버리고 말았죠. 명인과 마찬가지로…… 저희를 두고……."

"언제 당신과 쿠즈류 씨 사이에 실력 차이가 생겼다고 생각하나요?"

"……장기는 이겨야만 강해질 수 있는 게임이에요."

장기 기사에게 있어서는 잔혹하기 그지없는 그 질문에, 소라는 진지하게 답해 줬다.

"저도 강해질 수 있다는 말을 흔히 들어요. 하지만 그건 거짓말이죠. 패배한 자신을 얼버무리고 있을 뿐이에요. 장기는 이겼을 때만 강해질 수 있는 게임입니다. 당신은 제 말을 이해하죠?"

"예. 맞는 말이라고 생각해요."

"대국에서 이기면, 강한 상대와 싸울 수 있어요. 강한 사람들에게 연구회를 가지자는 제안을 받게 되며, 더 높은 무대를 경험할 수 있죠. 그러다 보면 점점 차이가 벌어지고 말아요──."

고개를 숙인 채 말을 잇고 있는 소라의 말투는 평소처럼 어른스럽지도, 혹은 얼음처럼 느껴질 만큼 차갑지도 않았다.

그 목소리는 마치──.

"마치 좋아하는 사람이 자기를 버리고 간 듯한, 그런 말투로군요."

내가 농담 삼아 그렇게 말하자, 소라는 이렇게 말했다.

"저는 야이치를 좋아해요. 손을 잡고 함께 거리를 돌아다니고 싶어요. 함께 영화도 보고 싶고, 바다에도 가고 싶고, 단둘이서 이런저런 일들을 하고 싶어요. 사형제가 아니라, 연인으로서 말이에요⋯⋯."

소라는 지금까지 숨겨왔던 마음을 고백한 후, 덧붙이듯 이렇게 말했다.

"하지만 제가 야이치와 진정으로 하고 싶은 것은 바로 장기예요."

장기뿐이에요──.

소라 긴코는 딱 잘라서 그렇게 말했다. 장기뿐이라고 말이다. 그러니 자신은 더욱 강해져야만 한다고⋯⋯.

나는 졌다고 생각했다. 나는 그녀처럼 강해지지 못한 것이다.

8년 전, 초등학생 명인전──.

준결승에서 지고, 행사가 열린 시부야의 텔레비전 스튜디오의 구석에 있던 벤치에 앉아 울고 있던 한 소녀에게, 그 소년은 이렇게 말했다.

"울지 마. 울면 안 돼."

"⋯⋯왜 울면 안 되는데?"

"마음이 꺾이면, 진짜로 지는 거야."

"하지만…… 눈물이 계속 나. 분하고, 슬프단 말이야……."

소녀가 한층 더 격렬하게 울자, 소년은 난처해하면서 "울지마."라고 또 말하더니, 눈부신 미소를 지으면서 장기판을 손가락으로 가리켰다.

"재미있는 장기를 보여줄게!"

소년은 그렇게 말하더니, 준결승에서 소녀를 쓰러뜨린 상대와 싸우기 위해, 불빛이 비치고 있는 장기판을 향해 뛰어갔다.

그리고 장기가 시작되자—— 소녀는 어느새 울음을 그쳤다.

소년의 장기를 보는 것이, 너무나도 즐거웠기에…….

서반부터 정석에서 벗어난 그 장기는 녹음이 우거진 야산을 탐험하는 것처럼 놀라움과 흥분으로 가득 차 있었다. 그의 기보는 마치 보물지도 같았다.

표창식에서 자신의 몸집보다 커다란 트로피를 치켜든 그 소년은 무대 밑에서 그 모습을 지켜보고 있는 소녀와 눈이 마주치자, 환한 미소를 지었다.

『어때? 재미있는 장기였지?』

……하고 말하는 것처럼 말이다.

그날, 처음으로 그를 본—— 그의 장기를 본 한 소녀는 언젠가 이날이 그가 쓰는 전설의 일부가 될 거라고 확신했다.

그날부터 소녀는 달리기 시작했다.

소녀에게는 재능이 없었기에, 공식전에서 그와 대국을 하는 것은 무리라고 생각했다. 대국자로서, 가장 가까운 장소에서 그의 장기를 느끼는 것은 불가능하다.

그렇다면 하다못해, 그다음으로 가까운 장소에서── 장기판 옆에서 그의 장기를 볼 수 있도록, 관전기자가 되기로 마음먹었다.

그의 장기를 조금이라도 깊이 이해하기 위해, 여류기사로서 수행도 쌓았다.

다행히 여류 타이틀도 획득했으며, 칸사이 장기회관과 타이틀전이 치러지는 대국장에서 그와 접할 수 있게 된 소녀는, 지금도 소년을 쫓고 있었다──.

"오늘 장기도, 그때 장기처럼 재미있었어요."

잠들어버린 제자를 방으로 옮기기 위해 뒤풀이 파티 자리에서 빠져나온 쿠즈류에게 내가 그렇게 말하자, 그는 뚱딴지같은 표정을 지으면서 그렇게 말했다.

"내가 그런 말을 했었어요?"

단순히 부끄러워하는 게 아니라, 진짜로 잊은 것 같았다.

나는 화가 났지만 이 천재 소년이 장기 이외의 것에는 둔감하다는 걸 떠올리곤, 꾹 참으면서 말을 이었다.

"……타이틀 방어의 비결을 가르쳐 주시겠어요? 특히, 시리즈의 명암을 갈랐던 네 번째 대국 때의 정신 상태를 가르쳐 줬으면 합니다만…… 세 번째 대국 직후부터 말이죠."

내가 텐도역의 플랫폼에서 답을 듣지 못했던 질문을 다시 던지자, 쿠즈류는 대답해 줬다.

"3연패를 했을 때는 정말 심각한 상태였죠. 첫 번째 대국 때부터 내 장기를 완전히 부정당하면서…… 육체적으로도, 정신적으로도 궁지에 몰렸어요. 주위 사람들에게 엄청 폐를 끼쳤죠. 함께 살던 제자는 내가 너무 예민하게 굴었던 탓에 화장실로 도망치기까지 했어요……."

쿠즈류가 『제자』라는 말을 입에 담자, 그의 품속에서 잠들어 있던 조그마한 여자아이가 움찔했다.

"그렇게 심각한 상태에서 어떻게 다시 일어선 거죠? 그 누구도 명인과 싸우면, 컨디션이 무너져 버리고 말잖아요."

"명인은 대단해요. 재능, 경험, 노력, 실적, 그 어떤 면에서도 내가 이길 수 없다는 건 알고 있어요. 이렇게 타이틀을 지킨 지금도 나보다 명인이 강하다고 생각해요. 하지만——."

쿠즈류는 상냥한 눈길로 제자를 쳐다보며 말을 이었다.

"명인이 수많은 것들을 가지고 있는 것처럼, 나도 소중한 것을 가지고 있었어요. 그걸 눈치챘기 때문에, 겨우겨우 이길 수 있었다고 생각해요."

"소중한 것?"

"자신의 재능을, 힘을 믿지 못해도…… 자신의 마음속에 있는 소중한 사람들을 믿을 수 있었어요. 자신의 장기관을 부정당하고, 지금까지 자신이 쌓아왔던 모든 것을 부정당했을 때…… 내 안에 남아 있는 것을, 쿠즈류 야이치라는 장기 기사를 형성하는 것을 다시 돌이켜볼 수 있었죠."

"……그게 뭐였나요?"

"나에게는 최고의 스승이 있고, 최강의 사저가 있고, 케이카 씨가 있고, 아유무 같은 라이벌과, 쿠구이 씨 같은 칸사이의 장기 동료들이 있어요——."

느닷없이 내 이름이 튀어나온 탓에 약간 동요했지만, 나는 그걸 겉으로 드러내지 않으며 쿠즈류의 말을 메모했다. 그의 말을 단 하나도 놓치지 않기 위해서 말이다.

"지금까지 쌓아온 장기관은 전부 산산조각이 났지만, 마음속에 있는 소중한 것은 결코 부서지지 않아요. 그래서 내 마음은 꺾이지 않았다고 생각해요."

"그건 즉…… 자신을 떠받쳐주는 사람들 덕분에 이겼다, 는 말인가요?"

"예. 명인도 그렇겠지만, 역시 내가 더 운이 좋다고 생각해요."

"최고의 제자도 있기 때문인가요?"

"예. 제자도 있으니까요."

쿠즈류는 씨익 웃었다.

"나는 제자가 두 명이나 있지만, 명인은 한 명도 없죠."

그럼 승리의 비결은 제자라는 걸로 OK?

내가 농담 투로 묻자, 쿠즈류는 미소를 지우면서 진지한 표정으로 고개를 끄덕였다.

"그렇게 생각해요."

노타임으로 단언한 쿠즈류는 "그럼, 좋은 밤 되세요." 하고 말하면서 살짝 고개를 숙인 후, 내 옆을 스쳐 지나갔다. 그리고 내 옆을 지나가며 이런 말을 남겼다.

"……마음이 꺾이지 않으면 진 게 아니에요."

자신이 입은 기모노를 움켜쥔 채 잠들어 있는 조그마한 제자를 소중히 두 팔로 안아 든 채, 긴 복도를, 쿠즈류 야이치는 걸어갔다.

혼자서, 아니——.

전설은 끝나지 않았다. 모든 이들이 예상했고, 또한, 마음속으로 바랐던 형태로는 말이다.

전설은 끝나지 않았다. 장기계는 아직도 전설의 한가운데에 있다.

하지만 그것은, 단 한 남자와 그 외의 다른 남자들이 자아내고 있는 이야기가 아니다.

단 한 남자의 앞을 또 한 명, 같은 힘을 지닌 소년이 막아섰다. 용의 화신인 그 소년은 결코 꺾이지 않는 마음을 무기 삼아, 그 남자에게 계속 도전할 것이다.

두 사람은 앞으로도 몇 번이든 싸울 것이다. 다른 누구도 도달하지 못할 장소에서, 다른 누구도 두지 못할 장기를 둘 것이다. 기나긴 장기 역사 속에서도 대서특필되고도 남을, 기적과도 같은 시대를 자아내리라. 그리고——.

전설은 끝나고, 새로운 전설이 시작될 것이다.

감상전

그날, 기사실에 가 보니 평소와 마찬가지로 츠키요미자카 씨와 쿠구이 씨가 있었다.

두 사람은 장기를 두고 있지 않았으며, 한가한 듯이 의자에 앉아서 축 늘어져 있었다. 교토에 사는 쿠구이 씨는 몰라도 칸토 소속인 츠키요미자카 씨가 시간을 죽이기 위해 칸사이 장기회관까지 온 거라면 그건 엄청난 일이다. 친구가 없는 건가?

"안녕하세요. 연구회 중인가요?"

내가 그렇게 인사를 건네자…….

"아르바이트 중이대이~."

"나는 취재. 여기서 상대방과 만나기로 했어."

"취재? 칸토 소속인 츠키요미자카 씨의 취재를 칸사이에서 하는 건가요?"

"장기 보급과 관련된 일로 칸사이에 간다고 『주간 장기』의 기자에게 말했더니, 그쪽 루트로 취재 의뢰가 들어왔어. 이야~, 유명인은 힘들다니깐~. 미인에 타이틀 보유자니까 취재 요청이 쇄도해서 힘들어 죽겠네~."

"어떤 매체의 취재인가요? 에로 계열? 아니면 갬블 계열?"

"어이, 이승을 탈출하고 싶냐? ……뭐, 귀찮아서 자세한 건 안 물어봤는데 아마 장기 관련 미디어일 거야."

"어떻게 아는데요?"

"그야 기자 이름 덕분이지."

"아…… 그렇군요."

장기 관련 라이터가 쓰는 펜네임에는 특징이 있다. 그래서 안 것이리라.

"메일로 의뢰를 받았는데, 처음 보는 한자로 된 펜네임을 쓰는 기자였어. 어떻게 읽더라? 코쿠?"

츠키요미자카 씨는 스마트폰에 뜬 메일을 나에게 보여줬다.

편지를 보낸 이의 이름은 『鵠』라고 적혀 있었다.

"『金柑』이니, 『烏』이니, 왜 장기 라이터들은 이상한 펜네임을 쓰는 걸까?"

"옛날에는 『陣太鼓』나 『竜騎兵』 같은 거창한 이름을 쓰는 사람도 많았다는디, 요즘에는 『純』이나 『昇』처럼 한자 하나로 된 펜네임을 쓰는 사람도 많은 것 같대이."

"애초에 펜네임이 필요 없지 않아? 그냥 본명을 쓰면 되잖아."

"그편이 여러모로 좋아서 그런 게 아닐까요? 특히 장기 기사가 관전 기자를 겸업할 때는 문제가 될 수 있으니까요……."

나는 자신에 대해 적힌 기사를 떠올리면서 그렇게 말했다. 그걸 쓴 사람을 밤길에 만나면 흠씬 두들겨 패주고 싶다고 생각한 적이 한두 번이 아니다. 뭐, 다 내가 대국에서 진 탓이지만!

"뭐, 확실히 자기만 잘났다는 느낌으로 관전기를 썼다간 비난을 바가지로 듣긴 할 거야."

"그렇다고 취재 대상에게 알랑방귀를 뀌는 느낌으로 쓰면 기사가 재미없을 거다 아이가. 그리고 지를 비난하는 기사를 쓴 기자의 인터뷰를 거부했다간 결과적으로는 장기 기사의 미디어 노출이 줄어서 장기계의 쇠퇴로 이어지면서, 지 목을 조르는 꼴이 될 거대이."

"그건 그래. 응. 맞는 말이야."

"료는 인터뷰를 받을 때 전부 숨김없이 털어놓재?"

"으음…… 그래도 말해도 되는 것과 안 되는 것이 있긴 해."

"그럼 인터뷰~. 료한테 있어서 횡보잡기란 뭐꼬?"

"횡보? 으음……."

츠키요미자카 씨는 진지한 표정을 지으며 잠시 동안 생각에 잠긴 후…….

"…………오자키, 야."

여류옥장은 특기 전법에 대한 질문을 받더니, 어찌 된 영문인지 인기 가수의 이름을 말했다.

"노래방에 가면 꼭 불러야 하는 노래가 있지? 마이크를 쥐자마자 부르는 18번 말이야. 이걸 부르면 분위기가 달아오를 테고, 노래를 부르는 내 텐션도 순식간에 최대치까지 상승. 그게 나한테 있어서의 오자키이자…… 횡보지."

"그, 그릇나…… 흐음……."

쿠구이 씨한테 있어서도 이건 완전히 뜻밖의 대답이었는지 표정이 약간 질렸다. 나는 옆에서 츠키요미자카 씨를 감싸는 듯한 발언을 했다.

"뭐, 뭐어…… 대국 전에 음악을 들으면서 텐션을 높이는 사람도 꽤 있잖아요."

"그리고 노래를 부른 후에 대국을 하러 가는 경우도 있어."

"예?! 츠키요미자카 씨는 대국 전에 노래방에 가나요?!"

"이건 비밀이야. 다른 데 가서 절대 발설하지 마."

츠키요미자카 씨는 히죽히죽 웃으면서 입술에 검지를 댔다.

"너무 흥분되어서 잠이 오지 않을 때는 전날 밤부터 밤새도록 노래를 부르기도 하고, 노래를 너무 불러대다 지각한 적도 있어! 솔직하게 말할 수는 없어서 그냥 늦잠을 잤다고 둘러대지만 말이야(웃음)."

츠, 츠키요미자카 씨가 자주 지각하는 이유가…… 이건가?

"물론 대국 중에도 머릿속에서는 오자키의 노래가 흐른다고. 특히 장기말이 격돌하기 시작하면 『Driving All Night』 같은 걸 떠올리며 무심코 리듬을 타기도 해. 좌우로 몸을 들썩이면서 말이야."

"그럼 종반에 상대방에게서 빼앗은 향차를 둘 때는 『열다섯 살 때의 밤』이 흐르고——."

"승기가 보이기 시작하면 『내가 나이기 위해』가 흐르기 시작하지."

"완전 노래에 빠졌네요."

"감격해서 눈물이 다 날 지경이라니깐(웃음)."

"그러다 돈사라도 하면 완전 락(rock)일 거대이."

쿠구이 씨가 농담을 하듯 그렇게 말하자, 츠키요미자카 씨는 깔깔 웃었다.

"그런 적 있어(웃음). 너무 분해서 연맹의 창문을 깬 적도 있다니깐(폭소)."

또 충격적인 고백이 터져 나왔다. 일전에 도쿄의 장기회관에서 누군가가 창문을 깬 사건이 벌어진 적이 있는데…… 설마 눈앞에 있는 이 사람이 범인일 줄이야…….

"그건 그렇고, 기자는 대체 언제 오는 거야~? 약속시간이 한 시간이나 지났잖아. 쳇, 취재는 째버리고 후쿠시마 역쪽 상점가에 밥이나 먹으러 가자."

"그를까? 뭐, 재미있는 이야기도 들었으니 그래삐자."

"쿠구이 씨, 괜찮은 기사를 쓸 수 있을 것 같나요?"

"응. 재미있는 이야기를 들웃다 아이가."

"응? 너희는 대체 무슨 소리를…… 어이, 잠깐만 기다려봐. 마치, 네가 지금 책상 밑에서 꺼낸 그건 설마 녹음기──."

"츠키요미자카 선생님, 취재에 응해 주셔서 감사합니대이♡"

"너냐? 마치, 네가 기자였냐?!"

"그렇대이. 처음에 말했다 아이가."

"안 했어! 너, 오늘은 아르바이트를 하러──."

"그러니까 아르바이트를 하러 온 거대이. 주간 장기 편집부의 아르바이트인기다."

"칸사이는 장기 라이터가 적어서, 쿠구이 씨가 아르바이트 삼아 때때로 기사를 쓰기도 해요. 신문 관전기 같은 것도 쓰죠. 일전에도 인터넷 중계 스태프로서 하와이까지 동행했었고, 『장기세계』에 실렸던 엄청 멋진 용왕전 기사를 쓴 사람도 바로 쿠구이 씨거든요? 바로 그 『전설에 종지부를 찍은 자』라는 기사 말이에요."

"그 기사 말이가~. 게재를 하면서 좀 커트한 부분이 있는 건 아쉽대이……. 긴코 양의 코멘트 같은 거 말이다……. 뭐, 그래도 용왕 씨에게 칭찬받으니 기분이 째지네."

"사저의 코멘트? 기사로 나온 거 말고도 있었나요?"

"그건 본인에게 직접 물어보이소♡"

칸사이에서는 쿠구이 씨가 기자로 활동한다는 게 잘 알려져 있지만, 칸토 소속인 츠키요미자카 씨는 몰랐던 것 같다.

아니, 쿠구이 씨가 일부러 말하지 않은 게 분명해.

"야, 마치! 너무하잖아! 쓰레기와 짜고 나를 농락한 거냐?!"

"료. 무슨 소리를 하는 기가. 처음부터 이름을 밝혔다 아이가? 메일에도 이름을 써놨대이."

"뭐어?! 거짓말하지 마! 이 이상한…… 코쿠? 토리? 같은 펜네임만——."

츠키요미자카 씨가 스마트폰을 꺼내서 『鵠』라는 글자를 보여 줬다.

쿠구이 씨는 사람을 홀리려 드는 여우처럼 씨익 웃더니, 그 글자에 가느다란 손가락을 대면서 이렇게 말했다.

"이건 말이재, 『쿠구이』라고 읽는대이."

보름 후 발매된 주간 장기에는 여류옥장의 인터뷰 기사 『츠키요미자카 료 ~열아홉 살의 지도~』(구성 : 쿠구이))가 게재되면서 2주 동안 업계에서 화젯거리가 됐다. 그리고 츠키요미자카 씨는 이사회에 끌려가 혼쭐이 났지만, 같이 노래방을 가자는 사람들이 늘어나서 꽤 기분이 좋아 보였다.

역자 후기

안녕하십니까. 근로청년 번역가 이승원입니다.
『용왕이 하는 일!』 5권을 구매해 주셔서 정말 고맙습니다.

이 책이 발매될 즈음에는 2018년 새해가 됐겠군요.
독자 여러분, 새해 복 많이 받으십시오!
하시는 일이 전부 잘 되시고, 행운과 행복이 함께 하는 한 해가
되시길 진심으로 빌겠습니다!
저 개인적인 소망은 병원 신세 좀 그만 지게 되는 거네요.
……사실 이 역자 후기도 병원 접수 후 대기실에서 기다리면서
작성하고 있습니다, AHAHA.
감기를 근 한 달 정도 달고 살았는데, 바빠서 병원에 제대로 안
가고 동네 의원에서 감기약만 타다 먹으면서 일을 계속했습니
다. 그런데 기침이 너무 심해서 잠도 잘 수 없을 지경이 되어서
병원에 가 보니, 기관지와 폐에도 염증이 생긴 심각한 상황이라
더군요. 의사 선생님은 병원에 입원해서 치료를 받는 편이 좋겠
다고 하는데, 일 때문에 그럴 수가 없는지라 결국 통원진료를
받으며 일을 하고 있습니다.

……음, 링거는 참 좋네요. 이거 맞고 있으니 통증도 완화되고 배도 안 고파요. 덕분에 그나마 맑은 정신으로 역자 후기도 쓸 수 있네요. 빨리 집에 가서 일해야 하는데 의사 선생님이 꼭 맞아야 된다고 해서 맞은 겁니다만, 정말 좋아졌습니다.^^

의사 선생님, 감사합니다!(넙죽)

그럼 본편에 관한 이야기를 좀 해 볼까 합니다.

스포일러가 포함되어 있을 수도 있으니 본편을 읽지 않으신 분들은 유의해 주시길!

이번 5권은 『용왕이 하는 일!』이라는 작품이 추구하는 바가 모두 담긴, 그야말로 작품의 대미(완결은 아닙니다만^^)를 장식하기에 걸맞은 최고의 한 편이었다고 생각합니다.

4권에서 제자들에게 최고의 생일선물을 받은 야이치. 하지만 드디어 시작된 명인과의 용왕전 타이틀을 건 대국에서 궁지에 몰린 그는 주위의 모든 이들을 밀쳐내며 고독 속에서 승기를 찾으려 합니다. 그 탓에서 소중한 제자도, 항상 같이 해왔던 사저도, 깊은 상처를 입고 말죠.

하지만 그런 그가 어떤 상태인지 누구보다 정확하게 파악하고 있으며, 또한 그를 돕기 위해 무엇을 해야 할지 알고 있는 이가 있었습니다. 야이치를 어릴 적부터 돌봐온 누나이자, 그의 사매(師妹)이기도 한 케이카죠. 그녀는 여류 장기계에서 명인이나 다름없는 존재인 샤칸도 리나에게 도전합니다. 이 대국에서 이기면 그녀는 평생을 꿈꿔온 여류기사가 될 수 있지만, 그녀의 머릿속에는 그런 생각이 단 한 줌도 존재하지 않습니다. 그저 자신의 동생이자 사형인 야이치를 위해, 필사적으로 기적을 일으키려 합니다. 『보답받지 못하는 노력은 없다』. 그것을 증명하기 위해서…….

그리고 그녀가 일으킨 기적은 고립되어 있던 야이치의 눈을 뜨게 하고, 그 일이 결과적으로 야이치가 각성을 할 수 있도록 돕습니다. 그리고 그 각성은 야이치가 기적을 일으키게 하죠.

그 뜨거운 전개는 1권에서 4권까지 이야기가 진행되면서 쌓여왔던 모든 것을 폭발시키는 것처럼 뜨거웠으며, 그렇기에 그 끝에 존재하는 감동이 더욱 강렬하게 다가왔습니다.

이 작품의 번역을 맡은 역자로서, 그리고 독자 여러분과 마찬가지로 이 작품의 팬으로서, 작품에 완전히 몰입할 수 있었습니다.

독자 여러분께도 이 감동을 맛보셨기를 진심으로 빕니다!

그럼 이만 줄이겠습니다.

이렇게 재미있는 작품을 맡겨주신 노블엔진 편집부 여러분께 감사드립니다. 앞으로도 잘 부탁드립니다.

8월, 10월에 이어 12월에도 아키하바라에 가는 악우여. 너, 지난주에 작업실에서 고구마와 약만으로 열흘째 연명하며 작업하는 나를 음식점으로 강제로 끌고 가서 밥 먹이면서 '형, 나 올해는 일본 안 갈 거예요.' 같은 소리 안 했냐? 아, 아무튼 잘

다녀와라.

마지막으로 언제나 제게 버팀목이 되어주시는 어머니와, 『용왕이 하는 일!』을 읽어주신 모든 분들께 진심으로 감사드립니다.

초반부터 사람들에게 로리콤에 대한 경각심을 일깨워 주는 『용왕이 하는 일!』 6권 후기에서 다시 뵙겠습니다!

2017년 11월 중순
역자 이승원 올림

용왕이 하는 일! 5

2018년 01월 25일 제1판 인쇄
2018년 02월 28일 2쇄 발행

지음 시라토리 시로 | **일러스트** 시라비 | **옮김** 이승원

펴낸이 임광순 | **제작 디자인팀장** 오태철
편집부 황건수 · 신채윤 · 이병건 · 이홍재 · 김호민
디자인팀 박진아 · 박창조 · 한혜빈 | **국제팀** 노석진 · 엄태진

펴낸곳 영상출판미디어(주)
등록번호 제 2002-000003호
주소 21311 인천광역시 부평구 평천로 132 (청천동)
전화 032-505-2973(代) | **FAX** 032-505-2982

ISBN 979-11-319-7214-4
ISBN 979-11-319-5731-8 (세트)

노블엔진(NOVEL ENGINE)은 영상출판미디어(주)의 라이트노벨 및 관련서적 브랜드입니다.